이 세계에서
너와
두 번째 첫사랑을

이 세계에서 너와 두 번째 첫사랑을

(원제: この世界で、君と二度目の恋をする)

1판 1쇄 2020년 4월 20일
5쇄 2024년 1월 25일

지 은 이 모치즈키 쿠라게
옮 긴 이 김영주

발 행 인 주정관
발 행 처 북스토리㈜
주 소 서울특별시 마포구 양화로 7길 6-16 서교제일빌딩 201호
대표전화 02-332-5281
팩시밀리 02-332-5283
출판등록 1999년 8월 18일 (제22-1610호)
홈페이지 www.ebookstory.co.kr
이 메 일 bookstory@naver.com

ISBN 979-11-5564-201-6 03830

※잘못된 책은 바꾸어드립니다.

이 세계에서 너와 두 번째 첫사랑을

모치즈키 쿠라게 지음
김영주 옮김

프롤로그

“미안해, 아사히. 아무래도 이대로 계속 사귀기는 힘들 것 같아.”
그가 그런 말을 꺼낸 것은 조금 이른 벚꽃이 핀 교정에서였다.
“아라타……? 왜 그래?”
“미안해.”
“미안하다고만 하지 말고.”
“미안해.”
그 말만 남기고, 아라타는 내게 등을 보이며 그대로 뛰어가 버렸다.

“잠깐!!”
손을 뻗은 내 시야에 들어온 것은 낯익은 흰색 천장이었다.
“꿈이구나…….”
거기에는 그 벚꽃도, 그리고 그의 뒷모습도 없었다. 그도 그럴 것이다. 왜냐면 그 일은 3년도 더 지난 일이니까. 왜 난 아직도 헤어나질 못하고 있는 걸까. 훌훌 털지 못하는 자신에게 넌더리를 내며 옷걸이에 걸어둔 교복을 집었다.

"아, 아사히! 안녕! 오늘 일찍 왔네!"
"안녕. ……나쁜 꿈을 꾸는 바람에."
교실에 들어가자 친구가 말을 걸어왔다.
"나쁜 꿈?"
"……."
"혹시 또 아라타 꿈을 꾼 거야?"
"……응. 이제 다 잊었다고 생각했는데."
그렇게 말하고 웃는 나에게 친구 미유키는 다정하게 미소 짓는다.
"괜찮아, 조만간 완전히 잊을 수 있는 날이 오겠지."
그렇겠지, 하고 고개를 끄덕이며 나는 미유키의 뒷자리에 앉았다.
그날부터 줄곧 그렇게 생각해왔다. 언젠가, 시간이 지나면, 조만간……. 그런데 몇 년이 지나도 꿈속에서의 그날은 선명해서 그 꿈을 꿀 때마다 아라타와 보낸 중학교 3학년의 그 1년을 떠올리게 된다.
벌써 3년이구나……. 그날 이후로 두 번 다시 만날 수 없었던, 과거 그의 모습을 무의식중에 마음속으로 그리고 있었다.
"으음, 내가 왜 이러지."
방과 후, 미유키가 같이 놀러 가자고 했지만 그럴 기분이 아니어서 곧장 집으로 돌아왔다. 옷을 갈아입을 마음도, 숙제할 마음도 안 생겨

지금은 교복을 입은 채로 침대 위에 누워 있다.

'그 꿈 때문이야…….'

한동안 꾸지 않았던 꿈이다. 싫어하면 할수록 자꾸만 꾸었던 꿈. 그날 이후의 시간을 찾는 것처럼, 그날 하지 못했던 말을 짜내려고 몇 번이고 몇 번이고 꿈을 꾸었고, 언제나 마지막은 똑같았다.

나도 그만 잊고 다음으로 나아가야 하는데……. 그런 생각을 하는 것도 벌써 몇 번째고, 몇 년째인지. 잊고 싶은데 잊을 수가 없다. 그건 분명 스스로가 납득하지 못하고 끝난 첫사랑이기 때문일 거야.

"아라타는 지금쯤 어떻게 지내고 있을까……."

～♪～～♪♪～♪～～♪♪

혼잣말을 중얼거린 순간, 진동 모드를 해제했던 스마트폰이 벨소리를 울리기 시작했다. 보통의 벨소리와는 차별된, 단 한 사람에게서만 울릴 수 있는 멜로디를.

"아라타……?"

화면에 표시된 것은 그립고 가슴 아픈, 줄곧…… 줄곧 애타게 기다렸던 사람의 이름이었다.

— 착신 : 스즈키 아라타 —

"여, 여보세요……?"

나도 모르게 침대에서 벌떡 일어나 심호흡을 하고 통화 버튼을 누른다. 스마트폰을 쥔 손이 떨리는 만큼 목소리도 떨렸다.

"……."

하지만 전화기 너머에서는 아무 소리도 들려오지 않는다.

"아라…… 타?"

물어보는 내 목소리와 겹치듯이 전화기에서는 불분명한 목소리가 들렸다.

"아사히 양……?"

들어본 적 있는 듯하기도 하고 없는 듯하기도 한. 적어도 아라타는 아닌, 여성의 목소리였다.

"누구……?"

"엄마예요."

"네……?"

"스즈키 아라타의 엄마."

여성은 굳은 목소리로 그렇게 말했다.

"왜지?"

아라타 어머니와의 전화를 끊은 뒤, 나는 스마트폰을 쥔 채 넋을 놓고 우두커니 서 있었다.

"왜……? 왜……? 왜……?!"

몇 년 만에 온 연락이라곤 해도 그 당시에도 그렇게 많은 이야기를 나눴던 것은 아니다. 그저, 아라타네 집에 놀러 가면 언제나 웃으며 반겨주던, 미소가 아라타와 많이 닮은 어머니였다.

"어제, 아라타가 숨을 거뒀어."

아라타의 어머니가 그렇게 말했을 때, 나는 내가 무슨 말을 듣고 있는 건지 이해할 수 없었다.

아라타가 숨을 거뒀다고? 그게 무슨 의미지? 무슨 말씀을 하시는 거야? 수많은 물음표가 머릿속을 가득 채운다.

"오늘 밤샘(장례식 전날 가족, 친지 등이 고인의 유해를 지키며 하룻밤 지새는 것/옮긴이)을 하고, 내일 장례식을 해. 아사히 양도 마지막 작별 인사를 하러 꼭 와주었으면 해."

아라타가, 죽었다.

3년 만에 온 연락이 설마 이런 내용일 줄이야……. 생각지도 못했다.

"아라타……."

왜 이제 와서 나한테 연락을 한 건지, 이상하게 생각해야 할 부분은 많았다. 그러나 당황한 나는 아라타의 어머니에게 아무것도 묻지 못하고, 그녀의 말에 얌전히 대답하고 전화를 끊었다. 아무 생각도 할 수 없었다. 눈물 한 방울 흐르지 않았다.

아라타가 죽었다. 그 말의 의미를 이해하는 것을 머리에서 거부하고 있었다. 그런 나를 더욱 몰아붙이듯 연달아 스마트폰으로 연락이 왔다. 예전부터 지금까지 사이좋게 지내는 친구들의 연락으로 나를 걱정하는 내용이었다.

혼자 가는 건 마음이 불안할 거라며 같이 가자고 해준 미유키와 함께 3년 만에 아라타의 집을 방문했다. 그리웠던 집, 그리웠던 공기. 중학생 때 두근두근 설레는 마음으로 놀러 왔던 아라타의 집은 그 시절과 아무것도 달라진 게 없었다. 조용한 분위기에 휩싸인 것과…… 언제나 옆에 있던 아라타가 없다는 것 말고는.

"아사히 양……?"

멍하니 서 있는 나에게 아라타의 어머니가 말을 걸어왔다.

"아……, 안녕하세요."

상복을 입은 아라타의 어머니는 3년 전에 만났을 때보다 훨씬 더 나이 들어 보였다.

"갑자기 전화해서 미안해."

그대로 걷기 시작한 아라타의 어머니를 어떻게 대해야 할지 몰라 초조해하고 있는데, 옆에 있던 미유키가 작은 소리로 말했다.

"빨리 따라가."

살짝 고개를 끄덕이고, 나는 미유키를 남겨두고 아라타의 어머니를 따라가기로 했다.

"……."

"……."

한동안 아무 말 없이 걷더니 아라타의 어머니는 낯익은 방으로 들어갔다. 그 시절, 몇 번이나 놀러 왔던 아라타의 방. 그날 이후 처음으로 발을 들이는 방.

아라타의 책상 의자에 앉자 그의 어머니는 조그만 목소리로 이야기를 시작했다. 어릴 때부터 줄곧 심장병을 앓았었다는 것. 중학교 3학년 3학기(일본의 학기는 통상적으로 4~7월이 1학기, 9~12월이 2학기, 1~3월이 3학기로 구분된다/옮긴이)에 병세가 악화되어 고등학교에 가지 못하고 병원에서 투병 생활을 했었다는 것.

그리고 마지막까지 내 이름을 계속 불렀다는 것…….

나는 모른다. 몰랐다. 아라타가 고통스러워했다는 것도, 병마와 싸웠다는 것도. 아무것도 몰랐다.

"이거 받아줄래?"

건네받은 것은 한 권의 노트였다. 낡은 표지의 두툼한 노트.

"일기장, 인가요?"

뒤표지에 금색 글자로 'Diary'라고 적혀 있다.

"아라타가 줄곧 뭔가를 적던 건데……. 분명 아사히 양이 가지고 있는 걸 좋아할 것 같아서."

"네……?"

내가 가지고 있는 걸 좋아할 것 같다니, 무슨 의미지……?

"사실은 아사히 양을 만나면 하고 싶은 이야기가 많았어……."

"……."

"그런데…… 그걸 읽었더니 아무 말도 할 수가 없어졌어."

쓸쓸한 듯 웃는 아라타의 어머니에게 나는 무슨 말을 해야 좋을지 몰랐다.

받아든 일기장을 소중히 품에 안고, 나는 가볍게 인사를 한 뒤 미유키가 있는 곳으로 돌아갔다. 심장박동이 평소보다 크게 들린다. 뛸 필요까진 없을지도 모르겠다. 하지만 일 초라도 빨리 미유키가 있는 곳으로, 혼자가 아닌 공간으로 돌아가고 싶었다.

"아사히? 괜찮아?"

정신 차리고 보니 눈앞에 미유키가 있었다.

"괜찮아."

"그럼 다행이지만……. 안색이 별로 안 좋은데 좀 일찍 돌아갈까?"

"……응."

미유키와 함께 아라타의 관 쪽으로 향한다. 관 속에는 그 시절보다 아주 조금은 성숙해진 느낌의 아라타가 있었다.

"아라타……."

끝내 참지 못하고 눈물이 쏟아졌다. 그리고 나는 마침내 이해하게 됐다. 정말로 아라타가 죽었다는 사실을.

"왜 아무 말도 하지 않았어……?"

"흑……."

옆에서 미유키도 울고 있었다.

"아라타……. 제발, 아라타……. 눈 좀 떠봐……."

고개를 들자 영정사진 속에서 미소 짓고 있는 아라타가 보였다.

1

아라타의 집에서 나와 미유키와 함께 걸었다.

"……."

"……."

그 어떤 말도 할 기분이 아니었다. 그런 내 마음을 알아주었는지 미유키도 아무 말 없었다.

"그럼……."

"응, 내일 보자……."

"일부러 데려다줘서 고마워."

반대 방향인데도 우리 집까지 같이 와준 것에 고맙다는 인사를 하자, 별말을 다 한다며 미유키는 웃는다.

"무리하지 않아도 돼. 알았지?"

"응……."

걱정스러운 듯 나를 바라보는 미유키에게 손을 흔들고, 나는 현관문을 닫았다. 말을 걸어오는 엄마와 여동생을 무시하고 방으로 돌아간다. 침대 위에 짐을 툭 던진 채, 옷도 갈아입지 않고 그대로 풀썩 드러누웠다. 아무것도 할 수 없었다.

아라타는 이제 없다.

헤어졌을 때와는 다른 상실감에 휩싸인다. 이제 두 번 다시 아라타를 만날 수는 없다. 두 번 다시…….

"흑…… 흑……, 아라타……."

오열이, 눈물이 멈추지 않는다. 아라타를 많이 좋아했었다. 비록 헤어졌고 잊으려 했지만, 좋아하는 마음은 여전했다.

"아라타……, 왜……, 왜……."

쏟아지는 눈물을 닦으며 고개를 들자 던져둔 짐 속에서 한 권의 책이 눈에 들어왔다.

"아……."

그것은 아라타의 어머니가 건네준 일기장이었다. 왜 내게 건네준 건지 그 의도는 알 수 없다. 하지만 이것이 지금 내 수중에 있는 유일한 유품이다.

"일기를 쓰고 있다는 말은 들어본 적 없었는데."

첫 번째 페이지를 펼쳐봤다. 그 속에는 내가 알고 있는 아라타의 모습에서는 상상할 수 없는, 단정한 글씨가 또박또박 쓰여 있었다.

스즈키 아라타 : 14세

좋아하는 음식 : 라멘

싫어하는 음식 : 피망

좋아하는 것 : 친구와 놀기, 일기 쓰기

싫어하는 것 : 병원에 가는 것

내일부터 3학년. 올해도 친구들과 즐겁게 보내고 싶다.

"아라타……."

나를 만나기 전의 아라타가 거기에 있었다.

그러고 보니 내가 아라타의 존재를 인식한 것은 언제였을까. 새 반으로 배정된 뒤의 자기소개 시간 때였나? 아니야, 그때는 아직 여러 친구 중 한 명이었다. 아라타를 아라타로서 인식한 것은 언제였을까?

일기장의 두 번째 페이지를 펼쳐봤다. 거기에는 새 학기 첫날의 풍경이 새 문장으로 적혀 있었다.

4월 8일

오늘부터 새 학년이 시작됐다.

1, 2학년 때 같은 반이었던 애들도 있고 몰랐던 애들도 있다.

가능하면 다 같이 사이좋게 지내서 많은 추억을 만들고 싶다.

아 참, 담임선생님은 작년에 이어 다바타 선생님이다.

내 몸 상태 때문인지 3년간 줄곧 똑같다.

올해도 잘 부탁드린다는 의미로, 아침에 다바타 선생님이 교실에 들어오실 때 칠판지우개를 문에 끼워놓았다. ←너무 고전적인 방식인가?(웃음)

선생님, 올해도 저 때문에 많이 귀찮으시겠지만 잘 부탁드려요.

"그러고 보니, 그런 일이 있었지……."

새 학기가 되자마자 반 전체가 선생님께 혼난 기억이 있었는데, 그것은 아라타와 친구들의 장난 때문이었다.

"엉뚱하긴."

나는 그렇게 혼잣말을 하고 아라타의 일기장을 가슴에 품은 채 어느새 잠이 들고 말았다.

❀ ❀ ❀

"안녕!"

"안녕! 또 같은 반이 돼서 기뻐!"

"나도! 올해도 잘 부탁해!"

정신을 차리고 보니 나는 떠들썩한 교실 안에 있었다.

"어라……?"

분명히 방금까지 내 방에 있었는데……. 게다가 이 교복은 중학교 때 건데? 교실도 그렇고. 눈앞에 펼쳐진 광경은 낯익은 고등학교의 것이 아니라 그리운 중학교 때의 모습이었다.

그렇구나. 난 지금 꿈을 꾸고 있는 거야. 아라타의 일기를 읽고 그때의 일이 생각났기 때문일까? 꿈속의 나는 중학교 3학년, 아라타와 처음으로 같은 반이 되었던 그 교실에 있었다.

“앗…….”

교실을 둘러보자 입구 쪽에서 남자애들이 무언가를 하려고 하는 모습이 눈에 들어왔다.

“아라타, 안…….”

꿈이니까 당연하겠지만, 그 당시와 조금도 다르지 않은 모습의 아라타가 그곳에 있었다. 남자애들은 의자에 올라가서 출입문에 칠판지우개를 끼우고 있다.

“그렇지!”

내가 생각해도 참 쓸데없는 짓을 생각해냈구나 싶었지만, 생각이 난 건 어쩔 수 없다.

나는 교실 뒷문으로 살그머니 나가 복도를 걸어 앞문으로 향했다. 복도 끝에는 올해 담임을 맡은 다바타 선생님의 모습이 작게 보인다. 그리고 살짝 열린 문 너머에는 장난칠 준비를 하는 아라타의 모습이 보였다. 눈이 마주쳤다.

“어……?”

“들어가도 될까?”

시선을 슬쩍 위로 하고 그렇게 말하자, 겸연쩍다는 듯 머리를 긁으며 문을 살짝 열어줬다. 툭, 하는 소리를 내며 내 앞에 칠판지우개가 떨어졌다.
“방해해서 미안해.”
“아니, 괜찮아…….”
웃음이 새어 나오는 걸 꾹 참으면서 나는 자리에 앉았다. 그리고 곧 바로 칠판지우개 트랩이 사라진 문으로 다바타 선생님이 들어왔다.

✿ ✿ ✿

“음…….”
잠에서 깼더니 평소의 내 방이었다. 반가운 꿈을 꾸었다. 사랑했던 아라타도 다시 한 번 만날 수 있었다.
“이 일기장 덕분이구나……. 고마워.”
나는 일기장을 가방 속에 넣고, 기지개를 켠 다음 방을 나왔다.

“안녕, 아사히! 괜찮아……?”
교실에 들어가자마자 달려온 미유키가 걱정스러운 듯 물어왔다.
“응……. 하루 지나니까 조금 낫네.”
사실은 아직 충격에서 헤어 나오지 못하고 있었지만 걱정해주는 친구를 조금이라도 안심시켜 주고 싶어서 거짓말을 했다.
“억지로 애쓰지 않아도 괜찮아.”
“고마워.”
그런 나의 거짓말쯤은 다 꿰뚫어보는 미유키는 걱정스러운 표정을 지우지 않은 채 자리로 돌아갔다.

“참 어제, 반가운 꿈을 꿨어.”

미유키가 조금이라도 웃어주길 바라는 마음에 꿈 이야기를 꺼냈다.

“중학교 3학년 첫날에 아라타와 친구들이 다바타 선생님에게 칠판지우개로 트랩 만들었던 거 기억해?”

그런데 꿈속에서 그걸 내가 말이야, 하고 이야기를 계속하려는데 미유키가 묘한 말을 했다.

“기억하지. 아라타와 친구들이 기껏 설치했는데 어떤 여자애가 방해했다며 소란스러웠잖아.”

“뭐?”

“어제 애들이랑 오랜만에 아라타 얘기를 했는데, 그때 그 여자애가 아사히였다는 걸 알고 깜짝 놀랐어.”

“자, 잠깐만. 아니, 그건 꿈속에서 있었던 일이고 실제로는 다바타 선생님이 트랩에 걸렸었잖아?”

동요되는 마음을 숨길 수가 없다. 그건 분명 꿈속에서 있었던 일이다. 그날 나는 새 학년이 된 설레는 마음에, 그런 장난이 벌어졌었다는 것조차 알지 못했다.

“아사히, 괜찮아? 기억이 혼란스러워도 어쩔 수 없지. 아라타 때문에 충격이 클 테니까.”

미유키는 꿈의 내용이 현실이라고 말했다. 모르겠다. 이게 어떻게 된 일이지?

“그래!”

나는 가방에서 어제 받은 일기장을 꺼냈다. 어쩐지 곁에 두고 싶어서 가방 속에 슬쩍 넣어두었던 일기장이지만 이런 식으로 도움이 될 줄은 생각도 못 했다.

"이거 봐, 미유키! 이건 아라타의 일기장이……."

어제 본 페이지를 미유키에게 보여주려고 두 번째 페이지를 펼친 나는 거짓말 같은 장면을 목격했다.

"말도 안 돼."

노트에 적힌 내용은 어제의 것과는 달라져 있었다. 어제는 분명히 다바타 선생님이 트랩에 걸렸다고 적혀 있었는데 지금 펼친 페이지에는 트랩이 불발로 끝났다는, 꿈속에서 본 내용으로 바뀌어 있었다.

"이게 어떻게……."

"아사히, 정말 괜찮아? 하고 싶은 얘기가 있으면 뭐든지 다 들어줄 테니까 언제든 얘기해, 알았지?"

걱정스러운 듯 나를 바라보는 미유키에게 나는 아무 말도 할 수가 없었다.

무슨 일이 일어난 건지 이해하지 못한 채 그저 아라타의 일기장과 그 안에 적힌 글자를 가만히 바라봤지만, 거기에 적힌 내용을 이해할 수 없었다. 내가 아무 말도 하지 않자, 미유키가 빼꼼히 들여다보았다.

"아사히……? 그 노트가 어쨌다는 거야?"

의아하다는 듯, 하지만 어딘가 걱정스러운 듯한 말투로 미유키가 물었다.

"아, 아무것도 아니야! 내가 착각했나 봐. 하하, 신경 쓰지 마."

"응……. 정말 무슨 일 있으면 뭐든 말해줘, 알았지?"

석연치 않은 듯한, 그런 표정으로 미유키는 말했다.

당연히 착각일 것이다. 과거가 바뀌다니, 그런 일이 일어날 리는 없으니까. 순간 떠오른 생각을 떨쳐내기라도 하듯 나는 꺼내놓았던 일기장을 다시 가방 속에 밀어 넣었다.

4월 10일

오늘은 회장을 정했다.

최악이다. 제비뽑기로 회장이 되어버렸다.

여자 부회장은 다케나카 아사히라고 하는 잘 모르는 애였다.

아는 애였으면 좋았겠지만, 그래도 좀 귀여운 애라서 다행인 듯(웃음).

"예전 생각 나네."

아침에 있었던 일은 나의 지나친 생각이라고……. 그렇게 믿기로 한 나는 밤에 잠들기 전에 아라타의 일기장을 또 펼쳤다.

오늘은 3페이지. 4월 9일을 건너뛴 것도 아라타답다. 일기 쓰는 거 좋아한다고 썼으면서……. 그런 생각을 하자 쓸쓸하면서도 어쩐지 웃음이 난다.

"그러고 보니 1학기에는 우리 둘이서 회장, 부회장을 했었지."

내가 아라타를 처음으로 인식했던 것이 그때였다. 어떻게 그걸 잊고 있었을까. 이렇게 소중한 추억인데.

"나도 일기를 쓸 걸 그랬나."

그랬다면 아라타와의 추억을 하나도 빠짐없이 기억할 수 있었을 텐데. 이제 와 아무 도움도 안 되는 생각을 하고 만다.

하지만 그때는 설마 아라타와 사귈 거라곤 생각도 하지 않았으니까. 그리고 그런 식으로 마지막 작별을 맞이하게 될 줄은 몰랐으니까.

그런 생각을 하다가 어느 샌가 나는 잠이 들었다.

✿ ✿ ✿

"HR 시작한다."

들리는 목소리에 나는 화들짝 놀라 허둥지둥 앞을 보았다. 교탁에는 다바타 선생님이 서 계셨다.

또……. 또 이 꿈이다. 중학교 3학년, 아직 아라타가 있던 시절의 꿈.

설마, 오늘은 혹시…….

"자 오늘은 학급임원을 뽑을 거야. 우선은 회장과 부회장부터."

역시나…….

"선정 방식은…… 제비뽑기가 좋겠지? 1등 당첨이 학급회장, 2등 당첨이 부회장을 하는 걸로."

아라타가 쓴 일기와 똑같은 내용의 꿈이다.

그럴 리가 없어! 마침 일기를 읽은 뒤에 잠이 들었기 때문이겠지. 그 내용이 머릿속에 남아서 그런 것뿐이야. 당연히 그렇겠지. 그게 아니라면 말이 안 되잖아. 과거를 꿈에서 반복하다니.

"다음, 아사히 순서야."

“응? 아, 응.”

정신을 차리자 내 순서가 다가왔다. 과거에 했던 대로라면 내가 2등을 뽑을 텐데…….

“저기, 있잖아.”

“응?”

나는 큰맘 먹고 뒷자리에 앉은 친구, 히나에게 말을 걸었다.

“저기……, 나 잠깐 화장실에 가고 싶어서 그러는데, 너 먼저 뽑을래?”

“그래! 선생님이 아시기 전에 얼른 돌아와.”

“고마워!”

나는 살며시 자리에서 일어나 선생님이 눈치채지 않도록 교실에서 복도로 나갔다.

“휴…….”

무언가가 바뀔 수도 있고, 아무것도 바뀌지 않을 수도 있겠지만……. 이대로 똑같이 보내서는 무슨 일이 일어난 건지 알 수가 없다. 알고 싶다. 지금 어떤 상황이고, 내 몸에, 저 일기장에 무슨 일이 생긴 건지.

“어? 음……, 다케나카 아사히, 였나?”

복도에 쪼그려 앉아 생각에 잠겨 있는데 생각지도 못한 누군가가 말을 걸었다.

“어머…….”

“응?”

"아, 저기…… 스즈키 아라타?"
눈앞에는 3년 전의 아라타가 있었다.
"맞아, 스즈키야. 근데 여기서 뭐 해?"
"아, 그게…… 그러니까……."
"혹시 속이 안 좋아서 웅크리고 있던 거야? 괜찮아? 선생님 부를까?"
내게 이런 기억은 없다. 단지 기억하지 못하는 것이 아니다. 그럼, 역시……. 이건 꿈에서 과거를 반복하고 있는 것이 아니다.
"다케나카……?"
걱정스러운 듯한 아라타를 보고, 나는 황급히 일어선다.
"아, 그게…… 그게 아니라. 화장실 갔다 왔는데 왠지 들어가기가 민망해서."
그럴듯한 이유를 말하자, 아라타는 순간 깜짝 놀란 얼굴을 하더니 곧 장난스럽게 웃었다.
"알지, 알지. 나도 그럴 때 있어, 조금 있으면 쉬는 시간 종이 울리지 않을까 싶어서 기다리는 거지."
"뭔지 알지? 휴 다행이야. ……그러는 스즈키는 왜 밖에 있어?"
"그, 그게……."
내 말에 아라타는 선뜻 대답하지 못했다. 곤란한 걸 물었나? 그 반응에 불안한 마음이 들었는데 아라타는 빙그레 웃으며 말했다.
"나도 그래! 나도 화장실! 갑자기 가고 싶어져서."
"그렇구나! 똑같네!"

웃는 아라타를 보니 마음이 놓인다. 순간 그늘진 표정이 마음에 걸렸지만 지금의 나는 물을 수가 없었다.

“교실, 들어갈래?”

“아, 응! 들어가자!”

뒷문을 살며시 열고 교실로 조용히 들어갈 생각이었다. 그런데 교실에서는 반 친구들과 다바타 선생님이 히죽히죽 웃으며 나란히 들어오는 우리를 쳐다보고 있었다.

“어?!”

“어서 와. 두 사람. 남은 제비는 두 장이야.”

아무래도 복도에서 이야기하는 사이 우리를 제외하고 학급임원 추첨 제비는 다 뽑은 모양이다. 설마…….

“자, 어느 쪽이 회장이고 어느 쪽이 부회장일까.”

재밌다는 듯 말하는 다바타 선생님. 그리고 키득거리는 반 친구들.

“아 정말! 어쩔 수 없지! 뽑자, 다케나카!”

아라타는 단단히 각오한 듯 교탁으로 걸어간다.

“아, 응.”

나도 그 뒤를 따라, 둘이서 하나 둘 셋을 외치고 제비를 뽑았다. 그 결과는…….

“회장은 스즈키, 부회장은 다케나카가 하게 되었어! 그럼, 두 사람 1학기 동안 잘 부탁해!”

거역하려 했지만, 바뀐 것은 아무것도 없이 우리의 이야기는 과거 그대로, 일기 내용대로 쓰여갔다.

그런 거겠지. 과거는 과거다. 바뀔 리가 없어. 바뀌어서 좋을 리가 없다. 그러니 분명 어제 일은 내 착각이었던 거야. 일기의 내용이 인상에 남았기 때문에 마침 그 내용을 꿈으로 꾼 것뿐. 기억과 달랐던 것도 3년도 더 전의 일이라 내가 잊고 있었을 뿐이다.

꿈속에서 일어난 사건은 그저 꿈속의 일. 그러므로 지금의 나와는 관계없다. 과거를 꿈속에서 반복하다니 그런 일이 있을 수가 없지. 해답이 나온 것 같았다. 내심 마음에 걸렸던 것이 사르르 사라지는 걸 느꼈다.

하지만 나는 아직 알지 못했다. 과거가 바뀌어가고 있다는 것을, 이야기가 움직이기 시작했다는 것을.

❀ ❀ ❀

4월 10일

오늘은 학급임원을 뽑았다.

보건실에 다녀왔더니 이미 제비뽑기가 끝나 있었다.

내가 없을 때 투험을 하다니 다바타 선생님 너무하시네…….

게다가 남은 두 장이 회장과 부회장이라니. 이건 횡포야!

선생님의 악의가 느껴짐!

이런 투첨운만큼은 남들보다 좋은 내가…… 설마 했던 학급회장이 되고 말았다…….

참고로 여자 부회장은 다케나카라는 아이다.

복도에서 잠깐 얘기해봤는데 착한 것 같다.

……좀 귀엽기도 한 것 같아 다행이고.

1학기를 잘 지낼 수 있을 듯하다.

어쨌든 친구들과 선생님에게 폐 끼치지 않도록 열심히 해야지.

책상 위에 둔 일기장을 응시했다. 마지막으로 일기를 읽은 그 날로부터 일주일이 지나가고 있었다. 그날 잠에서 깨 일기의 내용이 달라져 있다는 것을 알아채고, 나는 그 이후로 일기장을 열어보지 않았다.

"어떻게 된 거지?"

일기의 내용이 꿈에서 본 내용으로 바뀌어 있다. 그리고 거기에 맞춰 현실의 기억도 바뀌어 있었다. 내 기억을 제외하고는.

"어떻게 해야 좋을까."

자문해보지만, 사실 마음은 이미 한참 전에 정해졌다. 일기장이 무섭다든가 찝찝하다든가, 그런 것보다는 다시 한 번 아라타를 만날 수 있다는 생각밖에 들지 않았다. 이 일기장이 있으면, 어쩌면 그때보다 아라타와 더 즐겁게 보낼 수 있지 않을까. 이것만 있으면, 어쩌면 이별 없는 미래를 맞이할 수 있지 않을까.

"아라타……."

몇 번이나 같은 생각을 했는지 모른다. 결론은 언제나 똑같은 곳에 도달한다. 그렇지만 나는 오늘도 일기장을 펼쳐보지 못한 채 잠이 들었다.

"……아침이네."

당연한 것이겠지만, 일기장을 펼치지 않게 된 날부터 불가사의한 꿈은 꾸지 않는다.

"역시 일기장 때문이었구나."

오랜만에 아라타를 만난 것이 오히려 더 아라타에 대한 마음을 더 증폭시켰다.

"어떻게 하면 좋을까……."

오늘도 답을 얻지 못한 채, 나는 학교 갈 준비를 하고 집에서 나와 여느 때처럼 학교로 향했다.

"안녕, 아사히. 그런데, 무슨 일 있어? 얼굴이 왜 그래?"

교실에 도착하자 미유키가 평소처럼 말을 걸어준다.

"안녕. ……무슨 일이냐니?"

"뭔가 힘들어 보이는 얼굴을 하고 있길래."

"그래?"

"그렇다니까."

평소대로 한다고 생각했는데, 언제나 이 친구는 속일 수가 없다.

"오늘 시간 있어? 괜찮으면 집에 가는 길에 차 마실래?"

"그래. 고마워"

"고맙다는 말은 안 해도 되니까, 얼른 기운 내."

미유키는 그렇게 말하고 살짝 웃더니, 자기 자리로 돌아가 앉았다.

"얘기해봐, 뭔 일 있었어?"

"……응."

"말하기 곤란한 거야?"

"……."

말하기 곤란하다기보다는 어떻게 해야 내 말을 믿어줄까 하는 마음이 컸다. 만약 내가 미유키 입장에서 똑같은 말을 듣게 된다면, 좋아했던 사람이 죽은 충격으로 머리가 이상해진 거라고 생각할지도 모르겠다.

"……나, 사실은 눈치채고 있었어."

"응……?"

갑작스럽게 미유키가 말했다.

"네가 아라타의 장례식에 갔다 온 뒤로 뭔가 이상하다는 낌새가 있었거든."

"미유키……."

"그러니까, 어떤 말이라도 다 받아들여 줄 테니까. 이 미유키 님께 얘기해보시죠?"

무거운 분위기를 부드럽게 풀어주는, 미유키의 이런 면에 나는 몇 번이나 위로를 받아왔던가.

"안 웃을 거지?"

"안 웃을게."

"절대로?"

"절대로."

단호하게 대답하는 미유키를 보고 나는 얼마 전부터 일어나고 있는 불가사의한 현상을 이야기하기 시작했다.

"그러니까, 과거를 꿈속에서 한 번 더 체험하고 있다, 이 말이야?"

"체험하고 있다기보다는 그 위에 업데이트하는 것 같은 느낌이야."

그 당시 내가 했던 것과 다른 행동을 하면, 그게 현실 세계의 추억에까지 영향을 주고 있다.

"으음."

"역시, 안 믿기지?"

"아니야. 네가 이런 일로 거짓말할 리 없다는 건 나도 아니까. ……못 믿겠다는 게 아니라……."

잠시 고민하더니, 미유키는 조심스럽게 말했다.

"내가 기억하는 건 아사히가 말한 부분의 업데이트된 상태의 기억이라서, 지금 말해준 **바뀌기 전** 부분을 솔직히 잘 모르겠어."

"그렇겠구나……."

"하지만 만약 정말로 과거가 바뀌어 있는 상태라고 한다면, 어째서 그날 아사히만 직접 불린 건지 알 것도 같아."

"나만……?"

"응. 그날 아사히는 아라타의 어머니한테 직접 아라타가 죽었다는 연락을 받았잖아?"

"응, 미유키도 받지 않았어?"

"나는…… 도우라 가나타라는 애 기억나? 중학교 3학년 때 같은 반이었던 친구. 걔한테 연락을 받았어."

"……도우라."

분명, 아라타와 자주 함께 있던 남자아이이다.

"어릴 때부터 친구였나 그랬지?"

"아라타의 소꿉친구였지. 아라타와 친하게 지냈던 사람에게 연락해

달라고, 가나타를 통해서 연락이 왔어."
"그랬구나……."
"그래서 너한테 연락했을 때, 아라타의 어머니한테 직접 전화가 왔었다길래…… 무슨 일인가 싶어 궁금했어."
"어떤 점이?"
"가나타 말고 아라타의 어머니한테 직접 연락을 받은 사람은 없거든. 아사히를 제외하면."
"나만……."
"3년도 더 된…… 그것도 중학생 때 아주 잠깐 사귀었을 뿐인 여자친구에게 일부러 직접 연락했다는 게 이상했어,"
미유키는 그렇게 말하고는 시선을 내 가방 쪽으로 향했다.
"가지고 왔지?"
"응."
뭘 묻는 건지 물어볼 필요도 없었다.
"그런데 그거 끝까지 읽었어?"
"아직……."
미유키는 무언가를 생각하는 듯했다.
"왜 그래?"
"만약 여러 날짜를 읽는다면 어떻게 될까?"
"응?"
"만약, 연속되지 않는 날짜를 읽는다면? 복사를 한 후에 꿈을 꾼다면?"

"미유키……?"

"만약, 과거를 바꾸고 아사히와 아라타가 헤어지지 않는 세계로 바꿀 수 있다면……?"

"미유키!!"

나도 모르게 큰소리로 미유키의 말을 저지했다. 주위 사람들이 무슨 일인가 하고 우리 쪽을 쳐다본다.

"미안해……."

"……나야말로 미안."

"……."

"……."

나의 얄팍한 마음을 간파당한 듯한 기분이 들어 부끄러웠다. 이 노트만 있으면 어쩌면…… 그런 생각을 하지 않은 적이 없었다. 하지만 그 선을 넘어도 될지 어떨지, 그 답은 아직 내 안에서 도출되지 않았다.

나와 미유키 사이에 어딘지 모르게 서먹서먹한 분위기가 흘렀다. 그런 분위기를 털어내기라도 하듯 미유키는 눈앞에 놓인 아이스티를 한 모금 마시고 내게 말했다.

"분명, 어떤 의미가 있어서 아사히가 과거를 다시 시작하고 있는 것 같아."

"의미?"

"그게 아사히에게 있어서인 건지 아라타에게 있어서인 건지는 모르겠지만. 그런데 네가 읽는 걸 그만둔다면 후회가 남은 지금과 달라지는 건 아무것도 없지 않을까."

"……."

우물거리는 나에게 미유키는 살짝 눈치를 보며 말했다.

"아라타의 전화번호, 못 지웠지?"

"어, 어떻게……."

알았느냐고 물으려는 나에게 안쓰럽다는 표정을 지으며 미유키가 웃는다.

"우리가 어떤 친군데, 당연히 그걸 눈치 못 챌 리가 없지."

"미유키……."

숨길 생각이었다. 미련 없이 싹 지운 척할 수 있다고 생각했다. 그런데 지금 내 눈앞에 있는 다정한 친구는 모든 걸 다 알고도 속아주는 척 해주었던 거다.

"어쩌면 바뀌는 건 아무것도 없을지 몰라. 아무리 애써봐도 현재는 현재 그대로일지도 몰라. 그래도 만약 조금이라도 그날을 바꿀 수 있다면…… 그럴 가능성이 있다면, 한번 모험을 해봐도 좋지 않을까."

나에게 그런 행운의 기회가 있어도 되는 걸까. 우리의 과거를, 현재의 내가 바꾼다니……. 망설이고 있는 나를 꿰뚫어보기라도 한 듯 미유키가 말했다.

"바꿀 수 있는 것은 아마 아주 작은 사소한 일일 거야. 뭔가 크게 바뀌거나 하진 않을 거라고 생각해."

"그럴까……?"

"그래도, 그렇게 해서 지난 3년 동안 괴로웠던 아사히의 마음이 조금이라도 가벼워진다면, 아라타도 기뻐하지 않을까?"

"미유키……."

그럴까? 그렇게 해도 될까?

사실은 알고 싶었다. 그날 아라타가 왜 갑자기 그런 말을 했는지. 그 후, 왜 사라져버린 건지. 어째서 끝까지 곁에 있게 해주지 않았던 건지…….

"맞아……. 나……."

"하지만 아사히. 과거를 바꾸고 현재를 바꿔 간다는 건…… 아라타의 괴로운 장면을, 이번에는 네 두 눈으로 직접 봐야 할지도 몰라."

"응……."

"그래도 괜찮겠어?"

"응! 나는 아라타를 보고 싶어."

"아사히……."

"그날 왜 우리가 헤어져야 했는지. 진짜 이유를 알고 싶어."

"응. 그래. 그렇겠지."

"고마워, 미유키. 덕분에 마음을 굳혔어."

후회하지 않기 위해서라도, 나는…….

"아라타와 보내는 날들을 다시 시작해볼래."

그 결과가 아무리 괴롭다고 하더라도.

"울고 싶을 때는 내가 있으니까. 언제든 얘기해."

"고마워……."

다정한 친구의 말에, 나는 흐르던 눈물을 살며시 닦고 고개를 살짝 끄덕였다.

아직 어떻게 될지는 모른다. 하지만 과거를 회상하며 괴로워하는 것이 아니라, 그 당시의 일을 추억하고 웃을 수 있도록 나는 과거를 바꿀 것이다. 그것이 설령 용서받지 못하는 일이라 하더라도.

집으로 돌아온 나는 미유키가 했던 말을 떠올리면서 아라타의 일기장을 집었다.

'일단 지금은 여러 가지를 확인하면서 일기장에 대해 조사해보자.'

'확인?'

'그래, 이를테면…….'

"여러 날짜의 일기를 읽으면 어떻게 되는지…… 해볼까."

지금까지는 하루치만 읽고 잠이 들었었다. 그런데 며칠 분량을 한꺼번에 읽는다면, 그날의 꿈은 어떻게 될까.

"좋아, 읽어보자!"

오랜만에 펼친 일기장은 어딘가 서늘하게 차가웠다.

4월 11일

최악이다. 새 학년이 되자마자 곧바로 학교를 빠지다니.

오늘은 각 반의 학급임원으로 구성된 임원 회의가 있었는데…….

다케나카가 혼자 갔으려나?

내일 미안하다고 해야겠다…….

……그런데 내일 학교에 갈 수는 있을까…….

4월 12일

역시나 오늘도 학교에는 가지 못했다.

반 친구들에게나 다케나카에게도 민폐를 끼치고 있다.

……면목이 없다.

저녁에 가나타가 병문안을 와주었다.

늘 고마워.

4월 15일

월요일이 되었지만 나는 오늘도 학교를 쉬었다.

내가 회장을 해도 괜찮은 걸까?

다바타 선생님에게 전화로 다케나카가 내 몫의 일까지도 잘해주고 있다고 들었다.

민폐만 끼치는구나.

선생님은 신경 쓰지 말라고 하셨지만, 역시 내가 회장을 하는 건 무리다.

내일도 쉬게 되면 선생님한테 말해서 다른 사람으로 회장을 바꿔 달라고 해야겠다.

4월 16일

오랜만에 학교에 갔다.

반 친구들에게는 평소처럼 감기 때문에 쉰 걸로 돼 있었던 모양이다.

다케나카에게 사과했더니 괜찮다며 웃었다.

정말 미안하다.

내일부터 봄 수련회 준비가 시작된다.

자고 오는 캠프를…… 내가 참가할 수 있을까.

"맞아, 이런 일이 있었지……."

새 학기가 되자마자 아라타가 며칠이나 쉬는 바람에 정신없을 정도로 바빴던 것이 생각났다. 하지만 이 일을 계기로 미유키나 다른 친구들과 친해질 수 있었다. 그러니 나한테는 좋지 않은 추억이기만 한 것은 아니었는데…….

"아라타는 이렇게 생각했었구나……."

참 신기하다. 그 시절 아라타의 감정을 이런 형태로 알게 된다는 것이. 그리고 앞으로 또 한 번 그 시절의 아라타를 만난다는 것도.

"아라타……."

너무나 좋아했던 그의 이름을 조용히 불러보고, 나는 탁 소리를 내며 일기장을 덮었다.

✿ ✿ ✿

눈을 뜨자 그곳은 몇 년 만이기도 하고 며칠 만이기도 한 3학년 2반 교실이었다. 칠판에는 분필로 **4월 11일**이라고 적혀 있다.

일기장 속 날짜와 똑같다. 그 말은 즉, 아라타가 학교에 오지 않았다는 것. 교실을 둘러봤지만 역시나 아라타의 모습은 보이지 않았다.

"어? 아라타는?"

"오늘 결석인 것 같아."

"에이, 빌려달라고 했던 CD 가져왔는데!"

조금 떨어진 곳에서 익숙한 목소리가 들린다. 미유키의 목소리였다. 아직 이 무렵에는 미유키와 거의 얘기해본 적이 없었다. 중학교 3년 만에 처음으로 같은 반이 되었고, 고3인 지금도 함께하는, 소중한 내 친구. 다만, 지금 시점에서는 아직 평범한 반 친구일 뿐이다. 왠지 묘한 기분이다.

"아사히? 왜 그래?"

"아, 아니야. 아무것도 아냐."

멍하니 있던 나에게 뒷자리에 있던 히나가 이상하다는 듯 물어왔다.

'히나도 반갑네. 지난번에 오랜만에 만났었는데…….'

츠지타니 히나는 중학교 3년 내내 같은 반이었다. 고등학교가 갈린 이후로는 좀처럼 만날 기회가 없었는데, 오랜만에 다시 만난 자리가 설마 아라타의 장례식일 줄은 생각도 못 했다.

"자, 다들 자리에 앉아."

그런 생각을 하는데 다바타 선생님이 출석부를 들고 교실로 들어왔다.

"오늘 결석은…… 스즈키뿐인가."

전달사항을 이야기하고 선생님은 조례를 마쳤다.

"다케나카."

"……앗, 네!"

멍하니 있던 내 앞에 어느샌가 다바타 선생님이 서 계셨다.

"오늘은 어제 얘기한 대로 임원 회의가 있는데 말이야."
"네."
"스즈키가 결석이라, 미안하지만 다케나카가 혼자 가줄 수 있을까?"
"알겠습니다."
"잘 부탁해."
그 말만 하고 다바타 선생님은 교실을 나갔다.
"하아……."
알고는 있었지만 우울하다.
"아사히, 괜찮아?"
"으, 어쩔 수 없지, 열심히 해볼게!"
"화이팅."
등 뒤에서 히나의 위로를 받으며, 책상 속에서 교과서를 꺼내 1교시 준비를 시작했다.

"어?"
방과 후의 임원 회의를 마치고 교실로 돌아와 집에 갈 준비를 한다. 아무도 없는 교실은 휑하니 썰렁했다.
"이래도 정말 괜찮을까……."
지금의 내가 하고 있는 것은 완전히 과거의 반복이다. 아무것도 변함없는, 3년 전에 일어났던 사건 그대로. 이대로 집에 돌아가 오늘 하루가 끝나면, 아라타의 일기장 내용은 바뀌지 않을 것이다. 모든 페이지를 바꿀 필요는 없을지도 모른다. 하지만 그날을 맞이하지 않기 위해서는 역시 똑같은 행동을 반복하고 있어선 안 될 것 같은 기분이 들었다.

그런데 어떻게 해야 하지……. 그런 생각을 하면서 손을 내려다보자 한 권의 노트가 있다. 조금 전에 한 임원 회의에서 주고받은 의견의 내용을 정리한 노트다.

그래! 일기장에는 **감기에 걸린 것으로 둘러댔다**고 쓰여 있었으니, 분명 결석의 이유는 감기가 아니겠지. 그렇다면 앓아누워 있는 건 아닐지도 모르겠다.

그래도 혹시 진짜로 아팠던 건지도 모르니까 그것을 대비해 편지 한 통을 써서 노트에 끼워두기로 했다. 그리고 나는 교무실에 있을 다바타 선생님을 향해 달렸다.

"또 여길 오게 됐네……."

교무실에 있던 다바타 선생님에게 이야기했더니 선생님은 흔쾌히 아라타의 주소를 알려주었다. 굳이 에두를 필요 없이 곧장 집으로 가도 됐지만, 지금의 내가 아라타네 집을 알고 있다는 건 자연스럽지 못하다. 수상하게 여겨질 만한 일은 가능한 한 피하고 싶다.

다만, 가는 김에 이것도 전해달라고 부탁받은 다바타 선생님의 숙제 프린트물까지 전달하게 된 것은 아라타에겐 좀 미안한 일일지도 모르겠다. 그런 생각을 하면서 초인종을 누르자 인터폰 연결음에 이어 웅얼거리는 목소리가 들렸다.

"네……?"

"아, 저기, 다케나카입니다!"

"응?"

"같은 반! 다케나카야!"

"어? 저기, 자, ……잠깐만!"

당황한 목소리와 동시에 뭔가가 쿵 하고 넘어진 것 같은 소리가 들렸는데……. 괜찮겠지?

잠시 기다리자 딸깍 하는 소리와 함께 눈앞의 문이 열렸다.

"……안녕."

"……안녕."

"……."

"……."

……대화가 이어지지 않는다.

그도 그럴 것이다. 아라타에게 지금의 나는 아직 처음 같은 반이 된 여자아이에 불과할 테니까. 그런데 집까지 들이닥치다니, 자칫 수상한 애로 여겨지더라도 할 말이 없지.

"아……, 무슨 일이야?"

"아, 그게…… 감기는 이제 괜찮아?"

"……응, 많이 나았어."

감기라는 말에 순간 놀란 표정을 지었지만, 그것을 감추려는 듯 아라타는 바로 대답했다.

"……아, 저기! 집 주소는 다바타 선생님이 가르쳐줬어!"

"다바타 선생님이?"

"오늘 학급임원 회의 있었잖아? 혹시나 스즈키가 결석한 걸 신경 쓰고 있진 않을까 해서."

"……."

"그래서, 혹시 괜찮다면, 자, 이거!"

내가 내민 노트를 아라타는 조금 슬퍼 보이는 표정으로 받았다.

"번거롭게 해서 미안해……."

"무슨 그런 말을……. 누구든지 몸 안 좋을 때는 있는 거야! 그러니까 그런 건 너무 걱정하지 마!"

아라타는 받아든 노트를 휘리릭 넘겨보더니, 나지막이 고맙다고 말하고 눈길을 피했다.

"……."

"……."

"아, 내일은 학교 올 수 있겠어?"

침묵을 견디지 못하고, 나도 모르게 뱉어버린 말에 후회했다. 내일도 다음 주도 아라타가 학교에 올 수 없다는 것을 알고 있으면서…….

"글쎄……. 갈 수 있으면 좋겠지만……."

"무, 무리하지는 말고!"

"고마워."

"……."

"……."

무거운 분위기가 감돈다.

방금 한 실언을 만회하려고 필사적으로 생각해보지만 아무것도 떠오르지 않는다. 머리를 쥐어 짜내서 생각해낸 것이 다바타 선생님에게 받은 프린트였다.

"아, 맞다! 다바타 선생님이 부탁하신 게 있어."

"……수학 프린트?"

"숙제래……."

"……그렇구나. 고마워."

"응……."

"……."

"……."

또다시 침묵에 휩싸인다.

"그럼, 난 이만 가볼게……. 음, 몸조리 잘해."

"아, 응……. 일부러 와줘서 고마워."

결국, 나는 아라타 앞에서 도망칠 수밖에 없었다. 노트를 든 아라타에게 등을 돌리고 그 집을 나왔다.

아아아, 대체 왜 그런 말을 한 걸까. 후회가 밀려온다. 아라타도 당연히 학교에 가고 싶을 텐데. 더군다나 일기장을 보고 알고 있었으면서.

"나도 참…… 진짜 바보다……."

눈시울이 뜨거워지고 흘러나올 듯한 눈물을 닦으려는 순간, 내 이름을 부르는 소리가 들렸다.

"다케나카!!"

"……어? 스즈키?!"

아라타의 목소리에 뒤를 돌아보자, 허둥지둥 현관에서 나온 그가 보였다.

"이거! 고마워! 기뻤어!"

아라타…….

“내일은 힘들지도 모르지만, 다음 주에는 꼭 학교에 갈게! 잘 부탁해!”

“……응! 기다릴게!”

대답하는 나를 향해 아라타는 크게 손을 흔들고 쑥스러운 듯 머리를 긁적이며 집 안으로 돌아갔다. 그 모습을 보자 마음이 놓였다. 아라타의 뒷모습을 몇 번이고 다시 떠올리면서, 경쾌한 발걸음으로 집으로 돌아갔다.

그리고 나는 잠에서 깨지 않은 채, 꿈속에서 이튿날을 맞이했다. 눈을 뜨니 침대 위였다. 꿈에서나 현실에서나 똑같은 광경인 침대 위.

“지금은 어느 쪽인 거지?”

벽에 걸려 있는 교복을 보고 아직 꿈속이라는 사실을 알아챘다.

“그렇구나. 이어서 읽으면 이렇게 되는구나.”

내가 읽은 일기는 4월 11일부터 4월 16일까지의 내용이었다. 그렇다는 건 4월 16일이 될 때까지는 이 꿈에서 깨지 않는다는 뜻인가.

“아무튼, 학교에 가야 해. 오늘도 아라타는 결석이었지만…….”

낯익은 교복을 집어 익숙한 방식으로 입는다. 거울을 보면서 가볍게 매무새를 가다듬자 3년 전의 내가 있었다.

“안녕, 아사히.”

살짝 인사를 건네보지만, 거울 속에 비치는 조금 앳된 모습의 내가 대답하는 일은 없었다. 당연하지. 지금은 3년 전의 나인 거니까.

"안녕!"

"아사히! 안녕!"

교실에 들어가 자리에 앉자 뒷자리에서 히나가 말을 걸어왔다.

"어제 괜찮았어?"

"아, 응. 대충 어찌어찌 됐어."

아라타도 만났고, 그렇게 이어질 뻔한 말을 나는 꿀꺽 삼켰다. 히나가 알고 있는 **지금의 나**는 아라타, 아니 스즈키와는 아직 아무 관련이 없는 거나 다름없으니까…….

"그렇구나, 오늘도 있어?"

"오늘은……."

아무것도 모르는 히나는 혼자서 학급임원으로 이런저런 일을 해야 하는 나를 걱정해주었다. 얼떨결에 말문이 막힌 내 눈앞에 어째선지 히나가 금붕어처럼 입을 뻐끔거리고 있는 모습이 보였다.

"……왜 그래?"

"앗, 아사히! 뒤, 뒤에!"

"응?"

히나 쪽으로 몸을 향해 있던 나에게, 히나는 내 뒤를 가리키면서 당황한 듯한 목소리로 말했다. 왜 그러지? 하고 뒤를 돌아보자, 한 남학생이 서 있었다.

"……음."

"다케나카, 맞지?"

"……응."

"이거 아라타가 돌려주라고 해서. 고맙다고도 전해달래."

그 애가 내민 것은 어제 아라타에게 건넸던 노트였다.

"그 녀석, 새 학기 되자마자 학교를 빠지게 돼서 우울해하고 있었는데 어제 네가 와줘서 엄청 기뻤던 모양이야. 나도 고마워."

"……그렇구나! 네가 도우라구나!"

"어?"

"아, 미안."

누구였는지 가물가물했는데. 그래, 이 아이가 도우라 가나타다. 아라타의 소꿉친구…….

"도우라는 오늘 하굣길에 아라타네 집에 들를 거야?"

"뭐 볼 일이라도……?"

"아……, 미안. 아무것도 아니야!"

이런. 그건 지금의 내가 알 리 없는 일이다.

"미안, 아직 반 친구들의 이름과 얼굴이 잘 매치가 안 돼서 늦게 알아봤네."

"아, 나도 그래. 그러니까 너무 신경 쓰지 마. 다케나카는 부회장이라서 금방 외웠지만 다른 애들은 거의……."

"그럼 다행이고. 그래도 정말 미안."

"신경 쓰지 마. 그럼 이만, 난 전달했으니까. 아마 그 녀석 다음 주에는 나올 수 있을 것 같은데……. 조금만 더 폐 좀 끼칠게. 미안."

"응, 알았어. 난 괜찮아, 일부러 신경 써줘서 고마워."

도우라는 자기 자리로 돌아갔다.

무의식적으로 좇은 도우라의 모습은 미유키와 친구들이 기다리는 무리를 향해 가까이 간다. 미유키 일행은 의심스럽다는 눈빛으로 도우라와 나를 번갈아가며 보고 있었다.

오해할 수도 있겠네. 그렇게 생각하면서 다시 히나를 쳐다보자 어째선지 히나는 책상에 와락 엎드려 바둥거리고 있었다.

"히, 히나……?"

"……."

"왜 그……."

"아사히, 치사해."

"응?"

"……칫! 아무것도 아냐!"

"아무것도 아닌 게 아닌 것 같은데……."

"아무것도 아니라면 아무것도 아닌 거야! ……근데, 그건 뭐야?"

이야기를 피하려는 듯하지만 궁금하기도 한 모양인지 히나는 내 손에 있는 노트를 보고 있었다.

"아, 이거……. 어제 임원 회의에서 나온 이야기들을 정리한 노트야."

"흠. 근데 그걸 왜 도우라가 가지고 있는 거야?"

"어제 집에 가는 길에 내가 스즈키네 집에 가져갔던 걸 스즈키가 도우라한테 맡긴 것 같아."

그러고 보니 일기장 안에서는 도우라가 아라타의 집에 들른 건 '오늘'이었다. 내가 한 행동으로 인해 또 과거가 바뀌어 있었다.

"어머? 아사히, 스즈키네 집을 알고 있었던 거야? 아니 그보다, 일부러 집까지 가지고 갔던 거야? 왜?"

이해할 수 없다는 듯한 히나. 그도 그럴 것이다. 왜냐면 지금의 나는 며칠 전 처음으로 아라타와 같은 반이 되었고 우연히 회장, 부회장을 같이 하게 됐을 뿐, 그뿐인 사이니까.

"아니, 몰라서 주소는 다바타 선생님한테 물어봤지……. 노트를 가지고 갈까 말까 망설이다가 선생님께 의논했더니 가는 김에 수학 프린트도 가져다주라고 하셔서……."

구차하다. 이런 변명은 어떻게 들어도 구차해.

"흐음, 그렇구나! 아사히 좋은 사람이네! 근데 사람이 너무 좋으면 대머리 돼!"

넘어갔다……. 웃으며 말하는 히나를 보고 한숨 돌렸다. 너무 집요하게 추궁당하고 싶지 않을 때는 슬쩍 빠져준다. 재잘거리기를 좋아하고 밝고 여성스럽고 귀여운, 사랑하는 내 친구.

"그냥 좀 내버려두세요!"

"아하하, 농담이야."

농담을 주고받으며 함께 웃는다. 나는 당연한 것처럼 '3년 전'의 한때를 보내고 있었다.

"자, 다들 모였나?"

다바타 선생님의 목소리가 들려, 나는 부랴부랴 자세를 바로 했다. 손에 들고 있던 노트도 책상 서랍에 넣으려고 한 순간, 안에서 한 장의 종이가 떨어졌다.

"아……."

그러고 보니, 어제 아라타가 혹시 앓아누워 있을 때를 대비해, 메모를 끼워두었던 것이 생각났다. 필요 없었다고 생각하면서 집어 든 종이에는, 나와는 다른 글씨체로 한 줄의 메시지가 적혀 있었다.

'고마워. 노트도 메모도 너무 기뻤어!'

아라타……. 어떻게 할 수 없이 아라타를 보고 싶다. 만나서 좋아한다고, 정말 많이 좋아한다고 말하고 꼭 안고 싶다. 그렇게 할 수 없는 답답함을 해소하기라도 하듯 나는 아라타의 메시지가 적힌 종이를 꼭 안았다.

"그럼, 미안하지만 부탁해."

"네."

"아사히 미안해!"

"괜찮아!"

말과는 다르게 별로 미안해하는 것 같지 않은 다바타 선생님과 미안해서 어쩔 줄 모르는 표정을 한 히나가 내 앞에 놓인 산더미 같은 프린트를 보며 말했다.

괜찮지는 않지만……. 그래도 괜찮다는 것을, 지금의 나는 알고 있었다. 왜냐하면…….

"내가 도와줄까?"

왔다…….

"……괜찮겠어?"

그때랑 똑같아…….

선생님과 히나가 사라진 뒤 말을 걸어온 사람은 집에 갈 준비를 마친 미유키였다.

"응, 오늘은 딱히 일정도 없고."

"그럼……, 부탁 좀 해도 될까?"

내가 지나온 과거도, 그리고 다시 한 번 지나고 있는 지금도 전혀 다르지가 않다. 이것이 나와 미유키의 시작이었다.

딸칵, 딸칵, 하고 교실에 스테이플러를 찍는 소리가 울려 퍼진다. 눈앞에는 미유키가 산더미처럼 쌓인 프린트를 한 묶음씩 정성스럽게 정리해주고 있다.

'아, 그때랑 똑같아.'

과거를 반복하고 있으니 당연한 일일지도 모르겠지만 3년 전의 그때도 이렇게 우리는 말 없이 스테이플러 찍는 작업을 했었다. 대화를 좀 해보려고 해도 잘 이어지지 않아서 결국 대부분의 시간을 말없이 보냈다. 당시의 나는 그런 시간이 조금 불편하게 느껴졌었는데…….

"다 됐어."

"어……?"

멍하니 미유키의 모습을 바라보고 있는 사이, 정신을 차리자 프린트는 전부 정리돼 있었다.

"아, 미안해! 고마워!"

"천만에. 그럼 이만……."

그렇게 말하고 미유키는 가방을 들고는 교실을 나가려고 한다.

"자, 잠깐만!"

"왜……?"

"교문까지 같이 갈까?"

왠지 이대로 보내고 싶지 않아서 엉겁결에 말을 건 내게 미유키는 놀란 듯한 표정을 짓더니 말했다.

"근데 너 다바타 선생님한테 보고하러 가야 하잖아."

"아……."

잊고 있었다. 작업이 끝나면 보고를 하러 가야 했다.

"그랬지 참……."

"교무실 앞까지 같이 갈까?"

"그래도 돼?"

"어차피 현관으로 가는 길에 있으니까……."

"잠깐만 기다려줘! 금방 준비할게!"

서둘러 가방과 정리한 자료를 들고, 문 앞에서 기다리는 미유키 쪽으로 갔다.

"미안, 기다리게 했지."

"그거, 들어줄게."

말이 끝나기도 전에 내 손에 있던 자료의 절반이 미유키의 손으로 넘어갔다.

"……고마워."

"이 정도로 뭘……."

미유키의 얼굴은 어딘가 쑥스러워하는 듯 보였다.

"……."

"……."

그 후에도 딱히 대화다운 대화는 없었다. 하지만 그 침묵은 당시 교실에서 느꼈던 것처럼 마음 불편한 것이 아니었다.

"그럼 난 여기서 이만."

교무실 앞에서 미유키가 자료를 다시 넘겨주었다.

"오늘 고마웠어."

"아니야. 또 뭔가 도울 일이 있으며 말해줘."

다시 한 번 고맙다는 인사를 하고 손을 흔들자, 미유키도 기쁜 표정으로 손을 흔들어주었다. 아라타의 일기를 읽고 지내는 과거 속이지만 아라타와 관계없는 장면에서 과거가 아주 조금 형태를 바꿨다는 것을 느꼈다.

그렇게 오늘도 또 아침을 맞이한다. 다만, 한 가지 궁금한 것이 있었다.

"오늘은 며칠이지……?"

내가 잠들었던 어제는 4월 12일이었다. 따라서 평소라면 오늘은 4월 13일일 터이다. 그런데 아라타의 일기에 적힌 내용은 4월 15일 월요일의 사건이었다. 그렇다면 오늘은……?

침대 옆에 두었던 휴대폰을 들어 잠금 화면을 열자, 액정에는 4월 15일이라고 표시되어 있었다.

"역시……."

이쪽의 세계는 과거이고, 아라타의 일기 속이다. 따라서 아라타의 일기대로 날짜가 움직여간다.

"그렇다면 혹시……."

무서운 생각이 떠올라서, 그 생각을 떨쳐내기라도 하듯 침대에서 일어났다. 혹시 과거를 바꿔서 아라타가 일기 쓰는 것을 그만두면…… 어쩌지?

그런 생각을 해봐야 어쩔 수 없다.

"지금은 아무튼 그때랑 똑같은 미래를 만들지 않도록 해야 해……."

나는 파자마를 벗고 중학교 교복을 입었다.

"……다케나카!"

교문을 통과하려는 순간, 뒤에서 누군가 내 이름을 부르는 소리가 들렸다. 이 목소리는, 수없이 들었던, 너무나 소중한 사람의 목소리.

뒤를 돌아보자 교복을 입은 아라타가 있었다.

"스즈키!"

"안녕! 지난번엔 고마웠어."

"안녕! 이제 몸은 괜찮은 거야?"

"응! 이제 완전히 건강해졌어! 폐 끼쳐서 미안해."

아라타는 미안해하며 말했지만, 나는 생각지도 못하게 아라타를 만나 가슴이 두근거렸다. 왜냐면 일기에서는 오늘 학교를 쉬었으니까.

과거가 또 바뀌었다.

"괘, 괜찮아! 히나랑…… 미유키도 도와줬으니까."

"미유키?"

불쑥 나온 미유키의 이름에 아라타는 고개를 갸웃거렸다. 그도 그럴 것이다. 아라타가 알고 있는 우리에겐 아무런 접점도 없었으니까. 그런데 그 접점은 아라타의 결석을 계기로 만들어졌다.

"응, 금요일 방과 후에. 많이 도와줬어."

"그랬구나, 내가 여러 사람한테 신세를 졌네. 오늘부터는 내가 더 열심히 할게!"

"고마워."

싱긋 웃는 아라타의 얼굴은 내가 좋아했던 미소 그대로였다.

"아, 아라타랑 다케나카다!"

신발장까지 가자 미유키의 목소리가 들려왔다. 안녕, 하고 말을 걸자 웃는 얼굴로 달려와 주었다.

"안녕! 아니 그것보다, 아라타는 이제 괜찮은 거야?"

"응, 미안했어. 내가 할 일을 도와줬다는 얘기는 아까 들었어."

"아……."

미유키는 내 쪽을 흘깃 보고는, 살짝 쑥스럽다는 듯 말했다.

"다케나카가 혼자 하길래 나도 같이 할까 싶어서……."

"그게 무슨 뜻?"

"그러니까……."

"미유키는 말이지, 다케나카랑 얘기할 기회를 찾고 있었던 거야."

미유키의 뒤에서 놀리는 듯한 목소리가 들려왔다.

이 목소리는…….

"……도우라."

"안녕, 다케나카. 아라타도 미유키도 안녕!"

"가나타!!"

도우라의 말에 미유키가 성난 목소리를 낸다.

"도우라. 아까 한 말, 무슨 의미야……?"

"뭔가 사춘기 남자애처럼 머뭇거리더라고. 언제 말을 걸면 이상하지 않을까 싶어서."

"가나타!!! 그, 그런 거 아니야!! 난 딱히……!!"

"……후후후."

평소 미유키의 모습에서는 생각할 수 없는, 새빨개진 얼굴로 동요하는 모습이 귀여워서, 무심코 그만 웃음이 나왔다.

"잠깐, 왜 웃는 거야……."

"하하하"

"아라타까지!!"

"웁하하하."

"가나타, 넌 시끄러워!!"

미유키가 이런 생각을 했을 줄이야, 그 당시의 나는 전혀 몰랐다. 어쩐지 기쁘다. 씰룩거리는 입꼬리를 억누르면서 미유키 쪽을 보자, 뭔가를 결심하기라도 한 듯 그래, 하고 나지막이 읊조리곤 미유키는 나에게 말했다.

"저기 있지. 다케나카를 아사히라고 불러도 될까? 나도 그냥 미유키라도 불러도 돼.(일본에서는 초중고 과정의 친구 사이에서도 어느 정도 친분을 쌓기 전까지는 성姓을 부르고 친해진 뒤에 이름을 부르는 것이 일반적이다/옮긴이)"

"좋아."

"고마워, 아사히."

이름을 부르며 아직 조금 쑥스러운 듯 미유키는 미소 짓는다.

"앗……, 그럼 나도!"

"나도 나도!"

미유키에게 편승한 두 친구에게도 웃으며 그렇게 하라고 했더니, 순간적으로 아라타가 기쁜 표정을 보여준 것 같았다.

"나도 그냥 아라타라고 불러도 돼!"

"나는 가나타로."

"아하하, 세 사람 다 앞으로 잘 부탁해."

미소 짓는 나에게 아라타와 미유키, 가나타는 정겨운 미소로 웃었다.

왁자지껄한 교실로 미유키 일행과 들어가자, 어째선지 놀란 얼굴을 한 히나와 눈이 마주쳤다.

'……?'

일단 미유키 일행과 헤어져 내 자리로 돌아갔다.

"안녕, 히나! 무슨 일 있어?"

"……안녕. 아무 일 없는데……. 아사히야말로 어쩐 일이야? 고지마랑 스즈키, 거기다 도우라까지. 무척 즐거워 보이던데."

"그랬나? ……그랬을지도 모르겠네."

과거라고 하더라도, 다시 한 번 아라타와 이야기할 수 있다는 건 기쁘다. 기뻐서 어쩔 줄 모르겠다. 그런 생각으로 대답한 건데, 히나는 어딘가 언짢은 듯 보였다.

"히나……?"

"됐어."

히나는 책상 안에서 프린트를 꺼내 내 쪽엔 눈길도 주지 않고 문제를 풀기 시작했다.

'……히나?'

어떻게 해야 좋을지 알지 못한 채, 교실에는 종소리가 울려 퍼졌다.

"그럼, 미안하지만 이거 부탁하마."

미안하다고는 하지만 전혀 미안해 보이지 않는 표정으로 다바타 선생님이 말했다. 히나는 평소처럼 말을 걸어주었지만, 어딘가 서먹서먹한 분위기는 그대로였다. 방과 후에 제대로 이야기해봐야지! 하고 생각했는데, 내 앞에는 오늘도 대량의 프린트가 산더미처럼 쌓여 있었다.

"네……."

'할 수 없지……. 이야기는 내일 다시 하기로 하자…….'

기분을 바꿔 프린트 산더미와 사투를 벌일 각오를 다진다.

"뭐예요, 이게."

"오늘은 스즈키도 있으니까! 사정없이 부려먹으라고!"

"네!"

"어, 은근히 즐거워하는 것 같은데?! 무슨 속셈인 거지?!"

당황하는 아라타를 보고 웃자, 아라타도 머리를 긁적이며 웃었다.

"오늘도 내가……."

"응, 미유키는 나랑 집에 가자."

"자, 잠깐, 가나타! 왜!!"

"방해하면 안 되지!"

아라타 뒤에서 얼굴을 내민 미유키를 마치 사육사처럼 도우라, 아니 가나타가 데리고 사라진다.

"미안, 저 녀석들이 좀 정신없어서."

"아니야, 괜찮아. 근데 두 사람이 있다고 딱히 방해될 건 없었는데."

가나타가 했던 한 마디가 신경 쓰여, 내가 웃으며 아라타에게 말하자 아라타는 표정을 숨기기라도 하듯 입 주위를 교복 깃으로 감췄다.

"아라타……?"

"나한테는 좀 방해될 것 같은데……."

"어……?"

"다케나카, 아니, 아사히랑 말해보고 싶었던 사람은 미유키만이 아닌데……."

아라타는 부끄럽다는 듯 시선을 피하며, 작은 목소리로 중얼거렸다. 하지만 그 목소리가 너무 작아서 잘 들리지 않았다.

"미안, 잘 못 들었어. 뭐라고?"

"아무것도 아냐! 자, 후딱 해버리자!"

아라타의 얼굴이 어쩐지 붉어진 것 같다고 느낀 것은 어쩌면 내 기분

탓이 아닐지도 모르겠다.

묵묵히 눈앞의 프린트를 제본해간다.

"……."

"……."

고개를 들자 진지한 표정을 한 아라타가 보였다.이렇게 아라타의 곁에 있을 수 있는 날이 오리라고는 생각도 못 했는데……. 그날 이후로 아무리 잊으려고 해도 잊을 수가 없어서, 거짓으로라도 잊은 척을 하지 않으면 너무 괴로웠는데.

이제 괜찮다고 몇 번이나 스스로 다독이며, 그때마다 꿈속에서 그날의 아라타를 좇고 있었다. 손을 뻗어도 닿지 않아 울었고, 몇 번이고 몇 번이고 아라타를 떠올렸었다.

"……응?"

"아……."

내 시선을 눈치챈 아라타가 의아하다는 듯 이쪽을 보았다.

"왜 그래?"

"아, 그게……."

"앗 내 얼굴에 뭐 묻었어?!"

허둥지둥 얼굴을 닦는 아라타의 모습이 사랑스러워서 나도 모르게 웃어버렸다.

"아 뭐야, 왜 웃는 거야?"

그러면서 아라타도 웃는다.

그 시절과 똑같은 분위기가 흐른다. 아라타의 다정함을 느끼며 행복했던 그 시절과.

"그건 그렇고."

"응?"

"지난번에 고마웠어."

"어……?"

조금 쑥스러운 얼굴을 하고 아라타가 말했다.

"기뻤어. 아사히가 노트 가지고 와줘서."

"다행이네. 괜한 오지랖이면 어쩌나 걱정했는데."

실없이 웃는 나를 보며 아라타도 부끄럽다는 듯 웃는다.

"그렇게 생각할 리가 있나! 내가 민폐를 끼치고 있는 게 아닌가 싶어 계속 신경 쓰였었거든. 그런데 뭐랄까, 누군가가 기다려주고 있다고 생각하니까 굉장히 기뻤어!"

직설적으로 전하는 아라타의 말에, 화끈거리는 뺨을 감추기라도 하듯 나는 두 손으로 얼굴을 감쌌다.

"아사히……?"

"응, 기다렸어. 아라타와 이렇게 같이 있을 수 있기를, 줄곧 기다렸어."

이별 통보를 받았던 그날부터 줄곧, 줄곧, 이런 날이 다시 한 번 오기를, 기다렸다. 손을 뻗으면 닿을 거리에 아라타가 있고, 함께 웃고 이름을 부르고. 그런 날들을 다시 한 번 보내고 싶었다.

"아, 아사히……?"

"아무것도 아냐! 이렇게 아라타랑 함께 작업할 수 있는 게 기뻐서 그래. 그뿐이야!"

"……응. 나도!"

얼굴을 마주 보며 웃다가 우리는 눈앞의 프린트로 시선을 돌린다. 어제보다 일의 속도가 늦은 것은 분명 아라타와 단둘이기 때문이다.

"그럼, 얼른 끝내버리자!"

"그래."

저녁노을이 드리운 교실에서 우리는 틈틈이 장난을 치기도 하면서 방대한 분량의 프린트를 정리해갔다.

"끝났다!"

"시간이 꽤 걸렸네."

모든 제본이 끝났을 무렵, 이미 밖은 완전히 어두워져 있었다. 시간상으로 보면 그렇게 늦은 건 아닌데, 아직 4월이라 해가 짧다.

"아 피곤해."

"그치. 그래도 다 끝나서 다행이야. 이거 수련회 때 쓰는 거지?"

"맞아. 이제 곧 준비가 시작되니까 그때까지 제본만이라도 끝내야 해서."

"미안, 내가 안 쉬었으면 좀 더 빨리 끝냈을 텐데……."

미안해하는 아라타에게 나는 괜찮다며 웃어 보였다.

"만약 아라타가 안 쉬었으면 미유키랑 이야기할 계기가 없었을지도 모르잖아."

"그럼, 어찌 보면 잘 된 일이라고 해야 하나?"
"아하하, 끝이 좋으면 다 좋은 거야."
웃는 나를 보며 어딘가 좀 복잡해 보이는 표정을 짓는 아라타.
"그럼, 좋은 건가! 게다가…… 아사히랑도 친해질 수 있었으니까!"
"……!"
"어……. 아, 아니야? 친해졌다고 생각한 건 나만의 착각인가?! 앗, 창피해라!!"
"그, 그런 거 아냐!"
"진짜……?"
당황하여 손사래 치는 나를 불안한 듯 바라보는 아라타의 표정이 어쩐지 주인 잃어버린 강아지처럼 짠하고 귀여워서 웃음이 나오려는 것을 필사적으로 참는다.
"응! 친해졌지! 그럼, 그럼!"
"다행이다!"
새빨간 얼굴로 웃는 아라타 못지않게 붉어진 얼굴로 나도 웃었다.

"벌써 캄캄하네."
"그러게."
"해가 조금 더 길었으면 좋겠는데."
"곧 그렇게 되겠지."
별 것 아닌 이야기를 하면서 교문을 나와 둘이서 나란히 걷는다.
"아, 난, 이쪽이야."

학교를 나와 바로 보이는 모퉁이에서 나는 곧장 가려는 아라타에게 말했다.

"아, 그렇구나."

"응, 그럼 이만……."

"맞다! 잠깐만 기다려줘!"

내 말을 가로막고, 아라타는 어딘가로 향했다.

'어딜 간 거지……?'

긴팔 교복을 입고 있어도 봄의 밤바람은 조금 차다. 가로등 밑에서 기다리면서 나도 모르게 몸을 꽉 움츠렸다.

"아 추워……."

"미안, 많이 기다렸지!"

"꺅……!!"

캄캄한 어둠 속에서 나타난 아라타는 내 양손에 무언가를 꽉 쥐여주었다. 짧은 비명을 지른 나를 보며 아라타가 웃는다.

"……코코아?"

"응, 지난번 일에 대한 답례."

"신경 안 써도 되는데."

"나도 마시고 싶었거든."

아라타의 손에는 캔커피가 있었다.

'아…….'

아라타가 좋아하는 브랜드의 블랙커피다. 집에서 내리는 커피도 좋아하지만 이것도 좋아한다는 아라타를 흉내 내느라 몇 번인가 도전해봤지만 항상 끝까지 다 마시지 못했다. "아사히는 어린이 입맛이구나" 하고, 아라타가 다 마셔주곤 했었다.

"응?"

"아……, 커피 좋아해?"

"아, 이거? 응. 집에서 내리는 것도 좋아하지만 가끔은 이걸 마시고 싶을 때가 있어서."

앳된 표정으로 웃는 아라타와 블랙커피가 그다지 어울리지 않아서 나도 모르게 웃음이 났다. 웃지 않으면 분명 울었겠지. 과거에 함께 시간을 보냈던 아라타와 눈앞에 있는 아라타가 서로 겹쳐져 옛 생각이 났을 거고, 분명 눈물이 나왔을 것이다.

들고 있던 캔커피를 단숨에 다 마시고 아라타는 씩 웃으며 내게 말했다.

"그럼 이만, 조심해서 돌아가! 감기 조심하고!"

"아라타도! 내일 또 봐!"

"내일 봐!"

집에 갈 때 같은 길을 걸어갈 만큼, 아직 우리는 그다지 가까운 사이가 아니었다. 그래도 손에 든 코코아에서 전해지는 온기에서 아라타의 다정함이 느껴져 너무나 행복했다. 하지만 나는 아직 알지 못했다. 과거를 바꾼다는 것이 꼭 좋은 일만 있는 것은 아니라는 사실을.

눈부시게 쏟아지는 햇살에 눈이 떠졌다. 나는 여느 때처럼 침대에 있었다.

"아침이구나."

잠에서 깨면 무의식적으로 휴대폰에 손을 뻗는다. 그리고 날짜를 확인한다.

"4월 16일……."

아라타의 일기 중 내가 읽은 마지막 페이지의 날짜다. 그렇다는 건, 오늘이 끝나면 다시 잠에서 깨는 건가?

며칠씩을 꿈속에서 보냈더니 뭐가 현실이고 뭐가 꿈인지 잘 모르겠다. 원래대로라면 아라타는 오늘부터 학교에 오는 거였으니까, 조금씩이라도 확실히 과거는 바뀌어가고 있는 셈이다. 사실 이 시기에는 아라타나 미유키와 그런 식으로 가깝게 대화해본 적이 없었고, 도우라를 가나타라고 불러본 적도 없다. 아라타와 어릴 때부터 친한 남자애, 그 정도의 인식밖에 없었다.

"괜찮은 거겠지?"

무심코 입 밖으로 중얼거려본다. 그러나 그 질문에 대한 대답은 돌아오지 않았다.

'어라……?'

교실에 도착하니 언제나 나보다 먼저 와 있던 히나의 모습이 보이지 않았다.

'오늘 결석이었나? 아무 연락 없었는데…….'

휴대폰을 확인해봤지만 특별한 연락은 없다. 이상하다 싶지만 일단 내 자리로 가려고 교실에 들어가던 참에 뒤에서 누군가가 말을 걸었다.

"안녕, 아사히."

"안……녕!"

뒤를 돌아봤더니 도우라, 아니, 가나타가 있었다.

"일찍 왔네, 항상 이 시간에 와?"

"거의 이때쯤? 가나타도?"

"나도 거의. 아라타는 훨씬 늦게 오지만."

그러고 보니 아라타는 항상 종소리가 울릴 때쯤 헐레벌떡 왔던 것 같다. 다바타 선생님이 간신히 지각을 면하는 아라타에게 어이가 없다는 듯 주의 줬던 것이 생각나 무심코 웃었다.

"그러니까 어제는 엄청 기대하고 있었다는 거지. 학교에 오는 걸."

"어……?"

"평소보다 30분이나 더 일찍 왔었잖아. 어지간히 좋았던 모양이야, 아사히가 집에 와줬던 게."

빙그레 웃는 가나타에게 더이상 아무 말도 못 하고 빨개진 볼을 가리면서 빠른 걸음으로 내 자리로 갔다.

'왠지 가나타는 전부 다 꿰뚫어보고 있는 것 같단 말이야…….'

자리에 도착해 가방을 내려놓으며 얼굴을 식히려고 손부채를 부치고 있는데, 어느샌가 히나가 눈앞에 서 있었다.

"……히나!! 안녕!"

"……안녕."

기분 탓인지 목소리 톤이 가라앉은 것 같다.

"오늘은 좀 늦었네? 혹시 결석인가 했어."

"괜히 온 건가?"

"어……?"

"……미안, 아무것도 아냐."

아무것도 아니라고 하면서도 히나는 힘들어 보이는 표정을 짓고 있었다.

"히나……?"

"저기, 그냥 나 좀 내버려둘래?"

"히나……. 내가 뭐 잘못한 거 있어?"

"……."

"히나……?"

"미안."

그렇게 말하고 히나는 자기 자리로 갔다.

히나는 내 뒷자리다. 뒤를 돌아보면 바로인데 고작 책상 한 개의 거리가 어째선지 굉장히 멀게 느껴졌다.

조례가 끝나고 1교시 준비를 하기 위해 의자를 빼는데 히나의 책상에 의자가 부딪쳤다.

"아, 미안!"

"……."

히나는 뒤를 돌아본 내 얼굴을 보지 않는다.

"왜 그래, 히나……?"

"……."

아무 말도 하지 않았다. 그 분위기를 견디지 못하고, 나는 다시 내 자리로 시선을 돌렸다.

"아사히."

"……가나타?"

그런 나에게 말을 걸어온 사람은 아침과 마찬가지로 가나타였다.

"흑."

"앗……."

쾅, 하는 큰 소리에 놀라 뒤를 돌아보자 교실 문을 향해가는 히나의 모습이 보였다.

'히나……?'

"미안, 타이밍이 안 좋았나?"

"……아냐, 괜찮아. 그런데 무슨 일이야?"

"아라타가 컨디션이 안 좋아서 1교시에 보건실에 간다고, 전체 인사 부탁한대."

"앗?! 괜찮은 거야?"

가나타의 말에 나도 모르게 몸을 불쑥 앞으로 내밀자, 가나타가 괜찮다며 웃었다.

"좀 힘들어서 그러는 것뿐이니까. 점심에는 돌아올 수 있을 것 같다니까 너무 걱정 안 해도 돼."

"그래도……."

'혹시 심장이…….'

불안해하는 내 감정을 어떻게 오해한 건지, 가나타는 웃으며 말했다.

"괜찮다니까! 회장이 할 일을 전부 맡긴 건 아니야!"

그게 아니라……. 그런 게 아닌데, 하지만 아무 말도 할 수가 없다.

왜냐면 지금 여기 있는 나는 아라타의 병을 전혀 알 리가 없을 테니까.
"알았어. 그럼 오전 수업에는 내가 전체 인사를 할게! 알려줘서 고마워!"
"응, 그럼 부탁해."
그렇게 말하고 가나타는 자기 자리로 돌아갔다. 그리고 히나가 돌아오지 않은 채 1교시 수업은 시작되었다.
"다케나카, 츠지타니는 어디 갔어?"
"모르겠어요……."
수학 수업이 끝나고 점심시간이 시작되자, 다바타 선생님이 나를 찾아왔다.
결국, 오전 수업이 끝날 때까지 히나는 교실로 돌아오지 않았다. 휴대폰도 전원을 껐는지 연결되지 않았다. 쉬는 시간에 화장실이랑 보건실에 가봤지만 히나의 모습은 어디에서도 찾을 수 없었다.
"가방은 여기 있으니까 집에 간 건 아닐 것 같은데……."
"음, 이대로라면 집에 연락할 수밖에 없게 될 테니까 그 전에 찾아와 줄래?"
"알겠습니다."
안 그래도 그렇게 할 생각이었는데……. 나는 교내 어딘가에 있을 히나를 찾기 위해 교실을 나섰다.
"아사히?"
"아라타!"
교실 문을 열자, 마침 문을 열려는 참이었던 아라타와 마주쳤다.
"무슨 일 있어? 왜 그렇게 서둘러."

"아 그게…… 좀. 그보다 너는 이제 괜찮아?"
"걱정 끼쳐서 미안. 이제 괜찮아!"
"그렇다면 다행이야!"
"정말 미안해, 다음에 주스라도."
살게, 라고 하는 아라타의 말을 가로막고, 나는 서둘러 복도로 뛰어나간다.
"아라타! 미안! 지금 내가 좀 급해서, 나중에 봐!"
"어? 아사히?!"
달리는 내 뒷모습을 향해 당황한 듯한 아라타의 목소리가 들렸지만, 나는 뒤를 돌아볼 수 없었다.
'히나를 찾아야 해…….'
복도를 빠져나와 쉬는 시간에는 갈 수 없었던 장소로 향했다. 그곳은 학교에서 나와 조금 걸어가면 나오는 오래된 도서관이었다.
'학교 건물 안에는 없었어. 그렇다면 분명 히나는 이곳에 있을 거야.'
묵직한 문을 열자, 어둡고 퀴퀴한, 그리고 아주 고요한 공간이 펼쳐졌다. 안쪽 공간으로 걸어가자 예상대로 히나는 그곳에 있었다.
"히나……."
"아사……히."
"이제야 찾았네. 교실로 돌아가자."
"싫어."
"히나……."
창가에 앉은 히나 옆에 나란히 앉아보지만 히나는 내 쪽을 보지 않는다.

"히나……, 미안해. 내가 뭔가 잘못한 것 같은데 그게 뭔지 전혀 모르겠어."

"……."

"하지만 히나랑 이렇게 지내는 건 슬프니까, 그래서……."

필사적으로 말을 이어보지만, 여전히 히나는 고개를 숙이고 있다.

"그러니까 화가 난 이유를 알려줬으면 좋겠어."

"……."

감정을 전하는 것은 어렵다. 그 대상이 나한테 화가 나 있는 사람이라면 더더욱 그렇다. 하지만 이런 식으로 아무것도 모른 채 친구를 잃는 것은 싫다.

"……."

"……너 요즘 도우라랑 사이좋더라."

"어?"

생각지도 못한 말에, 얼빠진 듯한 목소리가 나왔다.

"도우라 가나타 말이야?"

"스, 스즈키 아라타랑! 고지마 미유키도!"

"그래? 근데 그게 왜……?"

걔네들이랑 친해진 것과 지금 이 상황이 어떤 관계가 있는 건지 전혀 모르겠다.

그런데 그러고 보니 히나는 지난번에도 말했었다. 도우라와 무척 즐거워 보였었다고. 즉, 그 말은 혹시…….

"히, 히나? 아니면 정말 미안하지만…… 혹시 너, 그…… 가나타를…….”

“아, 아니야! 도우라를 좋아하거나 뭐 그런 게 아니라……!”

“히나, 나 아직 거기까진 말 안 했는데…….”

“아아아!!! 아, 아무튼 그, 그런 거 아니니까! 진짜로!”

히나는 새빨개진 얼굴을 감추기 위해선지 근처에 있던 책을 들어 자기 얼굴에 갖다 댔다.

‘그렇구나, 그래서…….’

“하지만! 그래서만은 아니야.”

“히나……?”

“뭐랄까……, 아사히가 나랑 있을 때보다 걔네들이랑 있을 때가 더 즐거워 보여서…….”

“히나…….”

그런 거 아니야, 라고 말하려 했는데 그러지 못했다. 왜냐면 지금의 내가 느끼는 히나는 3년 만에 만나는 거라 매일 만나던 때에 비하면 어딘가 서먹서먹해진 기분이 든다. 과거의 나라면 히나와의 거리가 좀 더 가까웠을 것 같다.

‘미안해, 히나…….’

본심은 전할 수 없지만 그 대신 나는,

“히나, 나 있잖아.”

“왜……?”

“나 아라타를 좋아해.”

지금 보내고 있는 과거의 세계에서는 아직 아무에게도 말하지 않은

이 감정을 소중한 친구에게 털어놓기로 했다.

"어……, 으응? 아라타라면…… 스즈키?!"

"응."

"헉, 왜?! 왜?! 아, 그래서 지난번에 집까지 갔었구나?!"

적극적으로 물어오는 히나의 표정은 조금 전까지의 어두운 표정이 아니라 평소의 밝은 히나였다.

"그래서 도우라 무리와 친해진 거야?"

"아라타와 이야기하다 보니까 어느새 친해졌더라고."

"그럼…… 도우라를 좋아하는 게 아니구나."

안심한 듯한 얼굴로 히나가 내 쪽을 보았다.

"이제야 날 봐주네."

"……미안."

"아니야, 나야말로…… 미안해."

얼굴을 마주 보며 서로 사과하고 우리는 누가 먼저랄 것도 없이 미소 지었다.

"휴, 긴장했네. 히나한테만 얘기한 거니까 비밀 지켜야 해?"

"응……."

교실을 향해 걸어가면서 나는 히나에게 말했다. 그런 나에게 히나도 작은 목소리로 말했다.

"있잖아, 나도."

"응?"

"나도…… 도우라한테 관심 있어."

"……그렇구나."

"응. 비밀이야."

"알았어."

"약속이야."

서로 사과하고 웃다 보니, 어쩐지 그 시절의 우리로 돌아간 것만 같았다.

"아! 돌아왔네!"

"어? 아라타?"

"어서 와."

"도, 도우라!"

교실에 도착하자 입구에는 아라타와 가나타가 서 있었다.

"좀처럼 안 오길래 걱정했어."

"그랬구나, 미안."

이야기를 나누는 우리 옆에서 히나는 어딘가 불편해 보인다.

"히……."

"아, 츠지타니."

"어, 왜?!"

'히나, 목소리가…… 삑사리 났어.'

가나타도 같은 생각을 했는지, 순간 가만히 있더니 잠시 후 웃음을 터뜨렸다.

"으하하! 뭐야, 그 반응!"

"미, 미안!"

"아, 웃겨. 아 참, 뭐였더라……. 맞다, 다바타 선생님이 교실에 돌아오면 교무실로 오라고 하셨어."

"그, 그래! 고마워!"

너무 창피해서 허둥지둥 복도를 뛰어가려고 하는 히나를 가나타가 불러 세웠다.

"아, 나도 이거 제출하러 갈 거니까 같이 가자."

"어? 어?!"

그러고는 가나타가 교무실을 향해 걷기 시작했다. 그 옆에서 히나는 어색하게 웃고 있었다.

'히나, 미안해.'

과거를 바꾼다는 건 과거에 없었던 일이 일어나는 것이다. 그것은 꼭 아라타와의 일만이라고는 할 수 없다. 그런 당연한 사실을, 나는 히나와의 일이 있기까지 알아채지 못했다. 상처받은 친구를 생각하면서 나는 옆에 있는 아라타를 향해 살짝 미소 지었다.

그런 일이 있던 날의 방과 후, 나와 아라타는 둘이서 나무 그늘의 벤치에 앉아 나란히 크레이프를 먹고 있었다.

"이거 맛있다."

"으, 응."

아라타는 손에 든 크레이프를 입안 가득 먹으면서 싱글벙글 웃고 있다.

'그런데 왜 이걸 먹고 있지…….'

현재 우리는 방과 후 데이트가 한창……이 아니라, 선생님에게 부탁받은 심부름을 위해 근처 상점가에 와 있다.

"그건 그렇고, 다바타 선생님 너무하시네. 작업이 일찍 끝났다고 또 다른 심부름을 시키시고 말이지."

"맞아, 진짜……."

"게다가 가나타랑 다른 애들도 전부 우리한테 떠넘기고 말이야."

"하지만 동아리 활동이 있다니까 어쩔 수 없지……."

그렇다. 선생님이 이야기했을 때에는 히나와 미유키, 가나타도 그 자리에 있었기 때문에 다 같이 다녀오라는 뜻이었는데.

"아, 난 동아리 활동 있어."

"나도……."

"그럼 나도 그런 걸로!"

그렇게, 세 사람 다 모습을 감추고 결국 우리 둘이서 오게 되었다.

나는 기쁘지만 아라타는 어떻게 생각할지. 나에게 아라타는 좋아하는 사람이지만, 지금의 아라타에게 나는 만난 지 얼마 안 된, 같은 반 학생일 뿐이다. 반대 입장이라면…… 음, 난처하겠지.

"응? 왜 그래?"

"아니, 그게 아니라…… 히나랑 미유키는 동아리 활동이니까 어쩔 수 없지만, 가나타는 왔어도 되는데."

"……."

"왜 그래, 아라타……?"

친한 친구가 같이 있는 게 좋지 않을까 싶어서 말한 건데, 어쩐지 아라타는 마뜩잖은 듯한 얼굴로 입을 다물고 있다.

"왜 그래?"

"아사히는 가나타랑 같이 있는 게 더 좋았다는 거야?"

"어……?"

"나는 아사히랑 둘이 있는 게 좋은데……."

"아라타? 지금 뭐라고……?"

마지막 말은 목소리가 너무 작아서 잘 알아들을 수가 없었다. 무심코 되묻는 나에게,

"……별거 아냐!"

"아, 아라타……."

아라타는 그렇게 말하고 일어서더니 다 먹은 크레이프의 포장지를 구겨서 가까운 쓰레기통을 향해 걸어갔다.

'갑자기 왜 그러지…….'

어떻게 해야 좋을지 몰라, 뒷모습을 바라보고 있는데 아라타가 뒤를 돌아 나를 본다.

"미안! 아무것도 아냐! 선생님 심부름 얼른 해치워버리자!"

아라타는 그렇게 말하고 평소와 똑같이 웃었다.

우리는 한동안 걷다가 어느 가게 앞에 멈춰 섰다.

"음……. 여긴가?"

"그런 것 같아."

그럴듯한 가게를 찾았다. 음, 지도에 그려진 곳과 똑같다.

"안녕하세요……."

주뼛주뼛하며 가게 안으로 들어가자, 가게 직원이 우리를 맞이해주었다. 다바타 선생님에게 받은 교환권을 보여주자, 안에서 가지고 오겠다며 잠깐만 기다리라고 하고 직원은 어디론가 걸어갔다.

주문해둔 물건을 가지러 가는 것을 잊고 있었는데, 내일 꼭 필요하니까 대신 좀 받아와 줬으면 좋겠어, 하고 다바타 선생님이 부탁했던 것, 그것은…….

"이건 머리띠잖아?"

"그러게. 색깔을 보니 우리 반이 쓸 건가?"

머리띠의 옅은 파란색은 우리 반의 색이었다.

"배달해달라고 했으면 되는데, 왜 직접 가지러 가는 걸 택하셨을까."

"그러네."

쓴웃음을 지으며 계산대에서 교환권을 건네고 물건이 담긴 주머니를 받았는데 상상했던 것보다 무거웠다.

"와, 이거 꽤 무겁다……."

"내가 들게."

내 손에 있는 것을 가뿐히 가져가더니, 아라타는 웃으며 말했다.

"이런 건 남자가 해야지."

"그런 게 어딨어, 나도 똑같이 해야지……."

"아! 정말! ……나도 멋있는 척 좀 하게 해줘!"

뺨이 살짝 붉어진 아라타는 가게를 나와, 왔던 길을 터벅터벅 돌아가기 시작했다.

"아, 잠깐만."

"놓고 간다?"

말은 그렇게 하면서도, 멈춰 서서 내가 뒤따라오기를 기다려준다.

"고마워."

"……가나타 만큼은 아닐지 모르지만, 나도 써먹을 때가 있다고."

"가나타……?"

그러고 보니 조금 전에도 가나타가 어쩌고 했던 것 같다. 혹시…… 아니야, 그럴 리가. 그래도 설마…….

"내가…… 가나타와 같이 오고 싶어한 거라고 생각해?"

"……아니야?"

"나는 아라타랑 같이 있어서 좋은데."

감정을 어디까지 전해야 좋을까. 전부 다 전하면 고백처럼 돼버릴 것 같은데…….

"……나도!"

"응?"

"나도, 아사히랑 둘이 와서 좋아!"

"아라타……."

"그러니까 또 오자! 다음에는 선생님 심부름으로가 아니라!"

"응!"

아라타의 마음이 그대로 전해져 와서 어쩐지 간질간질하다. 귀까지 빨개져서 쑥스러운 듯 시선을 피하는 아라타를 보면서, 조금씩 가까워져 가는 우리 관계에 가슴이 벅찼다.

크레이프도 먹었고 부탁받은 짐도 수령했다. 이제 남은 건 집에 가는 것뿐이네, 그런 생각을 하며 아라타 옆을 걷는데, 문득 쓸쓸해진다. 이대로 헤어지게 되면, 다음에 만날 수 있는 건 또 일기를 읽고 잠든 뒤…….

"아라타!"

"어?"

"저기……, 그게……."

나도 모르게 아라타를 불러 세운다. 하지만 딱히 이유가 있어서가 아니다. 필사적으로 생각해보지만, 아무것도 떠오르지 않는다.

"아니……. 아무것도 아냐."

"……."

결국, 상황을 얼버무리기 위해 웃을 수밖에 없었다. 그런 나를 바라본 아라타는 두리번두리번 주변을 둘러본다.

"우리 저기 가볼래?"

아라타가 가리킨 곳은 팬시 상품부터 조립식 모형 장난감까지 다양한 상품이 비치된 잡화점이었다.

"괜찮겠어?"

"괜찮고 말고 할 게 어딨어, 내가 가고 싶어서 물어보는 건데. 아사히도 참."

그렇게 말하고 아라타는 웃었지만 분명 내가 아직 집에 가기 싫은 듯한 얼굴을 하고 있었기 때문이겠지.

"고마워."

"뭐가 고맙다는 거야. 암튼, 가보자!"

아라타는 내 손을 잡더니 그 신기한 물건들로 가득한 잡화점으로 들어갔다. 가게 안에는 살짝 특이한 물건부터 태어나서 처음 보는 물건까지, 다양한 것들이 빽빽하게 진열되어 있었다.

"아사히. 이것 봐!"

"응? 그게 뭐야?!"

"프랑켄슈타인."

"아하하, 그거 쓰고 학교에 가는 건 어때?"

"이거 귀엽다!"

"여자들이 귀엽다는 건 가끔 이상하더라."

"앗, 그런가?"

가면이라든가 귀여운 못난이 인형들을 보면서 아라타와 까불고 놀다 보니 아까까지 느꼈던 쓸쓸함 같은 건 어딘가로 사라져 간다. ……그런 나를 바라보면서 아라타가 다정하게 미소 짓고 있었다.

"아, 재밌었어!"

"진짜 재밌었어! 오늘 고마웠어!"

"나야말로! 그럼, 내일 또 보자!"

"응!"

우리 집과 아라타의 집이 갈리는 지점, 오늘도 여기서 헤어진다. 손을 흔드는 아라타의 모습을 배웅하고 나는 집으로 가는 길을 혼자 걷는다.
'사귈 때는…… 이 길도 함께 걸었었는데.'
당연하다는 듯, 그것이 당연한 일인 것처럼 아라타는 언제나 내 옆에서 걷고 있었다.
'하지만 아직은…….'
"아사히!"
"응……?"
씁쓸한 생각을 하며 걷고 있는데, 아라타가 숨을 헐떡거리며 내 어깨를 잡았다.
"……이거!"
그렇게 말하고 아라타가 내민 것은 조그만 휴대폰 장식용 고리였다.
"아까 그 가게에서 보고 왠지 아사히랑 잘 어울릴 것 같아서! 피, 필요 없으면 버려도 돼! 그럼 갈게!"
휴대폰 고리를 떠맡기고, 아라타는 황급히 왔던 길을 돌아갔다. 남겨진 내 손안에는 작은 고양이가 달린 스트랩 하나.
"언제 이런 걸 샀을까……."
지금의 내 과거에는 없던 새로운 추억이 하나 더 생겼다.
"고마워, 아라타."
스트랩을 휴대폰에 달고, 아라타와 반대 방향으로 나는 혼자 걷기 시작했다.

2

잠에서 깨어났다. 눈을 감기 전과 달라진 건 아무것도 없어 보이지만, 거기에 있는 건 분명 현재의 나였다.

"돌아왔네."

방을 둘러보니, 이곳은 틀림없는 내 방이다. 그런데 왜일까. 가벼운 위화감을 느낀다. 옷걸이에는 고등학교 교복이 걸려 있고 책상 위에는 충전기를 꽂은 스마트폰이 놓여 있다. 평소의 내 방인데, 내 방이 아닌 것 같은 위화감.

"좀…… 과했나."

몇 번이나 과거와 현실을 왕래했는데, 가슴이 묵직하게 느껴지는 이유는 아마도 연속된 날들을 그쪽에서 보냈기 때문이겠지. 당연하다는 듯 아라타가 존재하는 날들을 보냈으니까.

"이 세상에, 아라타는 이제 없어……."

뺨을 타고 흐르는 눈물이 손등을, 잠옷을 적신다. 큰 소리로 울고 싶었다. 아라타의 이름을, 아라타를 향한 마음을 외치고 싶었다. 하지만 가족이 걱정할 것을 생각하면 그렇게 할 수 없었다.

"흑……, 흑……, 아라타……."

나는 필사적으로 울음소리를 참았다. 하염없이 흐르는 눈물이 잠옷 소매를 적셨다.

"학교 갈 준비해야지……."

학교에 가야 한다. 자연스럽게 현재의 내 일상을 보내야 한다. 아직 눈물이 다 마르지 않은 눈을 비비고 침대에서 일어났다. 잠옷을 벗어 던지고 교복으로 갈아입는다. 오늘의 시간표를 확인하면서 필요한 교과서를 책장에서 꺼내 가방에 넣는다.

"아……."

책상 위에는 어젯밤에 읽은 아라타의 일기장이 놓여 있었다.

"앗……."

분명 내용은 바뀌었다. 바뀌어 있을 것이다. 하지만 아라타가 있던 행복했던 시간을, 아라타가 없는 이 세계에서 돌이켜보는 일이 지금의 나에게는 너무 괴로워서 일기장을 펼쳐보지 못한 채 살며시 내 방을 나왔다.

"아사히, 안녕."

교실에 도착하자 여느 때처럼 미유키가 말을 건넨다.

"안녕."

"괜찮아……?"

"응……."

"안색이 안 좋은데?"

"괜찮아."

웃어 보이지만, 미유키는 믿지 못하겠다는 얼굴로 나를 보고 있었다.

'미유키의 눈은 속일 수 없는 건가…….'

우리가 벌써 몇 년을 친구로 지냈는데! 하는 목소리가 들리는 듯한 미유키의 얼굴을 보면서 나는 할 수 없이 입을 열었다.

"여러 날짜의 일기를 읽으면 그만큼 이어서 꿈속에서 보내는 것 같아."

"그렇구나……."

"잠에서 깨서 여기엔 더이상 아라타가 없다고 생각하니까……."

"아사히……."

말을 하면서 눈물이 나오려는 걸 애써 참고 있는데 바로 앞의, 미유키의 책상에 물방울이 떨어졌다.

"왜……, 미유키가 우는 거야."

"모르겠어! 모르겠는데……. 흑……."

"그러지 마……. 나까지……."

끝내 참을 수 없게 된 눈물은 미유키의 눈물과 함께 책상 위에 작은 물웅덩이를 만들었다.

"흑……."

"흐흑……."
서로 마주 보며 눈물을 흘리는 우리를 반 친구들은 의아하다는 표정으로 바라보고 있었다.

"다녀왔습니다……."
"실례합니다."
그 후 담임선생님이 교실로 들어왔고, 우리는 선생님의 걱정 속에 둘이 사이좋게 조퇴하게 되었다.
"그런데 진짜 괜찮아? 조퇴했는데 우리 집에 와 있다는 걸 들키면……."
"괜찮아. 아사히가 걱정돼서 집까지 바래다주고 가겠다고 엄마한테 연락해뒀으니까."
빙긋 웃는 미유키의 순발력에 감탄한다.
"그리고 꿈 이야기도 제대로 못 들었잖아."
"그러네."
방문을 열자 미유키의 시선은 책상 위의 일기장으로 향한다.
"그래도 역시 나는 바뀐 과거밖에 모르겠지."
"그런 것 같아."
집에 돌아오는 도중에 어제 꾼 꿈 이야기를 미유키에게 했다. 꿈속에서 보낸 나흘간의 이야기를.
"어제, 아사히한테 과거가 바뀌었다는 이야기를 들었잖아. 그 계기가 아라타의 일기라는 것도, 바뀐 과거가 중학교 3학년 때의 일이라는 것도 기억해."
하나하나 확인하듯, 미유키는 말했다.
"그런데 바뀌었다고 하기 전의 과거 일은 아무리 생각해내려고 해도 나는 생각이 안 나. 그런 기억은 원래부터 없었던 것처럼."
"미유키……."
힘이 되어주지 못해서 미안해, 하고 미유키는 슬픈 표정을 짓는다.
"아사히는 둘 다 기억하고 있는 거지?"
"응. 다만 기억하고 있다고는 해도 3년 전의 사건을 그대로 기억할 리 없으니 아라타가 쓴 **바뀌기 전**의 일기 내용을 기억하고 있다는 느낌이라고나 할까. 아 맞아 그런 일도 있었지, 하는 식으로."
"그렇구나……."
뭔가를 골똘히 생각하는 것처럼 미유키는 말이 없어지더니,
"그 애라면……."
잘 알아들을 수 없을 정도의 조그만 소리로 무언가를 중얼거렸다.
"미유키……?"
"미안, 나 아무래도 가봐야겠어."
"어? 미유키?!"
뭔가 생각났다는 듯, 미유키는 방에서 나간다.
"왜 그래?!"
"걱정하지 마. 일단 내일 학교에서 보자!"
"미유키……?"
어떻게 해야 할지 몰라서 황급히 나가는 미유키의 뒷모습을 나는 그

저 바라볼 수밖에 없었다.

"……다시 혼자가 됐네."

고요해진 방에 혼자 있으니 아무래도 책상 위에 있는 일기장을 의식하게 된다. 그리고 아라타와 보냈던 날들을 떠올리게 된다. 다시 아라타를 만나고 싶은데 너무 마음이 아파서 일기장을 다시 펼칠 용기가 나지를 않는다.

"아라타……."

나지막이 이름을 불러보지만, 미소로 대답해줄 사람이 이제 이 세상에는 없다.

차오른 눈물을 손바닥으로 꾹 눌러 닦는데 바로 그 순간 불쑥 생각이 났다. 꿈속에서의 사건이. 왜 생각이 안 났던 거지? 어떻게 그 일을 잊고 있었지?

"어디에 넣어뒀을까……."

개인 정보를 소중히 하라며, 잔소리해준 엄마 덕분에 버리지는 않았던 것 같다. 그리고 과거가 바뀌었다고 한다면 내가 버렸을 리가 없다. 버리지 못했을 것이 분명하다.

"있다……."

그것은 옷장 속의 작은 상자 안에 들어 있었다.

"아라타……."

나는 작은 고양이 장식 스트랩이 달린, 조금 구식 디자인의 휴대폰을 꼭 쥐었다. 지금은 없는, 그를 생각하면서…….

"됐다!"

손안에는 꿈속에서 받은 것과 똑같은 스트랩이 있다. 나는 전에 사용했던 휴대폰에서 그것을 떼어 지금 사용하는 스마트폰에 다시 달았다.

"지금의 나에게는…… 지금 막 받은 거니까, 새것이나 다름없어."

어딘지 모르게 때가 탄 고양이에게선 내가 모르는 세월이 느껴지지만 모르는 척하고 스트랩을 꼭 쥐고, 눈앞에 놓여 있는 아라타의 일기장을 바라보았다.

"아라타……."

아라타가 없는 이 세계는 쓸쓸하다.

"아라타……."

다음에 꿈에서 깼을 때, 나는 이 상실감을 또다시 견딜 수 있을까…….

"그래도……"

그래도…….

"역시 아라타를 보고 싶어……."

그리고 오늘도 이제 이 세상에는 없는 아라타의 모습을 뒤쫓아가기 위해 일기장을 펼쳤다. 그곳에는 내 손에 의해 바뀌어버린 과거가 기록되어 있었다.

4월 11일

최악이다. 새 학기 시작한 지 얼마나 됐다고, 바로 결석을 하게 됐다.

오늘은 반별 학급임원 회의도 있었는데.

다케나카에게 미안하게 생각했는데, 다케나카가 집까지 와주었다.
선생님이 부탁하신 걸까?
아무렴 어때.
굉장히 기뻤다.

하루 쉬었을 뿐인데, 왠지 모두 나를 잊었을 것 같은 기분이 들었다.
내일도 병원에 가야 하니까 학교에는 못 가겠지만…… 주말 지나고는 갈 수 있도록 힘내자.

4월 12일
아침에 가나타에게 다케나카의 노트를 전달했다.
히죽히죽 웃고 있던데, 뭔가 오해하고 있는 건 아닌지…….

병원의 검사 결과는 의사 선생님도 놀랄 정도로 좋아졌다고 한다.
"무슨 일 있었어요?"
그런 말까지 들었는데…… 짐작이 가는 것은 딱히 없다.
다만…… 다케나카의 얼굴이 슬쩍 떠올랐던 것 같다.

왜일까.

4월 15일
4일 만에 학교에 갔다!

아사히(다케나카'라는 성이 아닌, '아사히'라는 이름을 부르기로 했다! 미유키에게 감사!)와 둘이서 프린트물을 제본했다.

가나타가 "아라타를 빌려줄게" 하면서 미유키를 데리고 가주었다.

뭐야, 빌려준다니……. 그래도 덕분에 많은 이야기를 나눌 수 있었다.

조금은 친해진 것 같은 기분이 든다.

참, 집에 가는 길에 아사히한테 코코아를 줬는데, 잘한 걸까.

혹시 단 것을 싫어하거나 커피를 좋아하는 건 아닌지…….

……아주 사소한 것인데, 이렇게 신경이 쓰이는 이유는…… 뭘까.

4월 16일

최악이다. 아침부터 컨디션이 약간 좋지 않았는데, 학교에서 가벼운 발작이 일어났다.

정말 가벼운 건데 선생님은 몇 번이나 조퇴하라고 하셔서, 보건실에서 점심 때까지 있었다.

원인은 아마도…… 수면 부족 상태로 아침에 뛰어서일 것이다.

이런저런 생각을 하다 보니 잠을 좀처럼 못 잤다.

그래도 오후에는 어찌어찌 교실에 돌아갈 수 있어 다행이었다!

방과 후에는 아사히와 둘이서 다바타 선생님의 심부름을 했다.

선생님이 직접 가지러 가시지…….

그래도 덕분에 아사히와 크레이프도 먹고 이야기도 하고 즐거웠다!

……아무래도 나…….

에잇, 부끄러우니까 쓰지 말자.

내일부터는 봄 수련회 준비다!

꼭 참가하고 싶으니까 힘내야지!

아라타의 일기를 읽으면서 꿈속에서 보낸 날들을 떠올린다. 나에게는 꿈속에서 일어난 일이지만 다른 사람에게는 실제로 과거에 일어난 일일 것이다. 그래도…….

"아직은 아니구나……."

과거는 조금씩 바뀌고 있지만, 아직 현재는 바뀌지 않았다. 이 세계의 나는 아직 3년 전 그날, 아라타와 헤어진 그대로이다.

4월 17일

오늘은 봄 수련회의 그룹을 나누고 조별 담당자를 정했다.

우리 조는 아사히, 가나타, 미유키 그리고 아사히의 친구 츠지타니 히나.

가나타가 츠지타니를 자연스럽게 히나라고 부르던데…… 이 녀석의 친화력은 나는 흉내도 못 낸다…….

나랑 아사히는 학급임원 일로 바빠서 조장은 가나타에게 떠맡겼다.

가끔은 그 녀석도 일 좀 해야 한다!

……그러고 보니, 아사히의 휴대폰에 스트랩이 달려 있었다.

너무 기쁘다. 엄청 기쁘다!

아무래도 나, 아사히를 좋아하는 것 같다…….

같다, 가 아니라!

난 아사히를 좋아한다!

"앗……."

느닷없는 아라타의 고백에 심장이 꽉 조여드는 것처럼 뭉클해진다.

"아라타……."

기쁘다! 당연히 기뻐야 하는데…….

"뭐지……."

왜 그럴까.

"눈물이 멈추질 않아……."

이렇게도 슬픈 고백이 있을까. 내가 너무나 좋아하는 사람이, 나를 좋아한다고 그렇게 쓰여 있는데 그 사람은 이제 이곳에 없다.

"보고 싶어, 아라타……."

마음은 이미 정해져 있었다. 일기장을 덮으려고 다시 시선을 일기장 쪽으로 돌린다.

"……어?"

뭔가 이상한 느낌이 든다. 문장? 표현 방법? 아니면…….

"흡……!"

생각하려고 하는데, 정신 차리고 보니 아라타가 쓴 **좋아한다**는 글자에 시선이 고정돼 있었다. 두근두근 요동치는 심장박동이 사고를 정지시킨다. 가슴이 두근거리는 것을 참을 수 없어 나는 생각하기를 포기하고 아라타의 일기장을 덮었다.

"기다려줘."

위화감은 머리 한구석으로 밀어내고, 나는 그를 만나기 위해 눈을 감고, 꿈의 세계로 여행을 떠났다.

* * *

그날 이후로, 눈을 감으면 아라타의 환한 미소가 떠올랐다. 눈을 뜨면 그것이 꿈이었음을 깨닫고 늘 울었다.

하지만…….

"아, 돌아왔구나."

내 눈 앞에 펼쳐진 광경은 줄곧 머릿속에 그려왔던 그가 있던 시절의 모습이었다.

"아……."

머리맡의 휴대폰에는 얼마 전에 받은 고양이 스트랩이 달려 있었다. 조금도 더러워지지 않은, 새 제품이.

"아라타……. 나……."

자기 전에 했던 결의를 잊지 않도록 나는 스트랩을 꼭 움켜쥐었다.

"안녕!"

"……안녕!"

교실에 들어와 여느 때처럼 히나에게 말을 건다. 순간 겸연쩍은 듯한 반응을 보였지만 미소 지어주는 히나를 보니 안심이 된다.

"어젠 미안했어, 동아리 때문에 선생님 심부름에 같이 못 가서."

"아, 아니야. 괜찮아."

짐을 책상에 내려놓으면서 대답하자, 히나가 몸을 앞으로 쑥 내밀어 내 등을 찔렀다.

"……저기, 어땠어?"

"뭐가……?"

장난스럽게 웃으며 히나가 묻는다.

"스즈키랑 단둘이 갔었지?"

"앗……!"

"좋았겠다, 좋아하는 사람과 단둘이라니."

"아 정말! 놀리지 마……!"

"미안, 미안."

입을 삐죽거리는 나를 향해 웃는 히나. 히나는 이제 괜찮은 것 같다.

"그냥 선생님이 부탁하신 물건을 가지러 갔던 것뿐이야."

"흐음?"

"왜?"

여전히 히죽히죽 웃으면서 히나는 내 스커트 주머니를 가리켰다.

"그건, 뭔데?"

"그거라니?"
히나의 시선은 주머니에서 삐져 나온 휴대폰 스트랩을 가리키고 있었다.
"아……."
"어제까지만 해도 그런 거 없었잖아?"
"……."
"헤헤, 농담이야."
"어……?"
"잘 돼가는 것 같아 다행이야."
히나는 기쁘다는 듯 웃는다.
"나도 아사히에게 지지 않도록 분발해야지."
"응!"
작게 두 주먹을 불끈 쥐어 보이는 히나의 모습을 보고, 나도 웃었다.

"음, 그럼 오늘의 학급 회의는 수련회의 그룹 나누기와 또…… 뭐였더라?"
"조별 담당자를 정하겠습니다."
아라타와 함께 교탁 앞에 서서 반 친구들에게 전달 사항을 설명한다.
"맞아, 맞아, 그런 거! 대략 한 그룹당 5~6명 정도로 해서 남녀 같이 해도 되니까 잘 부탁해!"
경쾌하게 진행하는 아라타. 다바타 선생님은 회의 진행을 우리한테 맡기고 창밖의 새를 보고 있다.

"이렇게 하면 되죠? 멍 때리고 계신 다바타 선생님."

"오. 좋아. 괜히 누구 따돌리거나 그런 성가신 짓은 하지 말고. 인원이 너무 많거나 적거나 할 때는 임기응변으로 알아서 잘 맞추고."

'대충 대충이시네…….'

칠판에 필요한 사항을 쓰면서 나도 모르게 그만 쓴웃음을 지었다. 하지만 그런 분위기도 싫지 않았다. 반 친구들도 같은 생각인 듯, 웃음 속에서 편안한 분위기가 감돌았다.

반 친구들이 각자 좋아하는 친구들과 그룹을 짜기 시작했을 때 아라타가 나에게 말했다.

"저기, 아사히는 누구랑 할지 정했어?"

"어……?"

"혹시 괜찮으면…… 우리랑 안 할래?"

태연한 척 말하지만 아라타의 뺨이 약간 붉어졌다는 것을 눈치챘다.

"어, 그게…… 아, 근데……."

히나가 뇌리를 스친다.

"싫어? 나랑 가나타, 그리고 아마 미유키도 있을걸."

"그럼 이렇게 하자!"

나는 좋은 생각이 떠올라, 의아해하는 표정의 아라타에게 말을 꺼냈다.

"그렇게 해서 이렇게 되었습니다!"

"어? 어……?!"

"뭐, 타당하다고 볼 수 있지."
"앗싸! 기대돼!"
"잘 부탁해, 츠지타니."
혼자 당황해서 허둥대는 히나를 제외하고, 그룹 나누기는 순조롭게 정해졌다. 히나, 가나타, 미유키, 그리고 나와 아라타까지 다섯 명이 한 그룹이다.
"아, 맞다! 나랑 아사히는 학급임원 일도 있으니까 조장과 부조장에선 빼줘."
"에이, 그게 무슨 소리야."
"뭐, 어쩔 수 없지. 바쁜 건 사실이니까."
"……으, 응."
그치, 히나? 하고 가나타가 말을 걸자 히나는 새빨개진 얼굴로 대답했다. 이렇게 대놓고 티가 나는데 왜 3년 전의 나는 눈치를 못 챘을까. 희한하게 생각하면서 당시의 일을 생각해내려고 하는 사이에 조장을 결정하는 가위바위보가 끝나 있었다. 그 결과, 조장은 가나타, 부조장은 히나가 되었다.
"거기서 왜 가위를 냈지……!"
"뒤끝이 깔끔하지 못하구만, 가나타."
"그러게."
"후훗……."
조금 긴장이 풀어진 모습으로 히나도 당당히 대화에 참여하고 있어서 안심이다. 내 멋대로 그룹에 넣어서 걱정도 됐지만…… 괜찮은 것 같은데?

'그러고 보니…… 그 당시에는 히나랑 둘이서 난감했었는데.'

현실의 내가 보낸 3년 전과는 달랐다. 아직 반에 적응하지 못해서 히나랑 둘이 곤란해하고 있을 때 인원이 부족한 그룹에서 말을 걸어줬었다.

'그때는 어떻게 될지 몰라 걱정했었지만…… 의외로 마음이 잘 맞아 즐거웠었지.'

그 당시의 일을 생각하고 있는데 이상한 점을 발견했다.

'어라. 그러네, 나는 그때 히나를 포함한 여자 6명인 그룹이었어.'

그런데, 어째서.

'어째서 아라타의 일기에는 아라타네 일행과 같은 조가 됐다고 적혀 있었던 거지……?'

그 일기는 3년 전의 아라타가 썼던 것……. 그렇다면 우리는 다른 조였을 텐데…….

'이게 어떻게 된 일이지?'

옆에 있는 아라타의 모습을 바라봤지만, 의문에 대한 해답이 돌아오진 않았다.

"그럼, 이거 선생님한테 갖다 드리고 올게."

"아, 응. 부탁해."

멍하니 있는 사이에 조별 담당자 결정은 끝나 있었다.

"갈까, 히나."

"어, 응."

가나타와 히나가 조원과 담당자의 이름을 적은 종이를 제출하러 갔다.

돌아온 히나는 내 옆에 오더니 작은 소리로 말했다.

"고마워."

히나의 얼굴은 여전히 새빨갰다.

"이걸로 히나의 마음을 눈치채지 못해서 상처 줬던 빚은 갚은 거야."

"……응!"

웃으며 고개를 끄덕이는 히나의 모습에 마음이 놓인다.

그대로 지체 없이 학급 회의는 끝나고, 전체 분위기가 진정되지 않은 채 다음 수업이 시작됐다. 나는 교과서를 펼친 채로 아까 있었던 일에 대해 생각했다.

'맞아, 조 편성만이 아니야.'

좋아한다고 쓴 세 글자에 들떠서 알아채지 못했었는데 이름 부르는 방식도 그렇고…… 스트랩도 그렇다. 그 스트랩은 **현재의 내가 과거에서 받은 것**이다. 따라서 그 일기에 그 내용이 적혀 있을 리가 없다. **3년 전의 아라타가 썼을**, 그 일기에는……. 그런데도 그렇게 쓰여 있다고 한다면, 그것은.

'일기의 내용도 바뀌어가고 있다?'

과거가 바뀌니까 당연한 결과일지도 모르겠다.

그런데 나는 이 순간까지도 의심하지 않았던 것이다. 그 일기의 내용이 3년 전에 내가 보냈던 과거를 적어둔 것이라는 사실을.

'머리가 이상해질 것 같아.'

내 안에 있는 것은 3년 전의 내 기억. 그리고 지금 보내고 있는 **새로운 과거**의 기억. 하지만 나 말고 다른 사람의 기억은 내가 바꾼 과거를 바탕으로 만들어진 거라면 내 안에 있는 이 기억은 뭐지? 생각하면 할수록 머리가 점점 무거워졌다.

"아사히, 있잖아!"

방과 후, 아라타가 내 자리로 찾아왔다.

"오늘 임원 회의가 있는 모양이야……. 아사히?"

"응……, 임원 회의?"

"괜찮아? 안색이 안 좋은데?"

내 얼굴을 빤히 들여다보면서 아라타가 말했다.

"괜찮아. 잠깐 뭘 좀 생각했더니 머리가 아파서……."

그렇게 말하는 내 이마에 아라타가 손바닥을 댔다.

"어? 아, 아라타?!"

"큰일이네, 열이 있잖아!"

"열……?"

자기 이마의 온도와 비교하며 아라타는 심각한 표정으로 말했다.

"무리한 거 아냐? 학급 회의 때도 뭔가 이상하던데……."

"아……."

'걱정했었구나…….'

"오늘 임원 회의는 내가 나갈 테니까 집에 가서 쉬어! 알았지?"

"폐를 끼치네……."

"괜찮아."
"그래도……."
"처음에 내가 폐를 많이 끼쳤었잖아! 가끔은 나를 의지해."
의지가 될지 모르겠지만, 하고 덧붙이며 아라타는 웃는다.
"아라타……."
"아무튼! 오늘은 푹 쉬고 임원 회의는 내일 다시 얘기하자?"
"……응."
"아참, 그리고……."
"응?"
왠지 말 꺼내기 어려운 듯 아라타는 말끝을 흐린다.
"아라타……?"
"저기, 그렇게 임원 회의가 신경 쓰인다면 메일 주소! 알려주면 오늘 임원 회의 끝난 뒤에 메일로 전달할게!"
"잉?"
생각지도 못한 말에 얼빠진 소리가 나와버렸다.
"아, 미안! 싫으면 안 가르쳐줘도 괜찮아! 괜한 말을 했네, 미안!"
"아, 맞다. 아라타의 메일 주소, **몰랐었구나**."
"어?"
"어?"
마찬가지로 아라타도 얼빠진 소리를 내더니 "아 뭐야! 괜히 물었나 싶어서 긴장했어!"라면서 책상 앞에 털썩 주저앉았다.
"미, 미안! 메일 주소 교환을 안 했다는 걸 깜빡해서……."

내가 생각해도 이상한 말을 하고 있다는 자각은 있다. 그러나 아라타는 그것조차 열 때문이라고 생각한 듯 걱정스러운 표정으로 나를 본다.

"정말 괜찮아? 선생님한테 데려다 달라고 하는 게 낫지 않겠어?"

"괘, 괜찮아. 걱정 끼쳐서 미안! 그, 메일 주소가 말이지."

서둘러 휴대폰을 꺼내자 아라타가 조그맣게 속삭였다.

"스트랩……."

"아……."

"달아줬네. 고마워."

"고마운 건 나지! 너무 기뻤어! 고마워."

쑥스러움을 얼버무리려고 아라타를 보며 웃자, 아라타도 똑같이 쑥스러운 웃음을 지었다.

집에 돌아와 침대에 누웠더니 생각한 것 이상으로 나른함이 몰려온다. 그리고 그대로 아라타의 연락을 기다리지 못하고 잠들어버렸다. 그리고 이날 밤, 아라타에게 연락이 오지 않았음을 내가 알게 되는 건 다음 날 아침, 잠에서 깨 일기를 읽고 난 뒤였다.

* * *

4월 17일

오늘은 봄 수련회의 그룹을 나누고 조별 담당자를 정했다.

우리 조는 아사히, 가나타, 미유키 그리고 아사히의 친구 츠지타니.

가나타가 트지타니를 자연스럽게 히나라고 부르던데…… 이 녀석의 친화력은 나는 도저히 흉내도 못 낸다…….

나랑 아사히는 학급 임원 일로 바쁘니 도장은 가나타에게 떠맡겼다.
가끔은 이 녀석도 일 좀 해야 한다!
……그러고 보니, 아사히의 휴대폰에 스트랩이 달려 있었다.
너무 기쁘다. 엄청 기쁘다!
……아무래도 나는 아사히를 좋아하는 것 같다.
아마 아사히도 나를 싫어하지는 않을 것 같다.
내가 싫다면 스트랩을 달진 않았겠지.

그런데 나 같은 애가 누군가를 좋아해도 되는 걸까…….
오늘만 해도 또 이렇게 발작을 일으키고 쓰러져 병원으로 되돌아왔는데.
아사히한테 메일을 보내겠다고 했는데, 병원에 있으니 그것도 할 수 없다.
나 같은 애가 누군가를 좋아해도, 정말 괜찮을까.

어차피 얼마 안 있으면
죽을 텐데.

눈을 떴더니 그곳은 **현재의 내** 방이었다.
"맙소사……."
아라타의 연락을 기다리지 않고 잠들어버렸다는 걸 알았다. 모처럼 아라타가 연락하겠다고 말했는데…….

'아라타의 첫 메일이었는데…….'

그때 보낸 첫 메일은 어떤 내용이었지? 그런 생각을 하면서 책상 위에 놓인 일기장을 바라본다.

'그래! 일기장에 그 메일 내용이 쓰여 있지 않을까?'

잠들기 전에 본 일기에는 특별한 내용이 없었지만 혹시 모른다는 생각에 나는 일기장을 펼친다. 거기에 적힌 문장이 어떤 식으로 바뀌어 있을지도 모르고.

"왜 이런 일이……!"

잠들기 전의 일기에는 없었던 여섯 줄에서 눈을 뗄 수가 없다.

"평소처럼 건강했었는데……. 메일 보내겠다고 했었는데……."

몇 번을 봐도 마지막에 본 아라타의 모습과 일기의 문장이 연결되지 않는다.

"왜……?! 왜?!"

영문을 알 수 없었다.

하지만 적혀 있는 문장은 분명 아라타의 것이다. 바뀌기 전의 과거에는 없었던, 사건이다.

'그렇지……. 히나와의 일도 그랬어…….'

과거를 바꾼다는 게 좋기만 한 것이 아님을 그때 알았어야 했다. 하지만 이런 것일 줄이야. 일기에는 병원으로 돌아갔다고 적혀 있었다.

'쓰러져서 실려 갔다고? 언제? 내가 집에 간 뒤에? 왜, 왜, 왜!'

수많은 의문이 들었다. 그러나 그 물음에는 누구도 답해주지 않는다. 그 누구도.

"어떻게 하지……."

이럴 줄 알았으면, 그때 억지로라도 남을 걸 그랬다. 아라타에게만 떠맡기는 게 아니었다. 사실은 본인도 힘들었으면서 나를 걱정해서 자기 몸은 뒷전이었던 거야? 아라타, 왜 그랬어.

이리저리 머리를 굴려본다. 이리저리…….

"……그래!"

책상 위의 일기장을 다시 한 번 쳐다본다.

"그거야! 그걸 왜 생각 못 했지!"

아라타의 그날의 일기를. 바뀌어버린 4월 17일의 일기를.

"바뀐 거라면, 한 번 더 바꾸면 되잖아."

아라타의 일기장을 꼭 안고 나는 다시 침대에 누웠다.

"아라타, 기다려줘."

그리고 또 한 번 그날로 돌아가기 위해 꿈의 세계로 여행을 떠났다.

✽ ✽ ✽

"윽……."

정신 차리고 보니 나는 눈을 뜨고 있었다.

"다시 돌아온 거구나."

나지막이 중얼거린다.
"아……."
작은 소리를 내며 머리맡의 휴대폰을 집는다.
"아라타……. 나……."
어제의 꿈속과 똑같은 행동을 반복한다. 완전히 똑같은 행동을. 내가 분명한데, 어디 멀리서 일어나는 사건을 바라보기만 하는 듯한, 불가사의한 감각이었다.
그 감각은 학교에 도착하고 나서도 계속되었다. 히나와 이야기할 때, 그룹을 나누고 있을 때, 아라타와 대화할 때…….
'아…….'
그리고 그 순간이 찾아왔다.
"아무튼! 오늘은 푹 쉬고 임원 회의는 내일 다시 얘기할까?"
'이 부분이야! 여기서 나는…….'
"……응."
'아니야! 괜찮다고, 나도 남겠다고 아라타한테 말해!'
그렇게 외치고 있지만 나는 대화를 계속해나간다. 이미 그렇게 정해져 있는 것처럼. 그저 꿈을 꾸고 있는 것처럼.
'꿈……?'
그렇다, 꿈을 꾸고 있을 때와 비슷하다. 나는 이렇게 하고 싶은데, 꿈속의 자신은 이야기가 정해져 있는 것처럼 대화를 계속해간다.
'그럼, 이건…….'
아라타와 헤어져 **꿈속의 내**가 집으로 돌아간다. 아라타의 곁에 더 있고 싶은데. 아라타에게서 떨어지고 싶지 않은데.

'아라타……!'

아무리 소리를 쳐봐도 목소리는 나오지 않고 아무도 그걸 알아채지도 않았다. 그리고 꿈속의 나는 침대에 누워 그대로 잠이 들었다. 나의 의식도 다시 원래의 세계로, 되돌아갔다.

✻ ✻ ✻

우웅, 우웅.

"앗!"

휴대폰의 진동음에 눈이 떠졌다.

그곳은 두 번째 잠이 든 지, 단 몇십 분밖에 지나지 않은 현재의 내 방이었다.

"어째서……."

침대에서 일어나 일기장을 보니 조금 전과 아무것도 달라진 게 없었다. 똑같은 문장이 있을 뿐.

"어제는 돌아갈 수 있었는데……."

일기장 위로 눈물이 뚝 떨어진다.

지금까지 이런 일은 없었다. 몇 번인가 과거로 갔었지만, 그 안에서 나는 **3년 전의 나**였다. 적어도 그런 식으로 그저 보고만 있었던 적은 없었다.

"이유가 뭘까……. 왜……."

왜 바꿀 수 없었던 걸까. 뭐가 잘못됐던 걸까. 하지만 몇 번을 생각해 봐도 답은 나오지 않는다.

"아사히! 빨리 일어나, 안 그러면 지각이야!"

1층에서 엄마의 목소리가 들려온다. 시계를 보자 집에서 나가야 할 시간을 훨씬 지나 있었다.

"……오늘은 몸이 안 좋아서 쉴게요!"

큰 소리로 그렇게 대답하자, 뭐라고 나무라는 소리가 들렸지만 안 들리는 척했다. 지금 학교에 가 있을 상황이 아니라고요.

"한 번만 더, 한 번만……."

나는 4월 17일의 일기를 다시 한 번 꼼꼼히 처음부터 끝까지 읽고…… 침대에 누웠다.

"이번에야말로…… 잘 되기를!"

손에 든 일기장을 꽉 끌어안으며 나는 다시 잠에 빠졌다.

"또 실패였네……."

이번이 몇 번째지?

몇 번이고 몇 번이고 잠에서 깬 다음 일기를 읽고 잠들었다. 하지만 그때마다 어제 꿈속에서 봤던 광경을 그저 되풀이할 뿐이었다.

"왜……."

어제까지와 무엇이 다른지 모르겠다. 평소와 똑같이 아라타의 일기를 읽고 잠이 들었는데…….

"한 번 더……."

나는 다시 일기장의 페이지를 펼친다.

“앗…….”

몇 번이고 책장을 넘기다 보니 그 마찰로 종이가 쉽게 넘어가서 원래 목적의 페이지가 아니라 그 다음 날이 펼쳐졌다.

“4월…… 18일”

보면 안 돼, 내가 돌아가고 싶은 것은 17일이니까. 그렇게 생각하면서도 눈은 종이 위의 글자를 따라간다.

4월 18일

점심이 지나 병원에서 돌아왔다.

지난번에는 결과가 좋다고 놀라셨던 선생님이 이번에는 결과가 나쁘다며 놀랐다.

왜 내 심장은 이렇게 엉망인 걸까.

오늘도 학급임원 일은 아사히가, 그룹 쪽은 가나타 일행이 순조롭게 진행해준 것 같다.

나 같은 건 없어도 되지 않을까.

결국 아사히한테 메일도 못 보냈다.

이런 상태에서 무슨 말을 보내야 좋을지 모르겠다.

내가 왜 있는지를 모르겠다.

“아라타…….”

몇 번이나 썼다 지웠을까. 그 페이지에는 거무스름한 연필 자국이 여기저기 남아 있었다.
“아라타…….”
쏟아지는 눈물에 글자가 번진다. 아무것도 할 수 없는 내 자신이 답답하다.
“아라타……!”
눈물이 그치지 않는다. 한없이 흐르는 눈물을 막을 방법을 모르겠다.
……계속 울어서 그런가. 점점 눈꺼풀이…… 그리고 몸이 무거워져 가는 것을 느꼈다…….

✿ ✿ ✿

“으음…….”
어느새 잠이 들었었는지, 나는 눈을 비비고 몸을 일으켰다.
“울다 지쳐서 잠이 들다니…… 꼭 어린애 같잖아.”
자조 섞인 웃음을 짓고 나는 침대에서 일어났다.
‘침대에서……?’
내 행동에 위화감을 느낀다. 눈을 뜨고 몸을 일으켜 침대에서 일어난다. 평소와 같다. 그런데 뭔가가 이상하다, 뭔가가…….
“앗……!”
일어선 나는 교복을 입고 있었다. 중학생 때의 그 교복을.
“돌아……온 건가……?”
말소리를 입 밖으로 내자, 원래 내 목소리가 났다. 그것은 내가 과거의 나로서 이곳에 존재하고 있음을 알려준다.
"다행이다! 다행이야!"
나도 모르게 폴짝폴짝 뛰는데 손안에서 휴대폰 알람이 울려 퍼진다.
"아, 깜짝이야. 알람이구나."
부랴부랴 휴대폰 액정화면을 열자, 화면에는 '4월 18일'이라고 쓰여 있었다.
"아라타의 일기 속 날짜야."
'결국 17일로 돌아가진 못했구나.'
왜 17일로 돌아가지 못했는지는 모르겠다. 모르지만, 지금은 이 세계로 돌아왔다는 것이 그저 기뻤다.

평상시처럼 등교해서 수업을 듣는다. 그리고 경쾌한 소리를 내며 오전 수업이 끝나는 종소리가 울려 퍼졌다.
'분명 일기에는 점심 지나서 돌아왔다고 적혀 있었어.'
일기에 적혀 있던 내용을 떠올리면서 나는 휴대폰을 꺼냈다.

나, 아사히야. 몸은 괜찮아?

보내고 싶은 말은 훨씬 많았지만, 너무 길게 보내는 것도 별로일 것 같아 짧게 보냈다.
답장은 오지 않는다.
'메신저처럼 읽음인지 아닌지 알 수 있으면 좋겠지만, 문자 메시지는

알 수가 없어 불편하네.'

그런 생각을 하고 있는데 휴대폰이 부르르 떨렸다.

폐 끼쳐서 미안. 난 괜찮아. 정말 미안해.

뭐가 미안해. 나야말로 어제 미안.

아사히가 미안할 게 뭐 있어. 그 후에 몸은 좀 어때?

걱정해준 덕분에 완전히 좋아졌어.
근데 오히려 아라타가 무리한 게 아닌가 싶어 걱정돼서…….

그런 거 아니니까 괜찮아. 걱정하지 마. 학교는 별일 없어?

수련회는 그룹으로 진행하는 거고,
학급 일은 오늘은 별로 없어서 괜찮았어.

문자 메시지를 주고받는 것은 시간이 걸린다. 정신 차리고 보니 어느 새 점심시간이 거의 끝나가고 있었다.

"수업 시작한다."

다바타 선생님이 교실에 들어옴과 동시에 휴대폰 진동이 울렸다.

내가 없어도 괜찮은 것 같아 안심이야.

"헉……!"

그런 말을 하게 할 생각은 아니었는데, 안심하라는 뜻이었는데…….

칠판에 무언가를 쓰기 시작한 선생님의 눈을 피해 나는 아라타에게 문자 메시지를 보냈다.

그래도 아라타가 없으면 쓸쓸해.

한동안 기다렸지만 답장은 오지 않는다. 나는 휴대폰을 닫고 주머니 속에 넣었다.

수업이 끝난 뒤에도 아라타의 답장은 오지 않았다. 집에 돌아와서도 몇 번이고 휴대폰을 살펴봤지만 새 메시지는 없다.

"아라타……."

내가 과연 무언가를 바꾸긴 한 걸까. 다시 돌아온 의미는 있었던 걸까. 그런 의문이 뇌리를 스친다.

"내일은 만날 수 있으려나."

답장이 오지 않는 휴대폰을 바라보면서 나는 눈을 감았다.

✽ ✽ ✽

4월 18일

점심이 지나 병원에서 돌아왔다.

지난번에는 결과가 좋다고 놀라셨던 선생님이 이번에는 결과가 나쁘다며 놀랐다.

왜 내 심장은 이렇게 엉망인 걸까.

그래도 딱 하나 좋은 일이 있었다.

아사히에게 문자 메시지가 온 것이다.

기뻤다. 굉장히, 굉장히 기뻤다.

나를 걱정해주었다.

쓸쓸하다고 말해주었다.

나는 역시 아사히를 좋아한다. 많이 좋아한다!

이런 내가 좋아해도 되는 걸까…….

좋아하기만 하는 거니까, 그뿐이니까.

내일은 학교에서 아사히를 만날 수 있으면 좋겠다.

어느새 정오를 한참 지나 있었다. 침대 위가 아니라, 책상 위에 둔 일기장 위에 포개지듯 잠들었던 모양인지 여기저기 눈물이 마른 듯한 흔적이 있었다.

"아……."

그리고 내 눈에 들어온 것은 내용이 조금 달라진, 아라타의 일기였다.

"다행이다……."

내가 보낸 메시지에서 자신을 필요로 한다는 걸 알아줬으면, 아주 조금이라도 그렇게 생각해주면 좋겠다.

“두 번 다시 **나 같은 건 없어도 되지 않을까**, 같은 말을 하게 하고 싶지 않아…….”

일기장을 꼭 끌어안고, 닿을 수 없는 말을 조용히 속삭였다.

일기장을 닫고 가만히 서랍에 넣자, 방안에 스마트폰의 진동음이 울려 퍼졌다.

“까, 깜짝이야.”

‘그러고 보니 아침에도 누군가에게 연락이 왔었던 것 같은데…….’

그런 생각을 하며 스마트폰을 확인하자 미유키의 이름이 보였다.

“여보세요”

“드디어 받았다아아아!”

마치 스피커폰을 켜기라도 한 듯한 음량으로, 미유키의 목소리가 들려온다.

“미, 미유키? 무슨 일이야?”

“너 말이야! 쉬면 쉰다고 한 마디 말은 해야지! 걱정했잖아!”

“미, 미안……. 자느라 그만.”

내 말에 기가 막혔는지 전화 너머에서 미유키의 커다란 한숨 소리가 들린다.

“뭐, 몸이 안 좋아서 쉰 거니까……. 내가 괜한 걱정을 하는 건가 싶긴 했지만, 그 꿈에 관한 일도 있으니까, 혹시 무슨 일이 있는 건 아닌가 싫어서."

"고마워."

"별말을……. 내가 괜한 걱정을 한 것뿐이니까 신경 쓰지 마."

"미유키……."

"앗 선생님 오셨다. 메시지 보내놨으니까 확인해! 그럼!"

미유키는 그렇고 말하고 내 대답을 듣지도 않고 전화를 끊었다.

"나 때문에 걱정했구나."

통화를 끝내고 다시 화면을 보니 몇 개의 문자 메시지가 도착해 있었는데 그 대부분이 미유키가 보낸 것이었다.

오늘 결석이야?

어~이! 괜찮아?

있잖아, 일기장 건으로 하고 싶은 얘기가 있어.

가나타 기억해? 중학교 때 친했던. 그애라면 아라타의 일기장에 대해 뭔가 알고 있을 것 같아서 어제 연락해봤어.

궁금한 게 있다고 다음에 만나고 싶다고 하더라.

무슨 일인지 짚이는 거 있어?

아사히, 정말 괜찮아?

쓰러진 건 아니지?

아! 사! 히!

그리고 방금의 전화로 연결이 된 건지 메시지는 여기서 끝나 있었다.

"어?"

미유키나 다른 친구들에게 온 메신저의 메시지는 다 읽었지만, 화면에는 아직 읽지 않은 메시지가 한 건 있다고 표시되어 있었다.

— 도우라 가나타 1건 —

"이건…… 가나타?"

현재의 나는 가나타와 연락처를 교환한 기억이 없지만…… **바뀐 과거의 나**라면 어쩌면…….

이름을 터치하자 거기에는 예상치도 못한 내용이 적혀 있었다.

미유키한테 연락이 왔었어. 혹시 아라타의 일기장을 가지고 있니?

"어떻게……."

생각지도 못한 문장에 동요하는 마음을 억누르고, 나는 아무렇지 않은 척 메시지를 입력했다.

오랜만이야. 아라타의 일기장이라면, 아라타 어머니한테 받았어.
그런데 무슨 일로?

잠시 뒤 내가 보낸 메시지를 읽었다는 표시가 떴다. 그리고 가나타의 대답이 도착했다.

역시 내 생각이 맞았구나. 저기, 오늘 어디서 좀 만날까?
아라타의 일기장에 대해서 하고 싶은 얘기가 있어.

"오랜만이야."

학교가 끝날 무렵, 나는 집에서 빠져나와 가까운 공원에 왔다.

"아……. 응, 오랜만이다."

그곳에는 꿈속에서 본 중학교 3학년의 가나타보다 조금 더 성장한 가나타가 있었다.

"그렇긴 해도…… 아라타의 장례식 때 봤으니 얼마 안 된 건가?"

"아……. 그렇네. 맞아. 미안, 내가 그때는 주변을 전혀 못 봐서…… 누가 왔었는지도 기억이 안 나."

그날 일을 떠올리는 것만으로 이미 가슴이 조여오는 것처럼 아프다. 줄곧 옆에 있어 준 미유키와 잠깐 이야기를 나눈 아라타의 어머니를 제외한 다른 사람들은 어렴풋하게만 기억이 났다.

"그렇기도 하겠지. 게다가 그날은 그럴 상황이 아니었으니까……."

"……."

"……."

아무 말 없이 있는데, 가나타가 입을 열었다.

"있잖아."

"응?"

"이상한 질문인데……."

"응……."

가나타는 작게 한숨을 쉬고 내 눈을 가만히 바라봤다.

그리고.

"너는, 다케나카야? 아니면…… 아사히?"

"……?!"

순간적으로 그 말의 의미를 이해하지 못했다.

"그게 무슨 말인지……."

"아라타의 일기장으로 대체 뭘 하고 있는 거야?"

가나타의 말에 나도 모르게 뜨끔했다.

"넌…… 뭘 알고 있는 거야?"

"먼저 내 질문에 대답해줘."

한 걸음 한 걸음 나에게 다가오더니, 가나타는 내 팔을 잡았다.

"넌, 누구야?"

"그게……. 난, 그……."

"미안, 내가 늦었지! 어……? 뭐 하는 거야, 가나타!"

"미유키."

"미유키……."

긴박한 분위기를 누그러뜨린 것은 미유키의 밝은 목소리였다.

"글쎄……. 아무것도 안 했는데."

화들짝 손을 떼고, 가나타가 말했다.

"그럼 다행이지만……."

"……."

"……."

"왜 그래, 둘 다. 뭔가 이상한데?"

서로 눈도 마주치지 않고 아무런 이야기도 하지 않는다. 그런 우리를 보며 미유키가 걱정스러운 듯한 표정을 짓는다.

"미유키는 뭔가 알고 있어?"

"응……?"

"지금 무슨 일이 일어나고 있는 건지."

가나타의 물음에, 미유키는 무슨 말인지 모르겠다며 나와 가나타의 얼굴을 번갈아 보았다.

"내 기억이 정확하다면, 며칠 전까지 내 연락처에는 분명히 다케나카 아사히의 이름은 없었어. 그런데 어째선지 지금은 있어."

"……."

"히나가 **내 기억에는 없는** 우리의 추억을 갑자기 이야기하기 시작했어."

"기억에, 없다고?"

가나타의 말에 나도 모르게 목소리가 커졌다. 기억에 없다, 그 말은 즉…….

"그리고 **내 일기장** 속의 과거가 비슷한 듯하면서도 부분 부분이 다른 내용으로 바뀌었어."

"……!"

"그게, 네가 한 짓인 거야?"

다시 거리를 좁히는 가나타. 무의식적으로 나는 뒤로 물러났다.

"네가 아라타의 일기장을 사용해서 과거를 바꾸고 있는 거 아냐?"

"그걸 네가 어떻게……."

"역시 그랬구나……."

가나타가 작은 소리로 중얼거렸다. 그게 아니길 바랐었는데 하고.

"너는 대체 뭘 알고 있는 거야……?"

"……."

"대답해!"

가나타는 아무 말도 하지 않는다. 그 대신 나를 보더니 괴로운 듯한 목소리로 말했다.

"괜한 소리는 하지 않을게. 이제, 과거를 바꾸는 일은 그만둬."

"왜……."

"바꾸더라도 달라지는 건 아무것도 없으니까."

"그건 모르는 거잖아!"

"알 수 있어!"

가나타가 큰 소리를 내자 미유키가 놀란 표정을 짓는다. 미안, 하고 작게 말하고는 가나타는 슬픈 표정으로 중얼거렸다.

"알 수 있는 거라고……."

"어떻게……."

"조금은 바뀔지도 몰라. 하지만……."

"하지만……?"

"그래도, 그 녀석은 죽어."

"……!"

"그 사실은 바뀌지 않아. ……바꿀 수가 없어. 그런데도 너는 과거를 계속 바꿀 거야?"

"난……."

나는 말문이 막혔다.

그래도 그 녀석은 죽어.

충격적인 그 말이 가슴에 꽂힌다.

"……아라타는 고통스러워하는 모습을 너한테 보이고 싶지 않았기 때문에…… 그때, 이별을 선택했던 거야."

"뭐……?"

"좋아하는 사람한테 죽어가는 모습을 보이고 싶지 않았으니까……."

가나타의 어깨가 떨리는 것이 보인다.

나는…… 나는…….

"그러니까 이대로……."

"내 감정은?"

"뭐라고……?"

"내 감정은 어떻게 되는 건데? 나는…… 난, 내가 좋아하는 사람이 혼자 괴로워하게 내버려두고 싶지 않아. 그때 내가 알았더라면 아라타 곁에 있고 싶었을 거야! 그 모습을 지켜보는 게 아무리 힘들고 괴롭더라도!"

말을 끝내자, 미유키가 우는 모습이 보였다. 내 눈에서도 눈물이 흘렀다.

"나도…… 아라타를 진심으로 좋아했단 말이야……."

흘러넘친 눈물은 그칠 줄 모르고 계속 흐른다.

"그 선택을 아라타가 원하지 않았다고 하더라도?"

"응……."

"그 선택 때문에 아라타의 마지막을 보게 된다 하더라도……?"

"……응, 나는…… 아라타와 보낸 시간을, 슬픔으로만 간직하고 싶지 않아……."

"……."

"지난 3년간, 나는 줄곧 아라타와 보냈던 날들을 잊으려고 애써왔어. 하지만, 잊을 수가 없었어! 떠올릴 때마다 가슴이 아프고 괴로웠어! 그 중에서도 가장 힘들었던 건 좋아하는 사람과의 추억이 슬픔으로만 남았다는 거야."

너무나도 소중한 추억인데, 모든 것이 다 괴롭고 슬프기만 한 추억이 되어 있었다. 함께 걷던 길을 지날 때, 둘이서 갔던 상점에 들어갈 때, 함께 듣던 음악이 흘러나올 때, 나는 늘 슬프고 괴로워서 잊으려고만 했었다. 아라타와 보낸 너무나도 소중한 시간을.
"……미안."
"응……?"
간신히 짜내는 듯한 목소리로 가나타는 말했다.
"그때, 아라타도 힘들게 결론을 내렸어. 나는 그 결정이 틀렸다고는 생각하지 않아. 하지만 그렇다고 해서 지금 네가 하는 일이 틀렸다는 것도 아니야. 그게 네 생각인 거니까……."
가나타의 눈이 나를 똑바로 바라본다.
"힘들 거야. 그래도 괜찮겠어?"
"그래도 난 아라타의 곁에 있고 싶어."
"알았어. ……심한 말을 해서 미안해. 아사히."
"아냐, 괜찮아. 고마워. 가나타……."
눈물을 닦자, 힘겨워 보이는 표정으로 웃는 가나타의 모습이 보였다.

✿ ✿ ✿

아사히와 미유키가 돌아간 뒤의 공원에서, 가나타는 혼자 우두커니 서 있다.
"아라타……. 미안, 나는 막을 수가 없었어. 이렇게 될 걸, 넌 알고 있었던 거야?"
가나타는 혼자 하늘을 올려다본다.
"……할아버지, 왜 이런 일기장을 우리에게 준 거예요?"

달을 올려다보며 가나타가 나지막이 중얼거렸지만, 그 물음에 답해 줄 사람은 없다.

"답은 두 사람만 아는 건가."

먼저 세상을 떠난 소중한 두 사람을 생각하면서 가나타는 달을 뒤로 하고 집으로 이어지는 길을 걷기 시작했다. 그런 가나타의 모습을 달빛이 부드럽게 비춰주었다.

❀ ❀ ❀

"가나타는 무엇을 알고 있는 걸까……."

침대 위에서 아라타의 일기장을 무릎에 올리며 나는 혼잣말을 했다.

가나타에게 묻고 싶은 건 많았지만 내가 집을 빠져나온 사실을 알아챈 성난 엄마의 연락으로 그 자리는 해산되었다.

"다시 날 잡아서 얘기하자."

가나타의 그 말을 믿고.

"하지만 뭘 알았다고 해도 난……."

내 말을 가로막기라도 하듯, 스마트폰이 부르르 떨렸다.

"앗! 가나타다."

모바일 메신저의 메시지가 도착했음을 알리는 진동음이 들려 스마트폰을 보니 가나타의 이름이 표시되어 있었다.

일기장에 대하여

1. 일기장의 내용을 꿈으로 꿀 수가 있다.

2. 꿈에서 한 행동에 따라 과거가 바뀐다.

3. 한 번 바꾼 과거를 다시 바꿀 수는 없다.

4. 두 권(나와 아라타)의 일기장 소유자의 기억은 바뀌지 않는다.

5. 소유자 이외의 인물은 바뀌기 이전의 기억이 남지 않는다.

6. 아라타가 가지고 있는 일기장은 과거를 바꿀 수 있지만 내 일기장은 과거를 바꿀 수 없다.

7. 일기의 내용을 베껴 쓰거나 복사해두더라도 일기장의 내용이 바뀌면 그것도 바뀐다.

예전에 우리가 이 일기장에 대해 조사해서 알게 된 건 이 정도야.

내가 알고 있는 것도 있고 모르는 것도 있었다.

고마워. 4, 5번의 내용대로라면 내 기억이 남아 있는 건 왜 그런 걸까?

음, 단순하게 생각하면 소유권이 이동해서 그런 게 아닐까 싶은데.

소유권이?

어떻게 된 일이지?

아마 아라타가 마지막에, 일기장을 아사히한테 전해달라고 어머니에게 말한 게 아닐까. 그래서 소유권이 아라타 어머니가 아니라 아사히에게 옮겨간 거지.

"그렇구나, 그래서……."

아라타의 어머니는 이 일기를 읽었다고 했었다. 하지만 그 이상은 아무 말씀 없었다. 가나타가 말한 일기장의 몇 가지 규칙이 맞는다면, 아라타가 죽고 이 일기를 읽었을 때 아라타의 어머니는 꿈에서 과거를 다시 시작했어야 한다.

만약 그렇게 됐다면 지금쯤 나는 꿈속에서 아라타를 다시 만날 수는 없었을 거다. 지금도 내가 꿈속에서 과거를 반복하고 있는 현상이 소유권이 이동했다는 가장 확실한 증거라고 가나타는 말한다.

그렇네……. 그리고 3번에 대한 건데…….

혹시 과거가 바뀐 다음에 그 페이지를 한 번 더 읽어본 적이 있어?

"앗……."

마치 내가 한 일을 알고 있는 듯한 가나타의 말에 심장이 고동친다.

무슨 말이야……?

과거가 바뀌었다는 걸 일기장으로 확인할 것 같은데, 그 후에 다시 한 번 그 페이지를 읽으면 꿈속에서는 마치 영화를 보는 것처럼 똑같은 영상이 눈앞에 펼쳐지는 거야.

"아……."

그래서 그때 그랬구나. 아무리 저항하려 해도 할 수가 없던, 그 꿈속에서의 일이 생각난다. 필름이 상영되는 것처럼 내 의지로는 무엇 하나 다른 말을 할 수 없었던, 그 꿈속에서의 일을.

좋은 내용이라면 좋겠지, 근데 다시 한 번 읽으려 했다는 건 분명 과거에서 납득하지 못한 일이라는 거니까. 마주하기 힘든 내용을 한 번 더 봐야만 해. 끝까지.

그렇구나…….

그러니까, 아사히. 혹시 다시 시작하고 싶더라도 결코 다시 읽으면 안 되는 거야.

바로 내가 한 행동이었다. 일기장을 읽고 바뀐 과거를 확인했다. 그 후, 다시 한 번 과거를 바꾸려고 일기를 다시 읽고…… 그래서…….

아사히?

괜찮아?

대답이 없는 내가 걱정됐는지, 가나타의 메시지가 연이어 왔다.

아, 응. 괜찮아

다행이다. ……이것 말고 뭔가 알게 된 것 있어?

"음……."

무슨 일이 있었던 걸까. 그러고 보니…….

연속된 날짜를 이어서 읽었더니 꿈속에서도 그날들을 연속해서 보냈어.

그렇구나……. 우리 때는 일주일이라는 짧은 시간이어서 그건 몰랐어…….

우리 때라니……. 무슨 일이 있었던 거야?

빠른 속도로 돌아왔던 메시지가 멈췄다.

약간의 시간을 두고, 가나타의 답장이 왔다.

……그건 다시 만나서 얘기할게.

잘 자라는 인사가 들어간 이모티콘이 와서 그 이상 물을 수는 없었다. 대체 가나타는 무엇을 알고 있는 걸까, 궁금하게 생각하면서, 나는 오늘도 아라타의 일기를 펼쳤다.

4月 19일

오후부터이긴 하지만 학교에 갈 수 있었다.

학급 회의는 수련회에 관해서였다.

아사히가 즐거워하며 웃어서 나도 기대가 된다!

……하지만 아무래도 불안이 가시질 않는다.

내가 정말 참가할 수 있을까.

분명 앞으로 참가할 수 있는 이벤트는 점점 줄어갈 것 같다.

그러니 부탁합니다.

부디 수련회만큼은 참가할 수 있기를.

조금만이라도 좋으니 좋아하는 아이와 함께한 추억을 갖고 싶습니다.

“아라타…….”

가슴이 아프다. 괴롭다. 왜 아라타가 이렇게 고통스러워 하는 걸까. 왜…….

“뭔가 내가 할 수 있는 게 없을까…….”

일기장을 덮고 방의 불을 껐다. 그리고 나는 아라타를 만나기 위해 꿈의 세계로 여행을 떠났다.

✻ ✻ ✻

눈을 뜨고 주위를 둘러본다. 이쪽 세계에서 잠을 깨는 것도 익숙해진 듯하다. 나는 잠옷을 벗고 중학교 교복을 입으며, 학교에 갈 준비를 하고 집을 나섰다.

교실에 도착하자 일기에 적힌 대로, 아라타의 모습은 보이지 않았다.

"안녕, 히나! ……무슨 일 있어?"

자리로 갔더니 머리를 감싼 히나의 모습이 보였다.

"아사히……, 나, 안 될 것 같아."

"엥? 무, 무슨 일 있었어?!"

심각한 분위기로 말을 꺼내는 히나에게 바짝 다가가자, 히나는 고개를 들었다.

"어제 온종일 애를 썼는데……."

"응……."

"가나타랑 있으면 마음이 너무 두근거려서 수련회까지 심장이 못 버틸 것 같아!"

"……."

"어떻게 하면 좋을까?! 내가 부조장인 게 진짜냐고?! 그렇다고 미유키가 부조장이 돼서 가나타 옆에 있는 것도 너무 질투 날 것 같고!"

히나가 가나타와 미유키를 성이 아닌 이름으로 편하게 부른다는 것을 알아채고, 조 활동에 잘 적응한 듯해서 마음이 놓였다.

'본인은 그런 상황이 아닌 것 같지만…….'

붉으락푸르락 흥분하는 히나를 보고 있으니, 이렇게 순수하게 좋아할 수 있다는 것이 부럽다.

'나도 그때는…….'

중학교 시절, 지금의 히나처럼 그저 순수하게 아라타를 좋아하고 아라타의 모든 것에 가슴이 두근거렸던 때가 생각난다.

'아라타…….'

조금씩 그의 매력에 이끌려 좋아하게 되었고, 아라타는 나에게 없어서는 안 될 소중한 존재가 되었다.

'아라타가 고백했을 때는 눈물이 날 정도로 기뻤어…….'

잊으려고 봉인했던 추억이 자꾸만 흘러넘친다.

'이번에야말로 슬픈 추억으로 남기지 않기 위해서라도…….'

아라타와의 추억을, 소중한 추억을 아프고 슬프기만 한 것으로 만들지 않기 위해 나는 과거를 바꾸는 것이다. 그 끝에서 나를 기다리는 것이 아무리 괴로운 현실이라도.

아라타가 오기까지 이제 얼마 안 남았다. 나는 오전 수업 내내 앞으로 어떻게 하면 좋을지를 생각했다.

원래대로면 아라타에게 고백받는 것은 조금 더 후의 일이다. 그것은 5월 말에 있을 구기대회 날의 일이었다. 부끄럽고, 놀랍고, 두근거리고, 눈물이 날 것만 같았다. 나도 아라타를 좋아했기 때문에 몹시 기뻐했던 것이 마치 어제 일처럼 생생하다.

'하지만 그러면 안 되는 거지…….'

이전과 똑같은 상황을 반복하는 것으로는 의미가 없다. 그럼 아무것도 바뀌지 않으니까.

'그럼 어떻게 하지…….'

어떻게 하면 거리를 좁힐 수 있는지, 어떻게 해야 아라타와의 관계를 좀 더 깊이 있게 만들 수 있을까. 나는 그 생각만 했다.

"안녕!"

"앗……. 아라타?"

"응?"

정신 차리고 보니 눈앞에 아라타가 서 있었다.

"어, 왜, 왜? 뭐지?"

"아사히, 괜찮아? ……눈 뜨고 잔 거야?"

주위를 둘러보니 이미 4교시 수업은 끝나 있었고 반 친구들은 점심 먹을 준비를 하고 있다.

"아, 잤……나 봐?"

"아하하, 뭐야."

아라타는 웃으며 자신의 자리로 향한다.

"오~! 아라타, 늦었네!"

"늦잠 잤어."

반 남자애들과 웃고 떠드는 소리가 들려온다.

'늦잠이라니……. 사실은 몸이 안 좋았던 거면서…….'

그때는 눈치채지 못했던 아라타의 거짓말이 지금은 무척 신경 쓰인다.

"저기, 아사히!"

"응?"

그런 생각을 하고 있는데, 히나가 등 뒤에서 말을 걸어왔다.

"아라타 말이야. 교실에 들어와서 곧장 아사히한테 오네?"

"어……?"

"아라타 자리는 이쪽도 아닌데 말이야. 혹시 아라타가……."

뒤를 돌아보자 흥분을 감추지 못하는 모습의 히나가 있다.

"아사히를 좋아하나?"

맞아, 사실은 그래! ……농담이라도 그런 말은 할 수 없다. 말은 못 하지만, 그 대신 곤란하다는 듯이 웃을 수밖에 없었다.

"그런가? 그렇다면 좋겠지만……."

"분명 그럴 거야! 아님, 아사히가 먼저 아라타에게 고백하던지?"

"고…… 백, 응? 응?!"

얼떨결에 내가 큰 소리를 내자 당황한 히나가 내 입을 손으로 막는다.

"아사히! 목소리가 너무 커!"

"미안……."

생각지도 못한 말을 듣는 바람에 동요하는 마음을 감출 수 없었다. 내가 먼저 고백을 한다……?

"물론 상대방이 먼저 말해주면 그게 가장 기쁘겠지만! 그렇다고 기다리고만 있는 것도 별로야. 모처럼 좋아하는 사람이 생겼는데 그 마음을 전하고 싶잖아!"

"히나……."

"말은 이렇게 해도…… 아사히랑 달리 나는 전혀 가망이 없어 보이지만 말이야."

울적해 보이는 히나에게 뭐라고 말을 건네야 좋을지 모르겠다. 내가 아는 한, 중학교 3학년 때 히나와 가나타가 사귀는 일은 없다.

아니, 그런데…… 그렇다면 왜 그때, 가나타는 히나를…….

"아사히?"

"아, 미안."

"뭐, 나는 그렇다 치고……. 고백까지는 아니더라도, 좀 더 가까워지고 싶지 않아?"

"그거야 그렇지만. 근데……."

"근데?"

히나의 기세에 압도되면서도 아까부터 고민했던 말을 꺼낸다.

"어떻게 하면 가까워질 수 있는지 모르겠어."

할 수만 있다면 나도 아라타와 더 가까운 사이가 되고 싶다. 아라타가 그 시절의 나에게 하지 못했던 말을 할 수 있는, 그런 관계가 되고 싶다. 하지만 어떻게 하면 되는지 모르겠다.

"으음……. 아사히는 아라타와 훨씬 친해지고 싶은 거 맞지?"

"응……."

"좋아하는 사람과의 관계를 변화시키고 싶다면, 때론 자신이 먼저 움직일 필요가 있어."

"……."

"기다리기만 하면 아무것도 바뀌지 않아."

"고마워, 히나."

미소 짓는 히나를 보면서 나는 생각한다.

'고백……. 내가 먼저…….'

당시의 나라면 불가능했을지도 모르겠다. 하지만…….

'과거를 반복하는 것만으로는 의미가 없어. 의미가 없다고.'

수업이 끝나고 하교 시간이 되었다. 다들 집으로 돌아가는 중인데, 나는 히나와 했던 얘기에 대해서 계속 생각했다.

'조금이라도 일찍 관계를 변화시키면 무언가가 바뀔까? 정말로……? 하지만 똑같은 행동을 반복하는 것보다…….'

아무리 생각해도 답이 떠오르지 않는다. 왜냐면……. 왜냐면…….

'그렇지……. 나는 그 답을 모르니까. 몰라…….'

당연한 건데, 그런 당연한 것조차 깨닫지 못했다. 이곳은 분명 과거지만, 내가 예전에 보낸 그 과거가 아니다. 내가 과거를 바꿈으로써, 조금씩 타인과의 관계도 감정도 바뀌고 있다.

'이곳은 과거이지만, **현재**이기도 해…….'

"아사히?"

누군가 부르는 소리에 고개를 들자, 아라타가 서 있었다.

"또 눈 뜬 채로 잔 거야?"

웃고 있는 아라타를 올려다보자 심장이 쿵 내려앉는다.

"같이 나갈래?"

미소 짓는 아라타에게 고개를 끄덕이고, 우리는 교실을 나왔다.

"그래서 말이지!"

학교 건물을 나와 교문까지 둘이서 나란히 걷는다. 은근슬쩍 옆을 보니 아라타가 웃으며 신나게 얘기하고 있었다.

웃고 있는 아라타의 옆얼굴을 좋아한다. 덧니가 보이는, 조금 앳된 모습이 남아 있는 미소도 좋아한다. 높은 듯 낮은, 아라타의 목소리를 좋아한다. 아라타를…….

"……좋아해."

"……응?"

"앗!"

나도 모르게 목소리가 나와버렸다.

"아사히, 지금……."

당황한 듯한 아라타의 목소리가 들린다. 마음을 굳게 먹고, 나는 눈을 꼭 감았다. 그리고.

"……나는, 아라타를 좋아해."

아라타에게만 들릴 정도의 목소리로 내 감정을 전했다.

아라타가 기뻐해줄까? 지금 어떤 표정을 하고 있을까? 쑥스러워할지 부끄러워할지, 아니면…….

'음…….'

옆에 나란히 선 아라타를 올려보자 금방이라도 울 것처럼 슬픈 얼굴을 하고 있었다.

'아라타……?'

"아사히."

"……."

듣지 않아도 다음 말이 무엇일지 알아버렸다.

"미안."

"아라타……."

"난, 아사히를 그런 식으로 생각해본 적이 없어서……. 뭔가 오해하게 했다면 미안해!"

그렇게 말하고 아라타는 내 앞에서 뛰어가 사라졌다. 남겨진 나는 그 자리에 우두커니 서 있을 수밖에 없었다.

❀ ❀ ❀

눈을 뜨자, 나는 내 방 침대 위에 있었다.

"돌아왔네……."

그 후, 어찌어찌 집으로 돌아간 나는 울다 지쳐서 어느샌가 잠들어버린 모양이었다.

몸을 일으키자 맺혀 있던 눈물이 떨어진다.

"맞다……. 나, 아라타한테 차였잖아……."

생각만 해도 또 눈물이 차오른다. 울고 또 울고 아무리 울어도 눈물이 멈추지 않는다.

"왜……."

이런 과거를 나는 모른다. 무엇이 잘못됐던 걸까. 과거를 바꾸려고 했던 것이 잘못이었던 걸까. 아라타가 고백할 때까지 기다릴 걸 그랬나.

왜…… 왜…… 왜…….

아무리 생각해도 답은 나오지 않았다.

'아…….'

손끝에 무언가가 닿는다. 아라타의 일기장이었다.

'……무서워.'

일기장을 보는 것이 무섭다. 아라타의 말로 또 한 번 거절당한다고 생각하자 도저히 일기장을 펼칠 수가 없었다. 그 대신…….

어제 하던 이야기를 마저 듣고 싶은데, 언제 만날 수 있을까?

한 통의 메시지를 보냈다. 그리고 나는 무거운 몸과 머리를 일으켜 내 본래의 일상을 보내기 위해 학교에 갈 준비를 시작했다. 답이 온 것은 학교에 도착해 수업 준비를 하고 있을 때였다.

오늘 괜찮아.

오늘이라…….

가나타에게 온 연락을 확인하고, 나는 미유키의 자리로 갔다.

"있잖아, 미유키"

"응?"

"오늘 시간 있어?"

"아, 미안. 오늘은 동아리 활동이 있어."

"그렇구나……."

내 얼굴을 올려다본 미유키는 뭔가를 짐작한 듯 걱정스러운 눈빛을 보낸다.

"무슨 일 있었어?"

"아니야, 괜찮아. 미안."

정말 괜찮아? 하고 묻는 미유키에게 아무것도 아니라는 듯 웃어 보였지만 오늘 얘기할 내용을 생각하면…… 사실은 오히려 조금 안심이 되었다.

어제 꿈속에서의 사건을 미유키 앞에서 이야기하다 보면, 나는 분명 울어버릴 테니까…….

방과 후에 어제 만난 공원에서 기다릴게.

가나타에게 메시지를 보내고, 나는 스마트폰 화면을 껐다.

"아……."

"여기야."

방과 후, 공원에 도착하자 가나타는 벌써 와서 미끄럼틀 위에 서 있었다.

"뭐 하고 있었어?"

"……여기, 옛날에 아라타랑 자주 왔었거든."

중학교 근처에 있는 이 작은 공원은 내가 다닌 초등학교에서는 조금 멀었지만, 아라타와 가나타가 다닌 초등학교 아이들은 모두 이곳에서 놀았던 모양이다.

"옛날 생각나네."

그렇게 말하면서 미끄럼틀을 타고 내려온 가나타는 어딘가 쓸쓸해 보이는 표정이었다.

"가나타……."

"자, 이거."

"응?"

가방에서 꺼낸 것은 한 권의 일기장이었다.

"이게 뭐야?"

"이건 내 일기장이야. 아사히가 가지고 있는 아라타의 일기장과 한 쌍."

그렇게 말하고 가나타는 일기장을 펼친다.

"4월 8일?"

"응. 아라타와 함께 이날부터 쓰기 시작했거든. ……정확히는 아라타가 쓰겠다고 해서 나도 쓰기 시작한 거지만."

"이걸 왜……."

"내 일기장이랑 아라타의 일기장이 한 쌍으로 된 거라고 했잖아."

"응."

한 쌍, 이라는 게 무슨 의미지? 일기장의 겉모양만 봐선 똑같은 것처럼 보이는데…….

"내 일기장으로는 과거를 바꿀 수는 없어. 하지만 바뀌기 전의 과거, 바뀐 과거 양쪽 다 기록할 수가 있지."

"……."

"바뀌기 전의 기억이 없었던 일이 되지 않도록. 바꿔버린 당사자가 곤란해지지 않도록. 그래서 이 일기장 소유주의 기억도 업데이트가 되지 않는 거야. 아라타의 일기장과 마찬가지로."

"그렇다면……."

"맞아. 즉, 내 기억 속의 과거는, 아사히, 네가 처음에 보냈던 그 과거 그대로야."

그렇게 말하고 가나타는 쓴웃음을 짓더니 일기장의 페이지를 아무렇게나 펼친다.

"그런데 옛날 일기 같은 걸 특별한 이유도 없이 일부러 다시 읽지는 않잖아? 그래서 당황했었어. 지난번에 오랜만에 다들 만났었잖아. 히나가 중학교 때 이야기를 하는데, 내가 모르는 이야기가 나오더라고."

"히나랑?"

"응. ……어? 우리 사귀는 거 몰랐어?"

무심코 고개를 저었다. 그런 나를 보고 가나타는 조금 놀란 듯한 표정을 보였다.

"그랬구나. 뭐, 그건 그렇다 치고."

가나타는 이야기를 계속했다. 사실은 둘의 이야기를 좀 더 듣고 싶었다. 하지만 지금은…….

"그래서 혹시나 싶어서, 일기를 읽고 나서야 알았어. 누군가가 아라타의 일기장을 사용하고 있다는 걸. ……그 시절의 우리처럼."

마지막 말은 작아서 잘 알아들을 수 없었다.

"가나타?"

"아무것도 아냐. 그래서 오늘 연락해온 건 이것 때문인 거지?"

가나타는 일기장의 페이지를 넘겼다.

4월 19일

아라타가 아사히를 거절한 모양이다.

아라타의 마음도 이해는 하지만…… 바보 같긴.

나한테 울면서 전화할 정도면, 애초에 거절하지 않으면 될 것을.

완전 바보라니까.

"나는 이런 과거의 일을 몰라. 하지만 아라타라면 그럴 수도 있겠다 싶었어."

"……."

"아사히, 너는 무슨 일이 있어도 과거를 바꿀 거지?"

"응?"

가나타는 발끝을 빤히 쳐다보고 있다. 그 표정이 나에겐 안 보인다.

"지난번에 그랬지? 힘든 일이 기다리고 있다 하더라도, 그래도 과거를 바꿀 거라고. 그 말, 믿어도 되는 거야?"

"가나타……?"

"부탁이 있어."

손을 꽉 쥐고 가나타는 고개를 들었다. 가나타는 금방이라도 울 것 같은 얼굴을 하고 있었다.

"아라타를 포기하지 않았으면 좋겠어. 그 녀석이 행복했다고 추억하게 해줬으면 좋겠어. 마지막 순간에…… 행복하게 이야기하더라. 중학교 3학년의 그 1년 동안…… 아사히와 사귀었던 그 시절의 일들을."

"아라타……."

"1년이 아니라…… 훨씬 더 많은 추억을 아라타에게 만들어줬으면 좋겠어……. 그건 아사히밖에 할 수 없는 일이야……."

그렇게 말하고 가나타는 나에게 고개를 숙였다. 땅바닥에는 뚝뚝 떨어지는 물방울로 까만 얼룩들이 생기고 있었다.

시간이 얼마나 지났을까. 아무 말 없던 가나타가 고개를 들어 나를 봤다.

"사실, 난 과거를 바꾸는 거, 반대야."

"뭐?"

"그렇게 해서 바뀌는 것이 좋은 일만 있다고는 할 수 없으니까. …… 그건, 아사히 너 스스로도 이미 알고 있잖아?"

가나타의 말에 히나의 얼굴이 떠오른다. 내가 과거를 바꿔버린 탓에 상처를 입었다.

"……."

"그리고 무엇보다 이대로 과거를 계속해서 바꾼다면 반드시 너도 상처를 입게 될 거야.”

“그런 일은……!”

“없다고 말할 수 있어? 정말로? 우리처럼 되지 않는다고…….”

“우리?”

내 말에 가나타는 아차 싶은 표정을 보였다. 그러고 보니 가나타는 지난번에도 말했었다. 우리 때는, 하고.

“가나타. 혹시 너희 둘…… 일기장을 이용했던 적이 있어? 지금의 나처럼.”

“…….”

“가나타……?”

“옛날얘기야. 아라타의 할아버지가 돌아가셨을 때, 지금의 아사히와 마찬가지로 할아버지가 쓰셨던 일기장을 발견했어.”

“일기장을…….”

“그 일기장을 이용하면, 꿈속에서 과거를 다시 시작할 수 있다는 것을 알게 됐어. 그래서…….”

거기까지 말하고, 가나타는 괴로운 듯 입을 다물었다.

그 뒷이야기를 듣지 않아도 알 수 있었다. 분명 두 사람은 과거를 바꾸려고 했고…… 그리고 실패했다. 꿈속에서 또 한 번, 할아버지를 잃은 것이다.

“미안.”

“아냐…….”

“…….”

무슨 말을 해야 할지 몰라 무심코 침묵해버린 나에게, 가나타는 슬픈 미소를 지으며 말했다.

"이대로 계속 과거를 바꾼다면 너도 상처를 입게 될 거야. 그건 알고 있지?"

가나타는 어렵게 말을 이어갔다.

"그런데 나는 아사히와 헤어지고 나서 힘들어 보이던 아라타의 얼굴을, 마지막 순간까지도 아사히의 이름을 부르던 그 목소리를, 잊을 수가 없어."

"가나타……."

"그러니까 혹시, 앞으로 과거를 바꾸느라 아사히가 상처받는 일이 생긴다면 나를 의지해줘. 할 수 있는 거라면 뭐든 할게. 그러니까…… 그러니까……."

"괜찮아."

힘겨워하는 가나타에게 미소를 지으며 나는 아라타를 떠올렸다. 웃는 얼굴, 화난 얼굴, 쑥스러워하던 얼굴, 울던 얼굴……. 어느 하나 잃고 싶지 않은 아라타의 모습…….

"나는 아라타를 포기하지 않을 거야. 아라타가 자신을 포기하더라도, 나는 절대로 포기하지 않을 거니까, 그러니까……."

"아사히……."

내 이름을 부르는 가나타의 눈동자에는, 나를 통해 과거의 아라타가 보이는 듯한 기분이 들었다.

가나타와 헤어지고 나는 집으로 돌아왔다. 아라타의 일기를 읽기 위해서다.

사실은 두렵다……. 두렵지만……. 진지하게 나를 바라보는, 가나타의 모습을 떠올렸다.

가나타와 약속했잖아. 나는…… 아라타를 포기하지 않겠다고! 일기장을 잡은 손에 힘이 들어간다. 그리고 나는 어제 꾼 꿈의 날짜에 해당하는 페이지를 펼쳤다.

4월 19일

오후부터이긴 했지만, 학교에 갈 수 있었다.

하지만 가지 말 걸 그랬다.

아사히에게 상처를 줬다.

좋아하는 아사히가…… 나를 좋아한다고 말해줬는데…….

나도 좋아해, 라고 왜 말하지 못했을까…….

내 심장이 이렇지만 않았다면…….

이런 기분으로 내일부터 시작되는 수련회에 참가할 수 있으려나.

미안해, 아사히…….

"아라타……."

내가 고백하는 바람에 이렇게 아라타를 괴롭게 했다고 생각하니 가슴이 아프다. 하지만…….

"그래도 널 좋아해……. 아라타."

고집부려서 미안해. 포기하지 못해서 미안해. 하지만 이 선택이 틀리지 않았었다고, 언젠가 웃으며 말할 수 있는 날이 올 거라 믿어.

"4월…… 20일."

그리고 나는 과거로 돌아가기 위해 새 페이지를 펼쳤다.

4월 20~22일

제기랄……! 왜……!

……아사히랑 사이가 서먹서먹해질까 봐 걱정했는데, 그 정도는 아니었다.

가나타가 아무 일 없다는 듯 마음을 많이 써주고 있다는 걸 안다.

고마워.

첫째 날에는 딱히 별일이 없어서 이대로라면 괜찮겠구나 싶었다.

하지만 둘째 날 오전에 하이킹을 하던 도중에 가져온 약을 떨어뜨리고 말았다…….

어쩌면 발작도 일어나지 않고 그대로 지나갔을지도 모른다.

하지만…… 마음속 어딘가에서 "역시 난 안 돼"라는 생각을 하고 말았다.

역시 내가 캠프에 참가하는 건 무리였다고.

선생님께 사정을 얘기했더니 부모님이 데리러 와주셨다.

원래는 오늘 다 같이 돌아올 수 있었을 텐데…….

선생님께도, 가나타에게도…… 아사히에게도 폐만 끼치고 말았다.

나 때문에…… 미안해.

모두, 미안해…….

미안해, 아사히…….

"이 일, 기억나. 몸이 안 좋아졌다고 했었는데…… 그게 아니었구나……."

수련회 이틀째에, 아라타가 몸이 안 좋아져서 돌아가게 됐다는 말을 선생님한테 들었던 것을 기억한다. 모처럼 온 캠프인데 안타깝네, 하고 태평하게 여겼던 나 자신이 싫어진다…….

"내가 뭘 할 수 있는지 모르겠지만…… 그래도……."

일기장을 덮고 나는 침대로 향한다. 그리고 여느 때처럼 눈을 감았다. 마치, 아라타에게 돌아가기 위한 의식처럼.

❀ ❀ ❀

가방의 지퍼를 닫고, 나는 휴대폰에 표시된 시계를 보고 한숨 돌린다.

"휴우. 하고자 하면 어떻게든 되는구나."

필사적으로 끝낸 캠프 준비물을 들고, 나는 트레이닝복을 입고 집을 나섰다. 오늘부터 2박 3일의 수련회다.

"아무튼 내가 할 수 있는 일을 하자."

나직이 중얼거리며 교문을 통과하자, 조금 앞에서 걷고 있는 아라타의 모습이 보였다.

"아라타……."

"아사히……?"

입속으로만 속삭였을 뿐……이었을 텐데, 아라타가 내 쪽을 돌아보고 있었다.

"……."

"……안녕!"

"어……?"

"안녕!"

"안……녕."

가볍게 인사를 건넨 나에게 아라타는 머뭇거리면서 대답한다. 난처해하고 있다는 것을 손바닥 들여다보듯 훤히 알 수 있다. 하지만 아라타의 그런 표정 변화를 보고 있으니 어쩐지 웃음이 난다.

"후훗……."

"어?"

"아니, 아무것도 아냐! 캠프, 재밌겠다! 그치?"

"으, 응."

영문을 모르겠다는 듯한 표정을 지으면서도 옆에서 나란히 걷는다. 미안해, 아라타. 네가 난처해하고 있다는 건 나도 알아. 알고는 있지만 나는 포기하고 싶지 않아. 그래서…….

"같이! 신나게 즐기자, 사흘 동안! 약속이야, 알았지?"

"……응, 고마워."

아라타도 포기하지 않았으면 좋겠다. 너와 내가 함께 보낼 미래를. 네가 웃으며 보낼 미래를.

"맞다! 아라타!"

"어?"

옆에서 걷는 아라타의 얼굴을 바라보고, 나는 빙긋 웃었다.

"나! 아라타 좋아하는 거, 포기 안 할 거야!"

"어……?"

"너도 나를 좋아한다고 말하게 만들 거야!"

눈이 휘둥그레진 아라타를 두고, 나는 학교 건물 쪽으로 달려갔다.

"잠깐, 아사히……?!"

뒤에서 아라타가 나를 부르는 소리가 들린 것 같았지만 새빨개진 얼굴을 보이기 싫어서, 나는 모르는 척하고 건물 안으로 들어갔다.

"호오, 대담하기도 하셔라."

"가, 가나타?!"

신발장 앞에서 히죽히죽 웃고 있는 가나타를 만났다.

"아사히는 역시 아라타를 좋아했구나."

"그래!"

"……흠."

내 대답에 가나타는 의외라는 듯한 얼굴을 했다.하지만 지금은 놀리는 말에 부끄러워만 하고 있을 여유 따위 없었다. 왜냐면…….

"아라타를 좋아해서, 너무너무 좋아해서, 다른 건 전부 어떻게 돼도 상관없을 정도로, 아라타만을 생각해서 여기 있는 거니까!"

내 선택이 언젠가 누군가를 슬프게 하거나 힘들게 하는 일이 있을지도 모르겠다. 과거를 바꾼다는 게 분명 그런 일도 있으리라는 건 잘 알고 있다. 그래도 나는……,

"앞으로도 아라타의 옆에 있고 싶으니까."

마지막 말은 잘 들리지 않았는지 뭔가 멋진데, 하고 가나타는 말했다.

"누군가를 위해서 필사적으로 애쓴다는 건, 굉장한 거야."

"가나타……?"

"아무것도 아니야. 아무튼, 힘내."

팔랑팔랑 손을 흔들고, 가나타는 교실로 향했다.

"가나……."

"아사히?"

"헉……."

내 이름을 부르는 소리에 뒤를 돌아보자 아직 조금 붉은 얼굴을 한 아라타가 이해할 수 없다는 듯 서 있었다.

아까 그렇게 도망쳐놓고 따라잡힌 부끄러움에 내가 아무 말도 못 하고 있자, 아라타가 살짝 웃었다.

"……아라타?"

"아, 아무것도 아냐."

황급히 신발을 갈아신고, 아라타는 나를 두고 먼저 교실로 향한다.

"잠깐만!"

"……."

서둘러 아라타의 뒤를 쫓아가자, 평소보다 천천히 걷는 아라타의 옆에 서게 됐다.

'……기다려준 거야?'

교실로 가는 중에도 별다른 대화는 없었다. 하지만 그 침묵이 그렇게 싫지는 않았다.

"좋아, 그럼 출발해볼까!"

"네!"

다바타 선생님의 호령에 반 전체가 동시에 대답했다. 우리를 태운 버스가 움직이기 시작했고, 2박 3일의 수련회가 시작됐다.

'괜찮을 것 같아.'

통로를 사이에 두고 옆자리에 앉은 아라타의 모습을 살짝 지켜보는데, 아라타는 무덤덤한 표정으로 밖을 바라보고 있었다.

'……아!'

"……."

'눈치챘구나.'

물끄러미 바라보고 있으니, 점점 아라타의 얼굴이 붉어지고 있는 것을 알 수 있었다.

그런데도 아무 말도 안 걸어오길래 왠지 재밌어져서 그대로 쭉 바라보기로 했다.

"……."

"……."

무언을 관철 중인 아라타를 계속 바라본다.

"……."

"……."

계속 바라본다.

"……으으 정말! 뭐야! 왜 그러는 거야!"

"아하하, 언제 눈치채줄까 싶어서."

"아니, 내가 눈치챘다는 거 알면서 계속 보고 있었던 거잖아?!"

"그런 거 아냐."

발끈하는 아라타가 왠지 귀여워서 나도 모르게 웃음이 나왔다.

"정말……. 남의 기분도 모르고."

"뭐라고?"

"아무것도 아냐!"

막상 외면을 당하자 갑자기 말 걸기가 어색해진다. 그런 내 시선을 눈치챘는지 아라타는 힐끗 이쪽을 보더니 손에 든 봉지를 가리켰다.

"……과자, 먹을래?"

"먹을래!"

"먹고 싶은 걸로 가져가."

"고마워!"

쓱 내민 봉지를 살펴보려고 자세를 바꾸자 아라타의 얼굴이 생각보다 가까이 있다.

“음……!”

“미, 미안!”

무심코 서로 얼굴을 돌린 우리에게 가나타가 히죽히죽 웃으면서 뒷자리에서 얼굴을 내밀었다.

“선생님! 스즈키와 다케나카가 꽁냥꽁냥 하고 있습니다!”

“꽁냥꽁냥 아니거든!”

놀리는 가나타를 향해 아라타가 소리치자, 버스 안은 금세 웃음으로 가득 찼다.

‘즐거워 보여서 다행이야.’

너무 너무 즐거워서 혹시 무슨 사고가 생기더라도, 자포자기하는 그런 생각이 들지 않을 정도로 즐거우면 좋겠다. 포기할 수 없을 만큼 즐거우면 좋겠다.

“아 그건 그렇고, 나도 제일 앞에 앉을 걸 그랬어.”

아라타의 뒤에서 몸을 앞으로 쑥 내밀 듯 가나타가 말했다. 버스의 좌석은 무슨 일이 있을 때를 대비해 학급임원인 아라타와 내가 제일 앞 좌석에 앉았고, 각각 옆자리는 비워둔 상태였다.

“속 안 좋은 사람 생길 때까지 거기에 있으면 안 될까?”

“안 돼! 선생님 말씀 못 들었어?”

“쳇.”

부루퉁하게 말하는 가나타에게, 아라타의 바로 앞 일인용 좌석에 앉아 있던 다바타 선생님이 뒤를 돌아보며 말했다.

"그렇게 앞으로 오고 싶으면 선생님 무릎 위로 올래?"

"그것은 거절하겠습니다!"

"아하하하"

가나타의 외침에, 또다시 버스 안에는 반 친구들의 웃음소리가 울려 퍼졌다.

"저기, 아사히."

"응?"

좌석 틈새로, 뒷자리에 앉은 히나가 말을 걸어온다.

"가나타 말이야, 왠지 평소보다 텐션이 높은 것 같아."

"정말 그러네. 평소에는 훨씬 차분한데."

"그러게. 뭔가……."

'어라? 혹시 어른스러운 가나타를 좋아했던 건가? 환상이 깨졌나?'

"신나서 들떠 있는 모습도 귀여워!"

"……그러세요?"

"어? 히나, 너 혹시 가나타를……?"

"앗……!"

히나 옆에 앉아 있던 미유키가 그 말을 들었는지, 깜짝 놀란 듯한 목소리가 들린다.

"아, 그, 그게……. 비밀로 해줘!"

"그랬구나! 물론 비밀로 할게! 아! 혹시 내가 방해한 거 아냐? 자리 바꿔줄까?"

"괘, 괜찮아! ……그, 그래도 뭐, 돌아올 때는 자리를 양보해준다면 고맙겠지만."

수줍어하면서 말하는 히나에게 미유키는 빙그레 웃었다.

"알았어. 그런데, 히나가 가나타를 좋아한다니."

"미, 미유키! 목소리가 커!"

신기하다는 듯 히나와 가나타의 얼굴을 번갈아 보는 미유키의 입을, 히나가 황급히 막는다.

'뒷자리에 앉은 이 두 사람도 즐거워 보여서 다행이야.'

후훗 하고 다시 앞을 향하자 나에게 보내는 시선이 느껴졌다.

"왜 그래?"

"앗……. 아니, 그게……."

"?"

"아니야……."

얼버무리려는 듯 가방 속을 뒤지는 아라타의 손에서 무언가가 빠져나와 버스 통로에 떨어졌다.

"이거 떨어졌어."

"앗……!"

주워서 건넨 그 물건은 고무줄에 묶인 몇 개의 알약 포장지였다.

"미안! ……고마워."

"약이야?"

"어, 어……."

누가 봐도 당황해하는 모습에 나는 아라타의 일기장이 생각났다.

'맞다! 아라타는 분명, 이 약을 내일…….'

아라타는 손에 든 약과 내 얼굴을 번갈아 보더니 입을 꾹 다물었다. 마땅히 할 말이 없어 보이는 아라타에게 나는 실제와는 다른 약의 이름을 말했다.

"……멀미약 같은 거야?"

"어?"

아라타는 내 말에 순간적으로 물음표를 달았다. 하지만 들은 내용을 이해하고는, 서둘러 나의 거짓말을 수긍했다.

"아, 응. 맞아, 멀미약……."

"어쩐지! 나도 차 타면 바로 멀미하거든."

"……응, 나도 비슷해. 주워줘서 고마워."

그렇게 말하고 아라타는 창밖을 응시하며 말이 없어졌다. 그리고 버스가 목적지에 도착할 때까지 아라타가 내 쪽을 보는 일은 두 번 다시 없었다.

"다 왔다아아!"

"오래 걸렸네."

"……정말. 이렇게 멀었었구나."

3년 전에는 친구들과 수다를 떠느라 정신이 없어 순식간에 도착한 것 같았었는데 말이 없어진 아라타의 옆에 있으니 시간이 너무 천천히 가는 것 같았다.

"다케나카!"

"네?"

다바타 선생님이 부르는 소리가 들린다.
"스즈키랑 둘이서 인원 확인하고 각 조별로 줄을 세워줘."
"네."
'아라타는 저쪽에 있구나.'
조금 떨어진 곳에서 산을 바라보는 아라타의 모습이 보였다.
"아라타!"
"헉! 깜짝이야. 무슨 일이야?"
"선생님이 인원 확인하래."
"알았어."
그러더니 혼자서 터벅터벅 걸어가 버렸다.
'음. 어떡하지…….'
여기서 한 걸음 더 들어가고 싶다. 하지만 아까처럼 거절당하면 어쩌지……. 이러면 안 되는데. 힘내겠다고 결심해놓고. 나는 좀처럼 한 발 더 나아가지 못하고 있었다.
"……아사히!"
"어……?"
앞서 걷고 있어야 할 아라타가 내 쪽으로 돌아왔다.
"아까는 미안했어! 그게…… 졸려서."
내가 원래 졸리면 기분이 안 좋아져서, 라고 덧붙이는 아라타의 말이 거짓말이라는 건 알고 있다. 알고는 있지만…….
"어쩔 수 없지! 이따가 또 과자 주면 용서해줄게!"
나는 웃으면서 아라타의 거짓말에 속아주기로 했다. 옆에 나란히 서서 웃고 있는 나를 보고 아라타는 안심한 듯 미소 지었다.

하지만 나는 알아채고 말았다. 미소 짓는 아라타의 손이 손톱이 쑥 파고들 정도로 꽉 쥐어지고 있다는 것을…….

'아라타…….'

그 손을 잡고 싶다. 살며시 손을 펴서 빨개져 있을 아라타의 손바닥을 부드럽게 감싸주고 싶다. 하지만 지금의 나로서는 그렇게 할 수가 없다. **그저 친구**인 나로서는…….

"아라타!"

"응?"

"이거, 줄게!"

그래서 나는 주머니에 들어 있던 사탕 하나를 아라타에게 내밀었다.

아라타는 포장지를 보고 순간 미간을 찡그리더니 포장지에 적힌 문구를 주뼛주뼛 읽었다.

"극강의 달콤한 슈크림 맛, **커스터드 크림이 더 많이 들었어요**?!"

"맛있어."

"어어……."

반신반의하는 느낌으로 사탕을 입에 넣더니 아라타는 손바닥으로 입을 막으며 소리쳤다.

"아악! 뭐야 이거?! 장난 아닌데!"

"어? 난 맛있었는데."

"아니, 아니! 이게 맛있다니, 아사히의 미각에 문제 있는 거 아냐?!"

아라타는 입안의 사탕을 어떻게든 없애려고 필사적으로 빨아먹으며 그때마다 그 단맛에 몸서리 친다. 그 모습이 재밌어 나는 엉겁결에 웃음이 터졌고 그런 나를 보며 아라타도 웃었다. 웃고 있는 아라타는 조금 전처럼 주먹을 굳게 쥐고 있지 않았다.

'다행이다.'

아라타는 눈물이 눈물이 그렁그렁 맺히면서까지 어떻게든 입안의 사탕을 깨물어 삼킨 듯하다. 가방 안에서 차를 꺼내 마시고는 이제야 살았다는 듯 숨을 내뱉었다.

"이런 거 오랜만에 먹었어!"

"하나 더 줄까?"

"절대 사양이야!"

아라타는 웃으며 말한다. 보통의 미소. 내가 보내는 시선을 느꼈는지 아라타는 에헴, 하고 괜한 헛기침을 했다. 그러고는…….

"갈까?"

"응."

그렇게 말하고 내 옆에 서더니 우리는 친구들이 기다리는 곳으로 둘이 함께 걸었다.

짝! 선생님의 손뼉 치는 소리에 화들짝 놀랐다.

"자 그럼, 내일은 하이킹도 있으니까 특별히 더 조심하도록!"

조장과 선생님이 포함된 협의를 마친 뒤, 학급임원만 남아서 내일 있을 하이킹 관련 점검을 하고 있었다. 그런데…….

"아사히, 아까 잤어……?"

"아 잠깐……."

정리하고 있던 나에게 아라타가 걱정스러운 시선을 보냈다.

"내일도 일정이 많으니까 무리하지 마."

"걱정해줘서 고마워."

"아……, 뭐 딱히, 걱정이라기보다……."

또 그런다. 평소 모습의 아라타인 것 같아 다가가면 한발 물러나 거리를 둔다. 그래도 내가 싫어서 그런 건 아닐 테니까……. 시선을 피하는 아라타에게 다시 한 번 고맙다고 웃으며 말하고, 나는 텐트로 향했다. 그런 내 뒷모습을 향해 아라타가 뭔가 하고 싶은 말이 있는 듯한 시선을 보내고 있다는 건 알 리 없었다. 나는 텐트에 깔아둔 침낭 속에 누워 작게 한숨을 쉬었다.

"왜 그럴까……."

"응? 뭐라고 했어……?"

"아, 미안. 아무것도 아니야."

나도 모르게 새어 나온 혼잣말이 들렸는지, 옆에 있던 히나가 나를 바라본다. 조금 전까지는 텐트 이곳저곳에서 떠들썩한 소리가 들려왔는데, 지금은 잠잠해졌다.

"아사히! 캠프 재밌다! 늦은 시간까지 이렇게 다 같이 있으니까 너무 좋아!"

"히나는 가나타랑 있어서 기쁜 거 아니고?"

"미유키, 너 정말!"

히죽히죽 웃으며 놀리는 미유키에게 히나는 얼굴을 붉히며 입을 삐죽 내밀었다.

"아하하, 그러네. 이렇게 계속 같이 있을 수 있어서 좋겠다."

"아사히도 아라타랑 똑같다니까!"

"아! 역시 아사히도 아라타를 좋아했구나?!"

"앗! ……아사히, 미안."

미유키도 알고 있다고 생각한 건지, 아니면 무심코 말이 잘못 나온 건지. 거기에 나쁜 의도는 없겠지만……. 어쨌든 미유키만 나와 아라타 사이의 일을 몰랐다는 건 명백하다.

"아니, 응……. 맞아. 미안해, 숨길 생각은 아니었는데……."

"에이, 미안할 게 뭐 있어. 그렇구나, 아라타를 좋아했구나! 가나타를 좋아하는 히나의 취향보다는 좀 나은 것 같은데!"

"그게 무슨 뜻이야?!"

별로 신경 안 쓰는 듯한 미유키의 모습에 마음이 놓인다.

'만약 미유키랑 히나가 반대였다면 분명 난리가 났을 거야…….'

상상만으로도 쓴웃음을 짓게 된다. 그 상상의 당사자인 히나는 그런 나를 의아하다는 듯한 얼굴로 바라봤다.

"음……."

눈을 떴는데, 순간 여기가 어딘지 모르겠다.

현재인지 과거인지, 나는 대체 어디에 있는 거지?

'아, 맞다, 캠프.'

움직이기 불편한 몸은 침낭에 싸여 있고, 양옆에서 자고 있는 히나와 미유키가 보인다. 친구들이 깨지 않도록 조용히 일어나, 나는 텐트의 틈새로 들어온 달빛에 의지해 밖으로 나갔다.

"와아아아!"

온 하늘에 별이 가득 펼쳐져 있었다.

"굉장하다. 이런 거 처음 봐."

인공적인 빛이 거의 없어서일까. 지금까지 본 그 어떤 밤하늘보다도 예뻤다.

"……아사히?"

하늘을 올려다보며 천천히 걷고 있는데, 갑자기 누군가가 내 이름을 불렀다.

누군가가 아니라, 사실은 알고 있었다. 내가 너무나 좋아하는 목소리로, 내 이름을 부른 사람…….

"아라타……."

목소리가 나는 쪽을 바라보자 당황한 듯한 표정으로 웃고 있는 아라타가 있었다.

"여기서 뭐 해?"

"아사히야말로……."

"나는, 그…… 잠이 깨서."

자다 일어난 머리가 부스스하진 않은지 황급히 손으로 머리카락을 정돈하는 나를, 아라타는 어째선지 물끄러미 바라보고 있었다.

"나도 그래서."

"그렇구나……."

"응."

대화는 이어지지 않고, 침묵이 우리들 사이에 흐른다.

그 순간, 하늘에서 한 줄기의 빛이 쏟아졌다.

"별똥별이다! 어머! 또 별똥별이야!"

"진짜네! 멋지다!"

별이 총총한 밤하늘의 틈새를 수놓듯, 잇달아 별들이 흐른다.

"멋지다! 멋져!"

"아! 진짜 멋지다. 나 이런 거 처음 봤어."

"나도."

마치 이곳만 딴 세상인 것처럼, 그저 눈 앞에 펼쳐지는 신비한 광경을 둘이서 계속 바라본다.

'이대로 시간이 멈췄으면 좋겠어.'

그럴 수 없다는 건 잘 안다. 알고는 있지만 간절히 기도하게 된다.

"아, 맞다!"

"응?"

"소원!"

"아……."

좋은 생각이 떠올랐다고, 생각했는데 아라타는 별로 그럴 기분이 아닌 모양이다.

"타이밍을 놓쳐서 효과 없으려나?"

"아니, 으음. 뭐, 어때. 소원 빌어볼까?"

"응!"

둘이서 하늘을 올려다보며 별이 흘러가기를 기다린다. 하지만 아까까지 그렇게 쏟아졌던 별들이 기다리기 시작하니 좀처럼 떨어지지 않는다.

"으음, 안 보이네."

"그만 포기."

"아! 아라타! 봐봐, 저기!"

그 순간, 하늘에는 오늘 본 것 중에서 가장 밝은 별똥별이 보였다.

"빨리! 아라타도 소원 빌어!"

"아, 응."

'아라타가 웃을 수 있고 계속 즐겁고 건강하고 행복하게 지낼 수 있도록 해주세요!'

별똥별을 바라보면서 마음속으로 소원을 빌었다. 힐끗 옆을 보니, 아라타도 눈을 감고 무언가를 기도하는 모습이 보였다.

"소원, 다 빌었어?"

"응. 아사히는?"

"나도!"

"그렇구나……."

무슨 소원을 빌었냐고 묻지는 못했다. 병이 낫는 것, 그 이상의 소원은 없을 테니까…….

누가 먼저랄 것도 없이 말이 없어지고, 주위에는 바람 소리만 들린다. 그리고 우리는 별이 빛나는 밤하늘을 계속 바라봤다. 둘이 하늘을 올려다본 지 얼마나 시간이 지났을까. 슬슬 돌아가자고 말하려는 순간, 내 시야가 크게 흔들렸다.

“엇……?!”

“읏차!”

계속 위를 보고 있었기 때문인지 휘청거리며 쓰러지려던 나를 아라타가 잡아주었다.

“미, 미안!”

“괜찮아?”

“하마터면 떼굴떼굴 구를 뻔했네!!”

“뭐 하는 거야.”

어이가 없다는 듯 웃는 아라타에게 나도 실없이 헤헤 웃는다.

“슬슬 돌아갈까?”

“음, 저기…….”

“왜 그래, 아라타?”

내 말에 아라타는 난처한 듯한 표정을 짓는다. 아니다, 난처하다기보다는…….

“조금만 더 보고 가지 않을래?”

“……응?”

“안 될까?”

새빨개진 얼굴로 아라타는 말했다.

“아…….”

“싫으면…….”

“보, 볼게! 보고 갈게!”

얼떨결에 몇 번이고 고개를 끄덕인 나에게, 아라타는 다행이라며 웃었다.

"……그리고"

그렇게 말하면서 아라타는 내 손을 잡는다.

"응……?"

"……또 넘어지면 곤란하니까."

꼭 잡은 손에서 아라타의 온기가 전해진다. 어깨가 닿을 듯 말 듯한 거리. 그만큼 가까워진 거리감에 설레는 마음으로 반짝이는 별을 둘이서 계속 바라봤다. 달빛이 그런 우리를 부드럽게 비추고 있었다.

"에취!"

"풋……."

손을 잡고 별이 총총한 하늘을 올려다보는 두 사람 사이의 낭만적인 분위기를 깨뜨린 것은 나의 재채기였다.

"미, 미안!"

"아하하. 아냐, 괜찮아. 슬슬 돌아갈까? 몸도 추워졌고. ……게다가 이제 슬슬 점검 시간이지 않을까? 그때 학급임원 두 사람이 없다는 걸 들키면 어떡해?"

"야단맞겠지."

"엄청."

얼굴을 마주 보고 한 번 더 웃은 뒤, 우리는 잡고 있던 손을 살며시 놓았다.

"그럼, 내일 봐."

"응. ……아사히!"

손을 흔들며 걷는 나를, 아라타가 불러 세운다.

"왜?"

"……잘 자!"

"아! 너도 잘 자!"

그저 인사일 뿐인데. 단 두 마디의 말에 왜 이렇게 가슴이 두근거리는 걸까.

'잘 자, 아라타. ……과거에도 그랬고, 지금도, 네가 정말 좋아.'

전해지지 않을 말을 마음속으로 속삭이고, 나는 텐트를 향해 다시 걷기 시작했다.

다음 날, 코막힘과 등에서 느껴지는 오한에 나는 잠에서 깼다.

'나도 참 바보야…….'

코를 훌쩍이면서 텐트 안에서 옷을 갈아입고, 아무 일도 없었다는 듯 텐트 밖으로 나왔다.

"아! 날씨 좋다!"

얼굴에 닿는 공기는 차갑지만, 기분 좋을 만큼 맑은 하늘이다.

"히나, 잘 잤어?"

"안녕! 나 때문에 깬 거야?"

"아니야, 괜찮아."

옆에 나란히 서서 기지개를 켜자, 히나가 웃었다.

"아사히, 아줌마 같아."

"무슨 그런! 잠자리가 바뀌어서 그런가? 다리랑 허리가 아파."

"앗, 그건 진짜 아줌만데?"

"아니거든!"

그러 시답잖은 이야기를 하고 있는데 졸려 보이는 얼굴의 미유키도 일어나서 나왔다.

"안녕. 둘 다 일찍 일어나네."

"안녕. 미유키가 어제 제일 먼저 잤는데."

하품을 억지로 참으며 이야기하는 미유키에게 웃으며 말하자, 미유키는 내 쪽을 힐끗 쳐다보더니 입을 열었다.

"……아무개 씨가 밖에 나갈 때 잠이 깨는 바람에 한참을 못 잤거든."

"엇?! 미, 미안!"

"선생님이 점검하러 올 때까지 안 오면 어쩌나 해서 애가 탔었다니까."

"미안해……."

일부러라는 듯 한 번 더 하품하는 미유키를 히나가 의아하다는 얼굴로 바라본다.

"무슨 얘기야?"

"아무것도 아니야. 그보다 오늘 오전에는 하이킹이었나? 날씨가 맑아서 다행이야."

미유키는 화제를 바꾸면서 주위를 둘러본다.

"대부분의 조들이 일어나기 시작한 것 같기도 하고, 슬슬 조식 시간이니까 이동하는 게 좋지 않을까?"

"아니, 마지막에 일어난 미유키가 할 말이 아닌데!"
"히, 히나! 지금 그럴 때가 아니라, 빨리 가자! 조식 메뉴는 뭘까?"
"아사히, 왜 그래?"
"그러게 왜 그럴까?"
그 이상 곤란한 얘기가 나오기 전에 움직여야겠다 싶어, 히나와 미유키의 손을 잡고 나는 걷기 시작했다. 그런 나에게 미유키는 할 수 없지, 하고 중얼거리며 더이상 아무 말도 하지 않았다.

"좋아, 그럼 지금부터 하이킹 시작이다."
"헉, 이건……."
"하이킹이 아니라……."
"그냥 등산이잖아……."
눈앞에 펼쳐진 광경을 마주한 친구들의 당황해하는 목소리가 들렸다.
'맞아……. 나도 3년 전에 그렇게 생각했어.'
하이킹이라는 이름의 등산. 일단 길은 있으니까 루트를 벗어나지만 않으면 산 정상까지 가는 일은 어렵지 않다. ……체력만 있다면.
"조용히 해. 정상에 도착하면 선생님이 있을 거니까 거기서 보고하고, 점심 식사한 다음 다시 내려올 것. 알겠지?"
"……."
"……."
"대답 안 한 녀석들은 점심 안 먹고 내려올 거야?"
"알겠습니다!"

선생님의 터무니없는 제안에 황급히 대답하자, 만족스러운 듯 선생님은 고개를 끄덕였다.

"스즈키."

"네?"

우리 앞의 조가 출발한 후에, 다바타 선생님이 아라타에게 다가왔다.

"무리하지 마! 휴대폰 가지고 있지? 혹시 무슨 일 있으면……."

"괜찮다니까요!"

작은 소리로 말했지만, 옆에 있던 나에게는 그대로 다 들린다. 그걸 눈치챈 아라타는 후다닥 선생님의 말을 가로막았다.

"우리 반 다 같이 정상에 갈 거예요! 그러니까 기다리세요!"

"그래. ……너희들도 조심해야 돼."

"네에."

가나타의 맥빠진 대답에 웃었다. 그리고 우리 조의 출발이 다가왔다.

"다녀오겠습니다!"

그렇게 우리는 하이킹을 시작했다.

"휴우, 잠깐 쉬자!"

몇 번째 휴식을 신청하더니 미유키는 길가에 주저앉아버렸다.

"지금 여기가 어디쯤이야?"

"아마…… 이제 반 정도?"

"아직도 반 밖에 안 왔어?!"

나와 아라타의 대화를 들은 미유키가 비통한 소리를 질렀다.

"이제 조금만 더 버티면 돼! 힘내자!"
"그래그래. 여기까지 왔으니까 조금만 더 힘내자."
"그러게."
손을 내미는 미유키를 잡아서 일으키는데 갑자기 시야가 흔들렸다.
"엇……."
"아사히?"
"아, 아무것도 아냐!"
황급히 손을 잡아 일으켰지만, 미유키가 걱정스러운 표정으로 나를 봤다.
"피, 피곤해서 그런가."
"미유키가 무거워서 그런……."
"그런 무례한 발언을 하다니!"
티격태격하는 두 사람을 보고 웃으면서도, 산을 올라 땀에 흠뻑 젖은 몸에서는 또다시 오한이 느껴졌다.
'역시, 감기인가…….'
스스로 그렇다고 느끼면 컨디션은 점점 더 나빠지기 마련이다. 정상까지 앞으로 얼마 안 남은 지점에 왔을 때는 열까지 나서 완전히 머리가 몽롱했다. 두근, 두근, 하는 내 심장 소리가 크게 울려 들린다.
본격적으로 어지러워 휘청거리기 시작했다. 어떻게 해야 하나 싶으면서도 걸을 수밖에 없다. 게다가 모처럼 다 같이 즐겁게 보내고 있는데, 내가 그걸 방해하고 싶진 않다.
'아라타도 여기까지 아무런 문제도 없이 왔잖아. 이대로…….'

그렇게 생각하고 다리에 힘을 주지만, 좀처럼 앞으로 나아가지 않는다.
“아사…….”
“꺅!”
아라타가 뭔가를 말하려고 한 순간, 그걸 차단하듯 전방에서 히나의 비명이 들렸다.
“괜찮아? 히나?!”
“미, 미끄러졌어…….”
“히나, 괜찮아?”
발이 미끄러진 히나가 크게 넘어졌는지, 발목을 누르고 있는 모습이 보였다. 서둘러 달려가 보니 발목이 벌겋게 부어 있었다.
“이런. 아라타! 네 가방에 응급처치 세트 들어 있었지? 그 안에 붙이는 파스 있어?”
“잠깐만.”
아라타는 자신의 배낭을 풀러 안에 들어 있던 응급처치 세트에서 파스를 꺼내 가나타에게 건넨다.
“그렇게 큰 사이즈는 아닌데, 괜찮을까?”
“괜찮겠지, 히나는 말랐으니까.”
“아, 아닌데…….”
히나는 걷어 올린 바지의 밑단에서 보이는 발목을 가리려고 했지만, 통증 때문에 얼굴을 찡그린다.
“이리 줘! 내가 할게.”
그렇게 말하면서 미유키가 가나타에게서 파스를 빼앗았다. 나는 그런 미유키의 모습에 살짝 웃음짓고, 아라타의 배낭 옆에 앉았다.

'잠깐 쉬면 좀 나아지려나…….'

그런 생각을 한 순간. 세상이 빙그르르 돌았다.

"윽……!"

아차하는 순간, 뻗은 내 팔에 아라타의 배낭이 얽혔고…… 그대로 산비탈길을 굴러떨어졌다.

굴러떨어졌을 게 분명했다.

"큰일 날 뻔했어!"

"아라, 타……?"

굴러떨어질 뻔한 내 팔을 아라타가 붙잡고 있었다.

"몸이 안 좋으면 안 좋다고 말을 해야지! 봐봐! 그대로 떨어졌으면 저렇게 됐을 거라고?!"

화를 내는 아라타의 말에 뒤를 돌아봤더니, 산비탈 중간에 있는 나무에 걸린 아라타의 배낭이 보였다. 만약 그대로 떨어졌다면…… 하고 생각하니 오싹하다.

"역시 열도 있고. 어제 감기 걸린 거지? 미안해."

"아니야. 나야말로 미안해."

걱정스러운 듯 나를 보더니 아라타가 내 뒤쪽으로 한 번 더 시선을 보낸 것 같았다.

"히나도 걸을 수 있을 것 같아서 일단 위에까지 갈까 하는데 아사히는 걸을 수 있겠어? 힘들면 선생님 부를게."

"괜찮아. ……괜찮은데……."

열 때문에 그런가? 무언가를 잊고 있다는 기분이 든다. 잊어버려서는 안 되는 무언가가 있는 것 같다. 하지만 머리가 빙글빙글 돌아 생각이 정리되지 않는다. 잊고 있는 무언가가, 생각나질 않는다.

'침착하자, 침착해. 그렇지 않으면 아까처럼 또…… 아라타의 배낭처럼 내가 그렇게 될 수도 있어. ……배낭? ……아라타의 배낭!'

"어, 어떡해! 아라타의 배낭! 가지러 가야 해!"

"무, 무슨 말 하는 거야?"

"그게 아니라! 배낭! 나 때문에, 그 안에…… 약이 있잖아!"

"……괘, 괜찮아. 멀미약 정도는…… 다른 애들도 가지고 있을……."

시선을 피하면서 말하는 아라타의 팔을 필사적으로 잡는다. 미안해, 아라타……! 지금은 이 순간만큼은 속아줄 수가 없어!

"안 돼! 안 돼, 아라타!"

"왜 그래?"

"포기하면 안 돼!"

"아사히……?"

괴로워 보이는 표정의 아라타를 보고, 나는 결심했다.

"내가 가지고 올게!"

'나 때문에 아라타가 포기하게 할 수는 없어. 절대 그런 선택을 하게 하지 않을 거야!'

"아사히?!"

등에 메고 있던 배낭을 내려놓고, 나는 걸려 있는 아라타의 배낭을 보았다.

'음, 저 정도라면 괜찮아!'
"잠깐, 아사히?! 너 대체 뭘……!"
살금살금 비탈진 면을 내려가려 하자, 미유키와 히나가 놀라서 내 쪽으로 달려온다.
"아라타! 왜 그래? 무슨 일이야?"
"그게……."
"저 배낭을 내가 떨어뜨렸어. 그래서……."
사정을 설명하면서 비탈진 면으로 걸어가려는데, 미유키가 내 팔을 잡았다.
"그게 무슨 소리야! 그걸 가지러 갔다가 네가 떨어지면 어쩌려고?! 사과하면 아라타도 이해해줄 거야! 그 안에 든 물건 때문이라면, 분명 선생님한테 여분이……."
"안 돼!"
필사적으로 나를 만류하려는 미유키의 팔을 뿌리치자 그녀는 놀란 표정을 지었다.
"절대, 안 된단 말이야!"
"아사히……."
울먹이는 목소리로 말하는 나를 미유키는 불안하게 바라보고 있다. 그런 우리와 떨어진 곳에 있던 가나타가 아라타의 얼굴을 살피며 입을 열었다.
"저기, 아라타."
"왜……."

"저 안에 든 게 혹시 약이야……?"

"……."

얼굴을 돌리는 아라타에게, 가나타는 어쩔 수 없다는 듯 고개를 저었다.

"……정말이지. 저기, 아사히! 이쪽으로 돌아와."

"하지만……!"

막무가내로 손을 잡더니, 가나타는 그대로 아라타에게 내 손을 인계했다.

"아사히는 여기 있어."

"왜?! 난……."

"괜찮아. ……내가 가지고 올게."

그렇게 말하고, 가나타는 메고 있던 배낭을 아라타에게 건넸다.

"그럼 내가……!"

"바보야, 네가 간다고 하면 아사히가 책임을 느껴서 또 자기가 간다고 할 거 아냐? 그러니까 너는 거기서 아사히를 붙잡아 놔. 알겠지?"

"가나타……."

싱긋 웃더니, 가나타는 비탈진 면을 내려가기 시작했다.

그 후의 일은 그다지 기억나지 않는다. 가나타가 무사히 아라타의 배낭을 가지고 돌아온 것은 기억하지만 아무래도 나는 그대로 의식을 잃어버린 모양이었다. 정신이 들었을 때는 대피소 같은 곳에 누워 있었다.

'음…….'

누군가의 말소리가 들리는 것 같다.

“아사히한테 들켰다니…… 그걸 어떻게 알아……?”
“그야…… 단순한 멀미약이라고 생각했다면 그렇게까지 하지 않겠지……, 보통은.”
“듣고 보니 그러네……. 그런데, 차라리 고백을 하고 그래도 좋다고 하면…….”
“싫어!”
아라타의 목소리가, 괴로워하는 목소리가 들린다.
“아라타…….”
“아사히는…… 아사히만큼은 몰랐으면 좋겠어. 좋아하는 애 앞에서만큼은…… 나도 멋있는 척하고 싶은 거잖아?”
“그거야 알지만…….”
“게다가…… 만약 받아준다고 해도 내가 죽으면 남겨진 사람은 슬프기만 할 텐데…….”
“아라타…….”
이것은…… 꿈인가? 꿈일지도 모르겠다.
‘꿈이라도 좋으니까 슬퍼하더라도, 아라타의 곁에 있고 싶다고…… 그렇게 내 마음을 전할 수 있으면 좋을 텐데…….’
“아라타?”
“아니, 지금…… 아사히가 일어난 것 같아서.”
“잘 자고 있어.”
“그런가……. 아사히. 나한테 포기하지 말라고 말해줘서 고마워. 너무 기뻤어. ……하지만 이렇게 약한 나라서 미안해.”

그렇게 중얼거리는 아라타의 목소리를 나는 꿈속에서 분명히 들었던 것 같다.

잠에서 깨자, 방안에는 석양이 비치고 있었다.

"일어났어?"

"여긴……?"

몸을 일으키자 누군가가 내게 말을 걸어왔다.

"쓰러졌었어. 같은 조 남자애들이 데리고 와줬으니까 가서 고맙다고 인사해."

"아라타와 가나타가……."

침대 옆에 서더니 그 사람, 구호 담당 선생님은 내 이마에 손을 대보더니 미소 지었다.

"열은 내린 것 같아. 어떻게 할래? 부모님한테 데리러 오시라고 할까? 아니면……."

"괜찮아요! 저 이제 아무렇지도 않아요! 그러니까……."

걱정스러운 표정의 선생님에게, 나는 필사적으로 집에 가고 싶지 않다는 뜻을 전하고 최대한 간절해 보이도록 미소 지었다.

"후훗, 하긴 그렇기도 하겠네. 중학교에서 하는 마지막 행사니까 참여하고 싶은 게 당연하지."

"네……!"

"대신 무리하지는 말고. 조금이라도 몸 상태가 안 좋아지면 이쪽으로 와. 알았지?"

"고맙습니다!"

선생님에게 감사의 인사를 하고 나는 건물 밖으로 나왔다.

'아라타는…… 어떻게 하고 있을까? 분명 그때 가나타가 아라타의 배낭을…….'

두리번두리번 친구들의 모습을 찾고 있는데, 누군가가 내 이름을 부르는 소리가 들렸다.

"아사히!"

"미유키?"

"너 괜찮은 거야?! 큰일 나는 줄 알았어. 응?!"

걱정스런 표정으로 내 팔을 붙잡고 있는 미유키의 팔을 엉겁결에 나도 잡았다.

"괜찮아! 걱정해줘서 고마워! 고마워, 근데…… 그보다, 아라타는?!"

"그보다라니……. 아라타라면 저쪽에 있잖아."

미유키가 가리킨 쪽에는 미유키와 똑같이 걱정스러운 얼굴을 한 아라타가 있었다.

"아라타! 내가, 미안! 미안해!"

"아사히……."

"나 때문에……."

"무슨 소릴 하는 거야. 떨어진 게 아사히가 아니라서 정말 다행이야. 그리고 배낭도 내 손에 다시 돌아왔으니 다 괜찮아."

그러니까 미안해하지마, 아라타가 그렇게 말하자, 아라타의 뒤에서 가나타도 빼꼼 얼굴을 내밀었다.

"그래, 그래. 애초에 그런 곳에 배낭을 둔 이 녀석이 잘못한 거니까, 아사히는 신경 쓰지 않아도 돼."

두 사람이 웃어주니 미안함과 고마움에 나는 살짝 눈물이 났다.

"둘 다, 정말 고마워."

미소 짓는 나를 보며 아라타와 가나타는 안심한 듯 다시 한 번 웃었다.

다 함께 둥글게 원을 만들어 앉았고 그 한 가운데에서 커다란 불꽃이 타오른다. 불꽃 건너편에서 아라타가 웃고 있는 모습이 보인다.

"다행이야……."

"응? 뭐라고?"

"아니야, 아무것도……."

과거가 바뀌어서 마음이 놓인다. 이걸로 조금 좋은 방향으로 바뀌려나?

"그래? ……그건 그렇고, 걱정하게 만들지 좀 마."

"그러니까! 우리가 얼마나 걱정했는데!"

"미안해, 너희들한테도……."

"괜찮아."

그렇게 말하고 미유키는 다시 불꽃을 바라봤다. 히나와 나도 미유키를 따라 불꽃을 바라본다.

"예쁘다."

"그러게……."

"아사히."

"응……?"
어디선가 내 이름을 부르는 소리가 들린 것 같았다.
"……기분 탓인가?"
"아사히."
"아라타……."
이번에는 또렷하게 들린 그 목소리에 뒤를 돌아보자 굳은 표정의 아라타가 내 뒤에 서 있었다.
"지금, 잠깐 시간 돼?"
"……응."
미유키와 히나에게 양해를 구하고, 나는 살며시 자리에서 빠져나와 아라타의 뒤를 따라갔다.
"……."
"……."
어디까지 가는 거지?
모닥불 주위의 왁자지껄함이 거짓말처럼 조용해지자 아라타와 내 발소리 말고는 아무 소리도 나지 않았다.
아라타가 멈춰 선 곳은 작은 강가의 벤치였다.
"이거……."
"응?"
"또 체온이 내려가면 안 되니까, 이거 써."
아라타는 입고 있던 잠바를 벗어 내 어깨에 걸쳐주었다.
"그러면 아라타가 춥잖아!"

"괜찮아, 난 속에 하나 더 입고 있으니까."

"그래도!"

사양하려는 내 손을 잡더니 아라타는 작은 목소리로 말했다.

"나도 가끔은 멋있는 척 좀 하게 해줘."

"아라타……."

"그리고 어차피 그렇게 오래 있을 수도 없으니까."

하긴 아라타의 말마따나, 슬쩍 빠져나오기는 했지만 아직 캠프파이어는 진행 중이라 선생님들이 눈치채기 전에 돌아가야 한다.

"짧게 말할게……. 낮에는 정말 고마웠어."

"어……."

"그…… 그 배낭 안에는 중요한…… 물건이 있었어. 그게 없어지면 곤란할 뻔했어."

말끝을 흐리지만 그래도 거짓 없이 솔직하게 아라타는 한 마디 한 마디 성의 있게 말해주었다.

"나는, 금방 체념하는 버릇……이라고나 할까, 어쩔 수 없다는 생각을 자주 하는 편이야. 그때도 사실은 그런 기분이었는데."

"음……."

"그래서 아사히가 포기하면 안 된다고 말해줘서 깜짝 놀랐어. 내가 이미 무리라고 생각해 포기하려는 걸, 어떻게 알고 있을까 싶어서."

최선을 다해 말을 이어가는 아라타를 가만히 바라본다. 무언가를 전하려고 한다는 것을 알 수 있으니까.

"……."

"아라타……?"

"……아, 정말! 역시 안 되겠어!"

갑자기 큰 소리를 내더니 아라타는 각오했다는 듯 나를 보았다.

"사실은 포기해야만 하는 게 있어. 도저히 어찌할 방법이 없는 그런 거. 하지만 몇 번을 생각해도 포기가 안 돼서……. 포기했다고 생각했는데, 그와 정반대의 행동을 하고 있더라고. 그런 나 자신을 용서할 수가 없어서……."

"아라타……."

포기하지 않는다는 것이 포기하는 것보다 얼마나 힘든 일인지 아라타는 알고 있구나. 아라타만이 아니다. 나에게도 얼마나 슬프고 얼마나 힘든 일이 되는지를.

그렇다면 또 포기하겠다는 걸까. 앞으로 펼쳐질 미래도, 우리가 보냈어야 할 과거조차도……. 그런 건 싫은데…….

"하지만 아사히가!"

그런 건 싫다고 하려는 내 말을 아라타가 가로막았다. 그리고 아까처럼 내 손을 꽉 잡았다.

"하지만 아사히가 포기하지 말라고 해줘서……. 그래서…… 그래서 조금만 기다려줬으면 좋겠어."

"어……?"

"내가 똑바로 나 자신을 마주하고, 진심이 어떤 건지 확인할게. 그리고 각오가 서면 다시 한 번 아사히랑 이렇게 둘이서 이야기하고 싶어."

잡고 있던 손에 힘을 주더니, 아라타는 조금 전보다도 더 가까이서 내 눈을 바라보았다.

“애매한 태도를 보여서 미안해. 하지만…… 역시 난, 아사히를 포기하고 싶지 않아!”

“아라타…….”

이런 식으로 똑바로 나를 바라봐주는 아라타를, 이제까지 본 적이 있었던가. 3년 전과는 다르다. 우리는 그때와 다른 관계를 구축하기 시작했다. 분명 새로운 관계를, 지금의 우리라면 만들 수 있을 것이다.

“괜찮아.”

“아사히…….”

“나, 꼭 기다리고 있을게. 그러니까…….”

“고마워.”

아라타는 그렇게 말하고 내 팔을 자신의 쪽으로 잡아당겼다.

“엇……!”

나는 균형을 잃고 그대로 아라타의 품속으로 빨려들어 간다. 아라타는 그런 나를 살며시 안았다. 착각이었나 싶을 정도의 찰나. 하지만 그 순간, 분명 내 몸은 아라타의 온기를 느꼈다.

“……돌아갈까?”

몸을 떼어낸 아라타가 부끄러운 듯 말했다.

“응…….”

살짝 고개를 끄덕인 뒤 누가 먼저랄 것도 없이 손을 잡고, 우리는 왔던 길을 함께 걷기 시작했다. 하늘에는 무수한 별들이 반짝인다. 언제나 변함없는 빛이 우리를 부드럽게 바라보고 있었다.

3

"좋아, 그럼 이걸로 해산!"

선생님의 말소리에 정신이 퍼뜩 든다. 어느샌가 선생님의 장황한, 아니, 훌륭한 말씀이 끝났는지 반별로 해산한 상태였다. 일어나서 모래를 털고 있는데 조금 떨어진 곳에 있는 아라타와 눈이 마주쳤다.

"……."

아라타는 쑥스럽다는 듯 고개를 돌리고, 옆에 있는 가나타에게 무슨 말을 들었는지 얼굴이 새빨개졌다.

"아라타!"

아라타는 내 목소리에 놀랐는지 움찔하더니 체념한 듯 다시 이쪽을 바라보았다.

'음, 역시 아직 그대로인 건가.'

그 후 우리는 조용히 캠프파이어 현장으로 돌아왔는데, 아라타는 돌아가는 중에도, 돌아간 뒤에도 그리고 집으로 가는 버스 안에서조차도 시종일관 말이 없었다. 나와 눈이 마주칠 때마다 눈을 피한다. 뭔가 말을 걸려다 그만두었다. 다만 내가 눈치채지 못하게, 아라타가 몇 번이고 내 쪽을 바라봤다는 것을, 나는 알고 있었다.

그래서일까. 올 때와 마찬가지로 말은 없었지만, 우리 사이에는 그때처럼 무거운 분위기가 아닌, 그저 부드럽고 간질간질한 쑥스러운 침묵이 감돌았다. 그렇다고는 해도 이대로 그냥 작별하는 건 피하고 싶은데…….

"……왜?"

아라타는 어떻게 하면 좋을지 망설이는 듯하더니 각오를 굳힌 얼굴을 하고 내 쪽으로 걸어왔다. 나는 그런 그에게 밝게 말을 걸었다.

"캠프 즐거웠어!"

"나도."

말은 무뚝뚝하게 하지만, 귀까지 빨개진 모습이 참을 수 없이 사랑스럽다. 사랑스럽지만…….

"저기, 아라타."

"응……?"

"그런 태도라면, 그리 오래는 못 기다릴지도 몰라."

"엇?!"

"……뻥이야!"

당황하여 목소리가 커진 아라타는 장난스럽게 웃는 내 얼굴을 보고 안심했는지 작게 한숨을 쉬었다. 잠시 당황한 듯 보였지만 아라타는 금

세 평소 모습으로 돌아왔다.

"내일모레 학교에서 보자!"

"응……. 학교에서 봐!"

그렇게 말하고 우리는 웃으며 서로 손을 흔들었다.

❀ ❀ ❀

"으음……. 아침이네."

꿈에서 깨면, 나는 **과거에서 현재**로 돌아온다. 잠에서 깰 때마다, 이제 아라타는 없구나 하고 눈물 흘린 적도 있었다. 하지만 오늘은…….

'아라타가 앞으로 나아가려고 해…….'

조금씩이지만 분명히 변화하기 시작한 과거에 안도한다. 자기 자신에 대해, 포기하는 것을 당연하다 여겼던 아라타가 포기하지 않는 길을 선택했다.

'기쁘다……. 포기하지 않겠다는 선택이 아라타의 마음속에 생겨났다는 사실이 기뻐.'

"맞다!"

일기장의 내용도 분명 슬픈 내용이 아닌 것으로 바뀌어 있겠지. 나는 지난 사흘을 떠올리면서 일기장을 펼쳤다.

4월 20~22일

무슨 말을 써야 좋을지, 솔직히 잘 모르겠다.

내가 한 행동이…… 너무 부끄러워서 글로 표현할 수가 없다.

집으로 돌아오는 버스 안에서도 부끄러워서 아사히와 한마디도 하지 못했다…….

그런 형편없는 모습의 나이지만…… 단 한 가지.

나는 아사히를 좋아한다.

아사히를 좋아하는 마음을, 나는 절대로 포기하지 않을 거다.

솔직히…… 아사히랑 같이 배낭이 떨어지는 걸 봤을 때, 아 역시, 하고 생각했었다.

역시나 내가 캠프에 참가하는 건 무리였구나…… 하고.

선생님에게 사정을 얘기하고 부모님한테 데리러 와달라고 할까, 하는 생각을 했는데, 아사히가…… 배낭을 가지러 가려 했다.

내가 포기한 나 자신을, 아무것도 모르는 아사히가 포기하지 말라고 말해주었다.

배낭을 아사히 대신 가지러 가준 가나타도, 돌아오는 버스 안에서 끝까지 함께 참가할 수 있어서 좋았다고, 기뻤다고 말해주었다.

나만 포기하면 그걸로 끝이라고 생각했는데, 실은 그게 아니었던 것 같다.

그걸 깨닫게 해준 아사히와…… 같은 시간을 함께 보내고 싶다.

내일은 대체 휴일이라 병원에 다녀올까 한다.

앞으로의 내 이야기를 듣고 싶다.

그렇게 하면, 나…….

"아라타……."

아라타의 감정이 그가 쓴 글자를 통해 흘러나오는 것 같아서. 나도 모르게 눈물이 흘렀다.

"이상하네. 왜 눈물이 날까……."

그래도 그 녀석은 죽어.

"이렇게, 포기하고 싶지 않다는 생각을 하게 됐는데……."

가나타의 말을 흔적 없이 지우듯 나는 눈물을 닦고, 다시 일기장을 집었다.

"오늘은 휴일이니까 이어서 읽을까……."

— 띠리링 —

책장을 넘기려는데 스마트폰에 메시지가 도착했다는 소리에 손길이 멈췄다.

"누구지?"

액정화면에 표시된 것은 반가운 이름이었다.

— 츠지타니 히나 1건 —

"히나……?"

현재의 히나와는 아라타의 장례식에서 아주 잠깐 본 게 마지막이었다.

“어쩐 일이지?”

메시지를 확인하자 다음과 같이 적혀 있었다.

오랜만에 만날 수 있을까? ✲˘◡˘✲

“제대로 만나는 건 오랜만이네.”

“응, 그러게.”

우리는 역 앞에 있는 약간 번화한 카페에서 만났고, 일단 가게 안으로 들어가 음료를 주문했다. 오랜만에 만난 히나는 중학교 때보다 조금 어른스러워진 표정을 하고 있었다.

“장례식 때, 오랜만에 아사히를 보니까 왠지 중학교 때 생각이 나서.”

그래서 연락했다며 히나는 웃는다.

“다른 약속 없었어? 갑자기 연락해서 미안.”

“아니야, 괜찮아. 나도 히나가 보고 싶었어.”

과거의 세계에서는 몇 번이고 만나고 있지만, **지금**의 히나를 제대로 만나는 건 정말 오랜만이다. 서로의 근황을 전하면서, 우리는 시시콜콜한 이야기로 점점 더 분위기가 무르익었다. 학교 이야기, 히나의 동아리 이야기, 가나타와의 이야기. 모든 이야기가 다 재밌어서 시간이 순식간에 흘러간다.

“벌써 시간이 이렇게 됐네!”

히나가 시계를 보더니 당황한 듯 말했다.

"오늘 고마워. 그리고 미안해! 늦게까지 붙잡아서."

"괜찮다니까. 신경 쓰지 마. 오랜만에 히나랑 이렇게 얘기할 수 있어서 나도 기뻤어."

그렇게 말하고 웃는 나에게 히나도 웃었다.

또 만나서 놀기로 약속하고 히나와 헤어져 밖으로 나오니 조금 어둑어둑해져 있었다.

"음……. 오랜만에 실컷 이야기한 것 같아."

이야기할 대상이 없는 것도 아니고, 내게도 시시콜콜한 이야기를 할 친구 정도는 있다. 학교에서 미유키와 엉뚱한 이야기를 하며 서로 깔깔댈 때도 있다. 하지만 그 일기장을 받고 난 뒤로는, **현재**의 미유키와는 아무래도 일기장을 중심으로 과거 이야기를 하게 되는 경향이 있다. 그래서 일기장과 관계없는 장시간의 수다는 어쩐지 오랜만인 것 같았다.

"히나, 잘 지내는 것 같네."

아라타와는 관계없는, 현재의 이야기가 중심이 된 히나와의 대화는 어딘가 마음이 편하면서도 어쩐지 쓸쓸했다. 아라타가 없는 것이 당연한 세계의 이야기였으니까…….

"다녀왔습니다."

집에 도착해, 거실에 있는 가족들에게 인사를 하고 나는 내 방으로 향했다.

"저녁밥은?"

"먹고 왔어요."

"좀 더 일찍 말해주지!"

계단 밑에서 엄마의 툴툴거리는 목소리가 들린다. 하지만 나는 조금이라도 빨리 과거로 돌아가고 싶었다. 아라타가 있는, 과거의 세계로.

4월 23일

병원에 왔다.

선생님은 내게 조금씩 좋아지고 있다고 말했다.

애썼다면서.

하지만…… 선생님과 엄마가 이야기한 내용은 달랐다.

선생님은 엄마에게 말했다.

"1년입니다. 분명 그 무렵에는 결단을 내려야만 할 것 같습니다."

그렇게 말했다.

그 후, 간호사 선생님이 말을 걸어와서 다음 내용은 듣지 못했다.

혹시 나는 1년 뒤에 아사히에게 잔인한 말을 해야 할지도 모르겠다.

그런데도, 옆에 있고 싶어 하는 마음이 드는 건 내 욕심일까.

그런데도, 지금 이 순간을 아사히와 보내고 싶다고 말하는 내 이기적인 마음을 아사히는 허락해줄까?

"1년……."

그 제한시간의 마지막 날을, 나는 아프도록 잘 알고 있다. 1년쯤 지나서 중학교 졸업을 얼마 남겨두지 않은 3월에 아라타에게 차였으니까.

"과거의 아라타도 그걸 알고 나와 사귀었던 걸까……."

아라타와 보낸 날들의 이면에서, 그런 생각을 하고 있었다고는 생각하고 싶지 않지만…….

"내가 만약 그 사실을 알았다면 아라타와 보내는 시간을 더 소중히 여길 수 있었을까……."

아무리 생각해도 지나간 과거는 바꿀 수 없다. 그렇다면…….

"바꿀 수 있는 과거에서 소중히 여기면 되지."

나는 오늘도 아라타가 기다리는 과거로 여행을 떠났다.

❀ ❀ ❀

과거의 세계에서 눈을 뜨고 휴대폰의 시계를 보니 벌써 점심시간이었다.

"휴일이라고 너무 잤네……."

하암, 하품을 하고 나는 휴대폰을 들고 침대에서 내려왔다.

"오늘 아라타는 병원에 가겠네. 학교도 쉬고 어떡하지……."

그런 생각을 한 순간, 휴대폰의 진동이 울렸다.

— 메일 : 도우라 가나타 1건 —

"가나타……?"

무슨 일인가 싶어 불안해하면서 살며시 메시지를 열었다.

오늘 시간 있어? 잠깐 볼 수 있어?

"……오늘이라."

가나타에게서 온 연락은 예나 지금이나 항상 갑작스럽다.

안녕, 오늘 괜찮아. 어디로 가면 돼?

송신 버튼을 누르고 휴대폰을 닫는다. 일단 옷이라도 갈아입자 싶어 휴대폰을 책상에 두려고 하는데 다시 진동이 울렸다.

학교 근처 공원에서 2시에 만나는 거 괜찮겠어?

가나타의 연락에 알았다고 대답하고, 이번에야말로 휴대폰을 책상에 놓고 준비를 시작했다.

"많이 기다렸지, 미안!"

"괜찮아, 나도 지금 막 왔어."

그렇게 말하고 가나타는 올라가 있던 미끄럼틀에서 미끄럼을 타고 내려왔다.

"후훗……."
"왜 그래?"
"가나타, 그 미끄럼틀 좋아하는구나."
"……."
내 말에 가나타는 미간을 찌푸린다.
"왜 그래……."
"아사히, 내가 지금 하는 말이 황당하다 싶으면 그냥 웃어 넘겨도 좋아. 아무래도 너한테 궁금한 게 있어서."
"어……."
가나타의 진지한 표정에 나는 가슴이 철렁한다. 그 얼굴을 알고 있기 때문이다. 바로 얼마 전, 그 얼굴을 본 것 같다. 그건…….
"……너는, 지금 우리들의 시대에 있는 아사히가 아니야, 그치? 내 말이 틀려?"
"가나타……?"
"아사히, 너 **아라타의 일기장을 갖고 있어**?"
가나타의 말에 나는 어떻게 대답해야 좋을까. 대충 얼버무리는 게 좋을지, 사실을 말하는 게 좋을지……. 생각이 빙글빙글 돌기만 하고 답이 나오지 않는다.
"……."
"그렇다면 앞뒤가 맞아. 아라타의 배낭에 대해서 왜 그렇게까지 필사적이었는지. 만난 지 얼마 안 된 아라타의 집까지 왜 일부러 노트를 가져다주러 갔는지. 왜 내가 이 미끄럼틀을 좋아한다고 생각했는지."

"……."

"아무 말도 안 할 작정이야?"

뒤에 보이는 미끄럼틀을 잠깐 눈을 가늘게 뜨고 보더니 가나타는 다시 나를 보았다.

"그럼, 질문을 바꿀게. 지금의 아사히가 아라타의 일기장을 가지고 있다는 건…… **네가 사는 시대의 아라타는 죽었어**?"

"헉……!"

"맞구나……."

내가 동요하는 모습을 놓칠 가나타가 아니다. 모든 걸 알아차렸다는 듯 작게 고개를 저었다.

"역시, 그랬구나……. 그래서 아사히, 너는 과거를 바꾸기 위해 이곳에 있는 거야. 그렇지?"

감출 수가 없다. 피할 수가 없어. 나는 그렇게 생각하고 살짝 고개를 끄덕였다.

"……."

뭐라고 해야 좋을지 몰라 입을 다물고 있는 나를, 가나타가 말없이 바라본다.

"……."

침묵을 깨뜨린 것은 가나타의 작은 한숨이었다.

"휴……. 저기, 나는 딱히 그걸 비난할 생각은 없어."

"어……?"

"나도 다른 사람 얘기할 입장이 아니니까."

가나타는 씁쓸하게 말했다.

"그게 무슨……."

"하지만 찬성하는 것도 아니야. 아사히, 네가 뭘 하려고 하든 난 상관 안 해. 다만……."

"다만?"

가나타는 내 쪽으로 한 걸음 다가오더니 말했다.

"아라타만큼은 모르게 해줬으면 좋겠어."

"어……."

"아라타와 난 죽음을 바꿀 수 없다는 걸 알고 있어. 미래의 아사히가 여기 있는 것을 안다면, 아라타는……."

"가나타……?"

"아무것도 아냐. 약속해줘. 절대 아라타는 모르게 하겠다고……."

가나타의 표정은 진지했다.

"알았어. 꼭 눈치채지 못하게 할게."

"약속이야."

"응, 약속."

"……믿을게."

내 말에 가나타의 표정이 누그러진다.

"하지만, 아까 말한 대로 나는 아사히가 과거를 바꾸려고 하는 것에는 관여하지 않을 거야. 좋은 의미로든 나쁜 의미로든."

"응."

"……그러니까."

긴장한 표정의 나에게 따뜻하게 미소 짓고, 가나타는 말했다.

"지금까지 하던 대로 해."

"가나타……."

"뭐, 아라타가 무리하지 않게 지켜봐 주는 사람이 늘어서 나도 마음이 놓이니까."

"……아라타는 사랑받고 있구나."

"어릴 때부터 친구잖아."

그렇게 말하고 가나타는 살짝 웃었다.

그리고 내 얼굴을 진지한 표정으로 바라본다.

"아사히, 너도야."

"어……?"

"나는 너도 상처받지 않았으면 좋겠어. 아사히도 나에겐 소중한 친구야. 그러니까 너무 무리하지 않도록 해."

"응. 고마워."

가나타의 다정한 마음이 절실하게 전해져서, 가슴이 아파왔다.

"아, 피곤해……."

가나타와 헤어지고 집에 돌아와, 나는 침대에 드러누웠다.

"아니라고 했어야 했나……."

가나타와 나눈 이야기를 떠올리며 혼자 중얼거린다.

"하지만 그렇게 진지한 얼굴을 한 사람한테 어떻게 거짓말을 해."

게다가 상대는 가나타. 일기장에 관한 것도, 과거로 돌아갈 수 있는 것도 모두 알고 있다.

"하아……, 그래도 가나타와 약속했으니까……. 아라타에게는 절대 들키지 말아야 해."

가나타의 말대로라면, 아라타도 그 일기장의 비밀을 알고 있다.

"어……? 그럼, 왜……."

왜 아라타는 그 일기장에 일기를 썼을까. 왜 나에게 그 일기장을 건넸을까. 아무리 생각해봐도 답은 나오지 않았다.

✲ ✲ ✲

4월 23일

병원에 왔다.

선생님은 내게 조금씩 좋아지고 있다고 말했다.

애썼다면서.

하지만…… 선생님과 엄마가 이야기한 내용은 달랐다.

선생님은 엄마에게 말했다.

"1년입니다. 그 무렵에는 결단을 내려야만 할 것 같습니다."

그렇게 말했다.

그 후, 간호사 선생님이 말을 걸어와서 다음 내용은 듣지 못했다.

혹시 나는 1년 뒤에 아사히에게 잔인한 말을 해야 할지도 모르겠다.

그런데도, 옆에 있고 싶어하는 마음이 드는 건 내 욕심일까.

그런데도, 지금 이 순간을 아사히와 보내고 싶다고 말하는 내 이기적인 마음을 아사히는 허락해줄까?

있잖아, 아사히. 언젠가 네가 이 일기장을 보고

내가 얼마나 널 좋아했는지 네가 알게 되는 순간이 올까?

만약 그때의 가나타와 내가 겪은 것과 똑같은 일이 일어난다면…….

네가 이 일기장의 비밀을 알게 됐을 때 너를 괴롭게 할지도 몰라.

바꿀 수 없는 과거에 힘들어할지도 몰라.

하지만 내가 얼마나 행복했고, 얼마나 아사히를 좋아했는지

너에게 전해지면 좋겠다.

나는 내일 아사히에게 좋아한다고 고백할 거야.

잠에서 깨고 일기장을 봤더니 내용이 늘어 있었다. 그것은 마치 내 의문에 대한 대답이기라도 한 것처럼. 내가 아는 한, 그런 것을 할 수 있는 사람은 한 사람밖에 없다.

'상관하지 않겠다고 말했으면서…….'

아라타에게…… 뭐라고 말을 해준 건가?

"고마워……."

다정한 과거의 친구에게, 나는 닿지 않을 감사의 인사를 보낸다.

"그럼……."

나는 이어서 일기장의 다음 페이지를 펼친다.

"여기서부터 우리가 시작되는구나."

이어지는 꿈을 꿔야지. 그리고 너를 만나러 갈게.

이제는 꿈속에서만 만날 수 있는, 그립고 사랑스러운 너를.

4월 24일

아사히에게 고백했다.

태어나서 처음 해보는 고백이다.

아사히의 감정은 알고 있었지만, 그래도 긴장이 됐다.

이런 마음을…… 그때의 아사히도 그랬겠구나 하고 생각하니, 미안한 마음이 든다.

두 번 다시 상처 주지 않겠다는 말은 할 수 없지만…….

그날이 올 때까지 아사히를 소중히 소중히 여길게.

계속 내 곁에 있어 줘.

❀ ❀ ❀

눈을 뜨자, 나는 또 과거의 세계로 돌아와 있었다. 늘 그렇듯, 휴대폰을 본다.

— 4월 24일 수요일 —

"학교 가야지."

나는 준비를 하고 집을 나섰다. 평소보다 조금 이른 시간이다. 하지만 왠지 아라타가 와 있을 것 같았다.

"안녕!"

"……안녕."

교실에 들어가자, 역시 아라타가 있었다.

"오늘 일찍 왔네."

나는 아라타 쪽으로 다가가 평소처럼 말을 걸었다.

"응……. 아사히는 항상 이 시간에 와?"

"평소보다 조금 일찍 왔어."

"그렇구나……."

평소와 다른 분위기라 대화가 잘 이어지지 않는다. 눈앞에 있는 아라타도 긴장하고 있다는 걸 알 수 있다.

"……."

"……."

아무 말 없이 있는데, 교실 문이 열리는 소리가 났다.

"안녕! 두 사람 다 일찍 왔네."

"아, 응……."

"……안녕."
교실에 들어온 반 친구에게 인사를 하자, 방금까지의 분위기가 풀어지는 걸 느꼈다. 어쩔 수 없이 나는 내 자리로 돌아가려고, 아라타에게 등을 돌린다.
"엇……!"
"응……?"
아라타가 내 손을 잡았다.
"아라타……?"
"……가자!"
그렇게 말하고 아라타는 내 손을 잡은 채 교실에서 뛰어나갔다. 교실을 나온 우리는 계단을 올라가 옥상 문을 열었다.
"하하하하!"
"아, 아라타?"
"신기해! 아사히랑 있으면 뭐든지 할 수 있을 것 같은 기분이 들어!"
어깨를 들썩거리고 호흡하면서 아라타가 웃는다. 그렇게 달려도 괜찮은 거야? 그 한마디를 할 수 없는 내 입장이 답답하다. 대신 나는 숨이 고르지 않은 아라타의 등을 가만히 토닥인다.
"미안, 괜찮아."
내 손을 벗어나듯 크게 기지개를 켜고, 아라타는 내 쪽을 보았다.
"아사히."
"……응."
"지난번엔 울려서 미안해."

"아니야……."

방금까지의 웃는 얼굴과 달리, 긴장된 표정의 아라타가 숨을 한 번 크게 내쉬고 내 손을 잡았다.

"지난번에 하지 못했던 말을 할게. ……나는 아사히를 좋아해. 아사히의 웃는 얼굴을 보고 있으면 어떤 일도 이겨낼 수 있을 것 같은 기분이 들어. 아사히와 함께라면 세상이 빛나 보여."

"아라타……."

"앞으로 내가 아사히를 울리는 일이 있을지도 몰라. 상처 주는 일도, 싸우는 일도 있겠지. 그래도 나는 지금처럼, 앞으로도 계속 아사히를 좋아할 거야."

"읍……."

무슨 말을 해야 할지 모르겠다. 눈물은 자꾸 흘러 넘치고, 뭔가를 말하려고 하면 오열하게 된다.

"……또 울렸네."

"흑…… 흐윽……."

"소중히 여길게, 아사히……. 내 여자친구가 되어줄래?"

"흑…… 흐윽……, 아…… 라……."

제대로 나오지도 않는 목소리를 억지로 내면서 아라타의 얼굴을 보자 눈물로 엉망이 된 나를 보고 살짝 웃었다.

"……대답해줘."

"나도 아라타를 좋아해!"

내가 그렇게 대답하자 아라타는 나를 꽉 껴안았다. 그리고 귓가에 작은 소리로 속삭였다.

"정말 소중히 여길게."

아라타의 두 번째 고백은 너무나 부드럽고 따뜻하고, 심장이 꽉 조여들 것처럼 아프고 애절해서 눈물이 나올 만큼 기뻤다.

"흑…… 흐윽……."

"아사히……, 이제 그만 울어……."

"으, 응……."

내가 아라타의 가슴팍을 눈물로 적시자, 아라타는 주머니에 들어 있던 꼬깃꼬깃한 손수건을 살며시 내밀었다.

"아, 이게, 이래 봬도, 세탁은 제대로 된 거야."

"고마워."

건네받은 손수건에서는 은은하게 그리운 냄새가 났다.

"아……."

"응?"

'아라타의 냄새다.'

그 시절의 기억이, 갑작스럽지만 선명하게 떠오른다. 아라타의 품에 안겼을 때, 둘이 나란히 앉을 때, 아라타와 키스할 때……. 모든 순간이 이 냄새와 함께였다.

"흑…… 흐윽……, 아라타……."

"아, 아사히?! 괜찮아?!"

거의 멈췄던 눈물이 다시 주르륵 흐른다.

'아, 그렇구나…….'

과거의 추억과 두 번째 과거가 지금 이어진 것이다.

"괜찮아……."

"정말……?"

"응. 아라타, 나…… 아라타가 너무 좋아."

"아사히……?"

내 말에 아라타는 순간 곤란한 얼굴을 했지만 나도 그래, 하고 미소 지으며 고개를 끄덕였다.

옥상에서 교실로 돌아오자 나와 아라타의 이야기가 반 전체에 퍼져 있었다.

"아니, 왜…… 으응?!"

"둘이 손잡고 교실을 나갔잖아? 그리고 그런 분위기로 돌아오면 당연한 거 아냐?"

"축하해! 아사히, 잘 됐다!"

"……고마워, 히나."

아라타 쪽도 마찬가지로 가나타와 다른 친구들에게 둘러싸여 있는 모습이 보였다.

'아…….'

눈이 마주쳤다. ……가나타와.

"(잘 · 됐 · 다)"

소리를 내지는 않았지만 그렇게 말하고 있는 것이 보였다.

"(고 · 마 · 워)"

나도 똑같이 소리를 내지 않고 대답하자, 가나타는 씩 웃더니 다시 아라타 쪽을 향했다.

방과 후, 약간 붕 뜬 기분으로 안절부절못하고 있는데 부끄러운 듯한 표정을 한 아라타가 내 자리로 다가왔다.

"아사히…… 저기……."

"어, 왜?"

"……같이 갈래?"

"……응."

교실에 있는 아이들이 우리를 보며 히죽히죽 웃고 있는 것 같다. 아무도 뭐라고 하진 않지만, 왠지 교실 분위기가 그런 느낌이다.

"아 정말 못 봐주겠구만……."

"좋겠다! 방과 후 데이트라니! 나도 하고 싶어……."

"네가 먼저 말해보든가?"

"무리!"

특히 이 두 명은…….

"저기, 너희들 너무 즐기는 것 같은데?!"

"무슨 그런 말을! 그치, 미유키?"

"맞아, 우리가 얼마나 걱정했는데……."

"맞아, 그런 것도 모르고 아사히도 너무해……."

"아, 아…… 미, 미안……."

얼떨결에 사과를 하자, 미유키와 히나는 슬픈 표정을 짓는다.
'그래. 친구들은 걱정해준 거야.'
"사실은."
"우리 즐기고 있는 거 맞는데."
"……아, 정말!"
입을 모아 말하는 미유키와 히나를 향해 내가 발끈하자, 두 사람은 또 한 번 웃었다.
"에이, 너무 그렇게 화내지 마."
"그래, 맞아. 저기 봐, 아라타가 쓸쓸해 보이는 얼굴로 저기서 기다리잖아."
"아, 아라타! 미안!"
황급히 뒤를 돌아보자, 난감한 듯한 표정의 아라타가 그곳에 있었다.
"아, 괜찮아. ……근데 너희 둘, 너무 아사히를 놀리지 말아줘."
"넵!"
"넵!"
"그럼, 갈까?"
아라타는 내 손을 잡고 교실을 나갔다.

"아, 아라타……?"
"……."
"저기요, 아라타 씨……?"
"아아! 긴장했어어어!"

"응?"

교문을 나와 한동안 걷다가, 아라타가 갑자기 잡은 손을 놓고 주저앉았다.

"왜 그래……."

"나 이상하지 않았어? 왠지 아침부터 계속 붕 떠 있는 기분에 심장이 너무 두근거려서 어떡해야 좋을지 모르겠어. 아까도 아사히가 곤란한 표정을 하고 있길래 내가 뭔가 말해야 할 것 같아서. 근데 잘 생각해보면 그런 건 그냥 친구들끼리 장난이잖아. 내가 괜한 말을 한 것 같아!"

"……훗."

"응?"

"아하하하하하."

난처해하는 표정의 아라타를 보고, 나도 모르게 웃음이 터졌다.

"왜, 왜 웃어?!"

"아, 아라타가…… 귀여워서……."

웃음을 멈추지 않는 나를 보며, 아라타는 이해할 수 없다는 듯한 표정을 짓는다.

"귀엽다니……! 난 진지한데……!"

"괜찮아."

"어……."

"아라타의 그런 점도 너무 좋아."

"갑자기 무슨……!"

돌발적인 나의 고백에 얼굴을 빨갛게 물들이는 아라타.

'그리고…….'

"혹시 히나랑 미유키가 이상하게 생각했다 하더라도 아마 가나타가 잘 수습해줄 거야."

"……그럴까?"

"응! 왜냐면 가나타가 아라타를 많이 아끼니까."

그렇게 말하는 나에게 아라타는 됐다는 듯 손사래를 치며 웃었다.

"그럼, 갈까?"

아라타는 아까와 똑같은 말을 반복한다.

"어디?"

"어디냐면……."

내가 무심코 되묻자, "굳이 말하자면?" 하고 작은 소리로 뭔가를 중얼거린 뒤, 다시 한 번 내 손을 잡고 아라타는 말했다.

"첫 데이트!"

"앗……. 응!"

우리는 서로 마주 보고 웃었다. 그리고 손을 잡은 채 걷기 시작했다. 여기서부터 우리 두 사람의 새로운 이야기가 시작된다.

첫 데이트라곤 해도 방과 후에 갈 수 있는 곳은 한정적이다.

"정말 여기도 괜찮아?"

"응, 크레이프 맛있잖아!"

전에 왔던 크레이프 가게에서 크레이프를 사서 벤치에 나란히 앉아 먹었다.

"하다못해 영화라든가. 그게 아니라도 이건 좀……."

"아니야, 괜히 교복 입고 극장 같은 데 갔다가는 금방 학교에 연락이 갈 거고, 집에 들러서 옷 갈아입고 나오려면 시간이 없잖아."

"그렇긴 하네, 정말 미안!"

머리를 감싸는 아라타의 모습에 나도 모르게 키득키득 웃게 된다.

"왜?"

"아라타, 귀여워."

"윽……!"

아라타는 고개를 들고 빨개진 얼굴로 나를 보았다. 그리고…….

"귀여운 건 아사히지!"

내 코를 살짝 집으며 쑥스러운 듯 말했다.

"슬슬 가야겠다……."

"그러네."

크레이프는 이미 한참 전에 다 먹었고, 주변이 서서히 어두워지고 있었다.

"벌써 가고 싶지는 않은데."

나도 모르게 튀어나온 말에 화들짝 놀라 손으로 입을 막아보지만 옆에 있던 아라타의 얼굴은 이미 빨개져 있었다.

"그, 그런 거 아냐! 그런 의미가 아니라……! 그게……."

"응, 나도 알아."

"어……?"

저물어가는 노을빛에, 아라타의 얼굴은 어딘가 쓸쓸해 보였다.

"이 시간이 너무 행복해서…… 나도 집에 가고 싶지 않아."

아무 데도 갈 데가 없다는 건 서로 잘 알고 있다. 하지만 이 시간이 그리 길게 지속되지 않는다는 것도 우리는 알고 있다. 그래서 더더욱 잡고 있는 이 손을 놓기가 힘든 것 같다.

"그래도 가야겠지……."

"응……."

잡은 손을 한 번 더 꼭 잡고 우리는 누가 먼저랄 것 없이 자리에서 일어나 집으로 돌아가는 길을 걷기 시작했다.

✻ ✻ ✻

잠에서 깬 나는 아라타의 일기장을 다 읽고 탁, 하는 소리를 내며 일기장을 덮었다.

"드디어 여기까지 왔구나."

과거의 우리가 마침내 서로 좋아하는 사이가 되었다.

"이제부터가 중요해."

이대로라면 분명 과거를 되풀이하는 것밖에 안 된다. 그러니 나는 아라타의 내면으로 들어가야만 한다.

"반드시 기회는 있을 거야."

내가 눈치채지 못했을 뿐이지, 아라타는 병원에 갔었을 것이다. 약도 먹었을 것이다. 학교도…….

"그러고 보니 나랑 사귀기 시작한 뒤로는 아라타가 학교를 쉰 것도 딱 한 번이었던 것 같아."

언제였는지는 잊었지만, 감기에 걸렸다고 해서 이삼일을 쉬었던 때가 있었다. 그때는 미처 몰랐는데…….

"왜 그때는 이상하다는 생각을 못 했을까."

내가 눈치챘더라면, 그때 뭔가가 바뀌었을지도 모르는데.

"이번에는 알아채야지."

전과 같은 실수는 절대 하지 않을 거야. 나는 그렇게 다짐하고, 지금의 내가 가야 하는 학교에 가기 위한 준비를 시작했다.

"이렇게 됐어."

가나타에게 보고 메시지를 보낸다. 답장은 바로 왔다.

일기를 봐서 알고 있어. 다행이다. 이제부터 시작이네.

"아, 그렇구나. 가나타의 일기……."

가나타의 눈으로 본 우리는 과연 어떻게 보일까, 그런 생각을 하고 있는데, 교실에 선생님이 들어오셔서 스마트폰을 주머니에 넣었다.

어제 일을 떠올리면서 멍하니 있는 사이, 수업이 끝났다. 다음 수업 준비를 위해 책상 위의 교과서를 정리하려고 시선을 떨구자, 누군가 불렀다.

"아사히."

"미유키?"
미유키였다.
"잘 됐어?"
걱정하는 듯한 미유키에게 미소를 짓자, 미유키는 안심한 표정을 보였다.
"다행이다……."
"고마워."
"내가 뭘 했다고."
그렇게 말하고 미유키는 웃었다.
"내 기억 속의 너희들은 그날까지 언제나 사이좋게 웃고 있었으니까. 그러니까 아사히의 슬픈 얼굴을 잊게 해준다면 난 그게 더 좋아."
"미유키……."
"그러니까 그런 얼굴 하지 마."
"응……. 고마워."
쏟아지려는 눈물을 간신히 누르고, 나는 눈앞에 있는 다정한 친구에게 미소 지었다.

"좋아, 이어서 읽자……."
잘 준비를 하고 나는 책상으로 향한다. 마치 하루의 일과가 된 아라타의 일기장을 오늘도 펼친다. 아라타도 이렇게 일기장을 마주했을까, 하는 상상을 하며.

4월 25일

오늘부터 아사히와 함께 등교하기로 했다.

그렇다고는 해도 동네가 달라서 거의 같이 있는 시간은 없지만…….

그래도 같이 가면 아침 수업이 시작될 때까지 함께 있을 수 있다.

같이 하교하니까 방과 후에도 함께 있을 수 있다.

……그게 기쁘다.

가나타는 그렇게 계속 같이 있으면 금방 질릴 거라고 했지만…….

조금이라도 오래 아사히와 함께 있고 싶다.

조금이라도 많은 시간을 아사히와 공유하고 싶다.

조금이라도…….

"아라타……."

조금이라도 많은 시간을 함께 있다면 전보다 더 아라타에게 가까워질 수 있을까.

"그렇다면 좋겠는데……."

일기장을 덮고, 평소처럼 침대로 들어간다.

"어……?"

알람 시간을 확인하려고 스마트폰 화면을 켜자, 한 통의 메시지가 와 있었다.

"가나타……?"

메시지에는 단 한 마디.

너무 꽁냥꽁냥 하지 말도록. 그대로 다 보이니까.

그렇게 쓰여 있었다.

"꼬, 꽁냥꽁냥이라니……!"

나도 모르게 스마트폰을 향해 대꾸했지만, 그 목소리가 가나타에게 닿을 리 없다.

"아 정말!"

화난 듯한 얼굴의 이모티콘만 보내고 나는 어플리케이션을 껐다.

"너무 민망한 말은 쓰지 말라고 저쪽 가나타에게 말해야겠어."

지금보다 조금 앳된 얼굴을 한 친구의 모습을 떠올리면서, 과거에서 기다릴 친구들의 품으로 가기 위해 나는 잠이 들었다.

❀ ❀ ❀

잠에서 깨어나 학교 갈 준비를 하고 집을 나선다. 평소와 똑같은 행동을 오늘도 반복한다. 그런데 평소와 다른 것은…….

"있다……."

아라타와 우리 집의 중간 지점에 있는 신사의 계단 아래에, 마땅히 할 게 없어 무료해 보이는 아라타가 서 있었다. 약속 시간 10분 전, 조금 일찍 도착한 나보다도 더 먼저 와 있었던 모양이다.

'왠지 쑥스러운데, 이런 거.'

휴대폰을 열어보고, 정돈된 머리카락을 괜히 잡아당겨 보고, 두리번

두리번 주위를 둘러본다.

'아…….'

"……안녕"

"안녕."

몰래 지켜보고 있던 나를 알아보고, 아라타는 작게 손을 흔들었다.

"일찍 왔네."

"……지금 막 왔어."

'거짓말.'

후후, 웃는 나를 아라타가 의아하다는 얼굴로 보았다.

"갈까?"

"응."

아주 약간의 거리를 두고 우리는 걷기 시작했다. 손을 뻗으면 닿을 듯하지만 닿지 않는다.

'조금만 더 가까우면 좋겠는데…….'

아라타는 그런 내 마음은 알지 못한 채, 신이 나서 이쪽을 바라보며 이야기를 시작한다.

"어제 집에 가선 뭐 했어?"

"어떤 TV프로그램 좋아해?"

"형제 있어? 음, 나? 나는 형이 한 명 있어."

손을 잡진 못했지만, 시시콜콜한 대화를 나누며 둘이 걷는 이 순간이 너무나 행복하다.

"집에 가선 미유키랑 통화했어."

"음악 프로그램 같은 거 자주 봐."

"나는 언니 한 명 있어. 어? 내가 첫째 같다고? 아라타는 막내 같아."

떨어져 있던 거리를 단숨에 좁히려는 듯, 서로에 관한 것을 쭉쭉 이야기해간다. 가족에 대한 이야기, 좋아하는 TV프로그램, 좋아하는 선생님, 매운 음식 못 먹는다는 이야기 등등. 그런 식으로 서로에 관한 것들을 이야기해 가던 중에, 어쩌다 문득 아라타의 얼굴이 진지해졌다.

"아사히는…… 저기, 나를 왜 좋아하게 됐어?"

"어……?"

"아니, 음……. 미안, 아무것도 아냐! 잊어버려!"

빨개진 얼굴을 교복 깃으로 감추고, 아라타는 허둥지둥 얼버무렸다.

"그냥 좀 궁금했던 것뿐이니까, 전혀 신경 쓰지 않아도 돼!"

"다정한 성격도 좋고."

"응……?"

"부끄럼쟁이 같은 점도, 뭐든 열심히 하는 악바리 같은 점도……. 자기 일은 뒷전으로 두고 주변을 더 배려하는 점도 좋아."

말로 하기엔 부족하다. 이런 말로는 다 표현할 수 없을 만큼 좋아하는 점이 많은데.

'더, 더 표현하고 싶어. 내가 얼마나 아라타를 좋아하는지…….'

하지만 눈앞에서 얼굴이 새빨갛게 달아오른 채 굳어버린 아라타를 보자 웃음이 나서 그 이상 계속할 수 없었다. 그래서 마지막으로 딱 하나만 더.

"그런 아라타가 품고 있는 많은 짐을…… 나도 나눠 들고, 옆에서 함께 걸어가고 싶어."

"……아사히? 그 말은……."

"그러니까 사랑한다는 말이지!"

"윽……! ……스톱! 그쯤에서 그만……."

아라타는 손으로 얼굴을 가리며 그 자리에 주저앉아버렸다.

"아라타……?"

그 손 틈으로…… 빨갛게 물든 아라타의 뺨이 보였다.

"……아사히도 은근히 개구쟁이라니까."

"그런가……?"

"그래."

"미, 미안."

다급히 사과하는 나에게 아라타는 고개를 들고 말했다.

"근데 그런 모습도 좋아."

"엇……!"

"복수야!"

정말! 하고 목소리를 높이는 나에게, 장난을 들킨 아이 같은 얼굴로 아라타는 웃었다.

아라타는 한바탕 웃고 일어나서 나에게 손을 내밀었다.

"자, 잡아."

나는 아라타의 손을 잡고 일어섰다.

"고마워."

그렇게 말하고, 그 손을 놓지 않고 있었다. 그런 나에게 아라타는 손을 더 꽉 잡고 작은 목소리로 말했다.

"……이대로 잡고 있어도 될까?"

"무, 물론이지!"

"다행이다!"

아라타는 안도한 얼굴로 빙긋 웃고는 한 번 더 손에 힘을 꼭 주고걷기 시작했다. 손을 잡으니 걸음 속도가 맞춰져 함께 걷고 있다는 느낌이 훨씬 강하게 느껴진다. 왠지 모르게 기쁘면서도 간지러운 느낌이다.

"왜 그래?"

"응……?"

"아니, 웃길래."

"아니……. 기뻐서."

"나도! 기뻐."

우리는 다시 서로를 보며 미소 지었다. 그때 뒤에서 누군가의 목소리가 들렸다.

"재들, 어떻게 좀 안 될까?"

"이제 막 사귀기 시작했잖아. 한창 그럴 때지."

"학교 가서도 저러는 건가……. 저기, 내가 재들 좀 발로 차도 될까?"

"아사히는 안 돼! 찰 거면 아라타만 차."

"오케이☆"

익숙한 목소리에 무심코 뒤를 돌아보자 아라타의 등에 달려들려고 하는 가나타와 눈이 마주쳤다.

"안……녕?"

"들켰다."

"저런, 유감이네!"

가나타의 뒤에서 미유키가 얼굴을 내민다.

"미유키도 안녕."

"안녕. 아침 댓바람부터 꽁냥꽁냥거리는 거 애들이 다 봤어."

"꽁냥꽁냥 아니라니까……!"

당황해서 부정하는 아라타를 향해 미유키와 가나타가 히죽 웃었다. 그리고…….

"기뻐서……."

"나도 기뻐……!"

"너희들!"

"너희 진짜!"

우리를 흉내 내는 미유키와 가나타에게 발끈하자, 그 모습을 보고 두 사람은 또 히죽히죽 웃었다.

"아하하, 뭐 어때, 사귀는 사인데? 무뚝뚝한 것보다야 훨씬 낫지."

"그렇게 생각한다면 놀리지 마!"

"그건 그거고."

"이건 이거지."

"뭐야, 그게!"

미유키와 가나타가 웃었다. 그런 두 사람을 보며 우리도 덩달아 웃었다. 평화롭고 유쾌하고 행복하다. 그런 과거의 한때를 아무런 의심 없이 보내고 있다. 그런 과거의 한때가, 앞으로도 쭉 지속되기를 바라며.

점심시간, 소란스러운 교실에서 우리는 밥을 먹고 있었다.

"그러니까 오늘 집에 갈 때……."

"알았어! 그럼, 집에 갈 때 봐."

내 말에 아라타가 싱긋 웃으며 고개를 끄덕인다. 그러자 그 뒤에서 불만스러운 듯한 목소리가 들려온다.

"집에 갈 때 봐~, 래."

"뭐 어때, 좋을 때잖아."

"그렇기야 하지만. 아라타가 날 상대해주지 않으니까 심심해."

"심심하다니, 너……."

미유키가 어이없다는 듯 말했다. 가나타는 미유키의 맞은편에 앉아 턱을 괴고 있다.

"가, 가나타도 같이 갈래?"

"어? 그래도 돼?!"

"안 돼!"

기뻐서 들뜬 가나타의 목소리에 찬물을 끼얹은 건 아라타였다.

"아사히는 나랑 데이트할 거야. 가나타는 다음에."

"칫."

"난 괜찮은데?"

"내가 싫어!"

"응……."

살짝 얼굴을 붉히며 단호하게 말하는 아라타의 모습에 나는 뭐라고 대꾸할 수 없었다.

"아니면…… 아사히는 가나타랑 같이 있는 게 좋은 거야?"

"그런 거 아냐! 나도…… 아라타랑 둘이 있는 게 좋아."

"그럼 결정됐네."

"응!"

좋아하는 아라타의 모습을 보니 왠지 나까지 기쁘다. 미소 짓는 아라타에게 나도 미소를 보낸다. 가슴 속이 따뜻해짐을 느꼈다.

"저기?! 나 지금 굉장히 상처받았거든?!"

"그러게, 왜 괜히 나서서 말발굽에 차이는지. 어리석긴."

"불쌍하지만…… 지금 건 어쩔 수가 없네."

"너무해!"

깔깔대는 미유키에 덩달아 우리도 웃는다. 그런 우리를 보며 가나타와 히나도 모두 웃었다.

✽ ✽ ✽

잠에서 깨 일기장을 확인한다. 하지만 특별히 바뀐 내용은 없었다. 사실은 이러면 안 되는 걸지도 모른다. 그래도 아라타가 즐거워 보였으니까. 그렇게 생각하면서 살며시 일기장을 덮는다. 그리고 밤이 되어 다시 일기장을 펼쳤다.

4월 26일

오늘도 아사히와 방과 후 데이트!

나…… 그런 거 처음 찍어봤다!

여자애들은 참 대단하다!

다음에 가나타도 찍어보게 하고 싶다! 초롱초롱하게 보정된 눈을 보면 깜짝 놀라겠지!

❀ ❀ ❀

"으아아악?! 뭐야, 이게?!"

"여기야! 아라타, 카메라 여기라고!"

"어, 어디?! 그냥 화면 보면 안 돼?"

— 찰칵 —

"우와! 나 어딜 보고 있는 거야! 눈은 또 왜 이리 커! 아사히 엄청 귀엽다!"

"아하하, 한 번 더 찍을래?"

"응! 처음 찍어보는데 재밌다!"

방과 후 게임센터에서 아라타와 둘이 호들갑을 떨면서 몇 번이나 사진을 찍었다.

"자 이제 마지막 한 장이야."

"……."

"아라타……?"
저기, 이제 곧…….

— 3, 2, 1……. 찰칵 —

"뭐…… 뭐……!"
"아무한테도 보여주면 안 돼."
"모, 못 보여주지……."
볼에 닿았던 감촉이 생생해서 무심코 손을 대고 있는 나를 보고 아라타는 장난꾸러기 같은 표정으로 웃었지만, 정작 본인은 귀까지 빨개져 있었다. 그런 다음, 스티커 사진을 꾸미는 코너에서 사진이 화면에 크게 비추어지자 새빨개진 얼굴의 아라타가 허둥지둥 인쇄 버튼을 누르는 모습을 보고 나는 웃음이 터졌다. 그런 나를 보고 아라타도 쑥스럽게 웃었다.

* * *

4월 27일
오늘 오후에는 아사히와 영화를 보러 갔다!
동물 나오는 영화라 졸진 않을까 걱정했는데, 정신 차리고 보니 아사히보다 내가 더 울고 있었다.
포치가 주인을 만나 다행이다!

영화가 끝난 뒤에는 둘이 카페에 가서 수다 떨고 해산!

내일도 만나기로 했는데 어딜 가면 좋을까!

✽ ✽ ✽

“아, 아라타……. 괜찮아?”

“괜……찮아. 미안…….”

“아라타…….”

닭똥 같은 눈물을 흘리는 아라타에게 준비해 간 손수건을 건네자 아라타는 그걸로 열심히 눈물을 닦았다.

“그렇게 감동한 것도 아닌데 왜 눈물이…….”

“엄청 좋은 영화였어! 특히 마지막 장면!”

“그러게! 포치가 주인을 만나서 진짜 다행이야!”

그렇게 말하고 아라타는 반짝거리는 눈으로 웃는다.

“아 참……. 이제 어떻게 할까? 음, 난 아직 같이 있고 싶은데.”

“어? 아, 그럼, 거기 카페 가볼까? 지난번에 미유키랑 갔었는데 분위기 좋더라.”

“그럼, 거기로 가자!”

“응!”

걸어가면서 아라타가 한 마디 툭 내뱉었다.

“미안해. 내가 좀 센스가 없어서…….”

“어?”

"좀 더, 뭐랄까, 스마트하게 하고 싶은데……. 왜, 그, 가나타처럼. 근데 아사히 앞에서는 좋아하는 마음으로 꽉 차서……."

"아라타……."

"엉망이지, 나도 참!"

'그런 얼굴로 웃지 말아 줘…….'

애절해 보이는 미소로 웃는 아라타가 사랑스러워서 그 손을 꼭 잡고 나는 말했다.

"나는 아라타가 좋아. 스마트하지 않아도, 마음이 꽉 차도 좋아! 아라타니까 함께 있고 싶은 거야. 아라타를 좋아하니까."

"아사히……."

"……그렇다고! 나도 똑같아. 좋아하는 마음으로 가득 찬다고."

"아사히……!"

한 번 더, 아라타의 손을 꼭 잡고 나는 웃었다.

"마음이 가득 찬 사람들끼리…… 천천히 걸어가면 되는 거야."

"그런가."

"그럼! 우리 아직 시작한 지 얼마 안 됐잖아."

"그러네……."

아라타는 안심한 듯 웃었고, 나도 살짝 미소 지었다.

✿ ✿ ✿

4월 29일

아침에 일어나서 오늘도 아사히를 만날 수 있다고 생각하는 게 기쁘다.

아사히가 "안녕" 하고 인사해주는 게 기쁘다.

함께 하교하면서 "내일 봐" 하고 인사 나누는 게 기쁘다.

밤에 잠들기 전, 아침이 되면 또 아사히를 만날 수 있다고 생각할 수 있어서 기쁘다.

소소한 것들이 전부 다 기쁘다.

"후훗, 아라타도 참……."

지난 며칠, 매일 과거의 세계에서 아라타와 함께 즐거운 날들을 보냈다. 싸울 일도 없고 엇갈리는 일도, 슬퍼할 일도 없이 그저 행복하고 온화한 날들을 보냈다.

그래서 잊은 척했었다.이 과거의 끝에서 기다리는 것은 해피 엔딩이 아니라는 사실을. 지금 이 세계에서, **여전히…… 아라타가 존재하지 않는다는 것의 의미**를.

❀ ❀ ❀

"아침이다."

오늘도 눈을 뜨자마자 휴대폰을 확인한다.

— 4월 29일 월요일 —

"아……, 그렇지, 오늘은."

날짜 밑에 작게 표시된 영문을 보자 생각이 났다.

"나의…… 열다섯 살 생일이네."

열여덟 살의 생일은 한참 전에 지났지만, 이쪽 세계에서는 오늘이 열다섯 살 생일이었다.

"생일 축하해, 열다섯 살의 아사히!"

3년 전의 생일은 어떻게 보냈었더라? 그런 생각을 하면서 나는 학교 갈 준비를 시작했다.

"안녕!"

"안녕!"

오늘도 아라타와 만나기로 한 장소에 도착하자, 아라타가 벌써 와서 기다리고 있었다.

"항상 일찍 오네."

"……."

지난번과 마찬가지로 "지금 막 왔어"라고 반응할 줄 알았는데, 아라타는 어쩐지 약간 부끄러운 듯 고개를 숙인다.

"아사히를 만난다고 생각하니까 참을 수가 없어서 일찍 와버렸어."

"앗, 그렇구나……."

"이상한 건가?"

"아니야, 고……, 고마워."

"뭐가 고마워."

그렇게 말하고 아라타가 웃길래 나도 덩달아 함께 웃었다.
"그럼, 갈까?"
"으응……."
"아사히!"
"꺄!"
걸어가려고 하는데 팔에 뭔가가 감겨서 나도 모르게 소리를 질렀다.
"안녕!"
"미, 미유키?!"
"응! 아사히, 생일 축하해!"
"어? 아! 고마워!"
미유키가 작은 종이봉투를 건넨다.
"방해가 될까 싶었지만 학교에서는 선생님이 뭐라고 하실까 봐……."
"방해라니, 그렇지 않아! 너무 기뻐!"
"그래? 그럼 다행이다!"
미유키는 안도한 듯한 표정으로 미소를 지었다.
"어, 아사히 너……."
그런 우리에게 당황한 모습의 아라타가 말을 걸려고 하는데, 그것도 또 누군가의 목소리에 의해 차단당했다.
"아사히! 해피버스데이!"
"가나타?!"
"응, 이거 선물."
가나타는 손에 든 편의점 봉지를 건네주었다. 안에는 낯익은 과자가 몇 개나 들어 있다.

"뭐가 좋을지 몰라서 좋아할 것 같은 걸로 적당히 사 왔어."

"고마워!"

"별말씀을."

"……미유키는 그렇다 쳐도."

"응?"

가나타에게 말을 차단당한 아라타가 창백한 얼굴로 입을 연다.

"어떻게 가나타까지 아사히의 생일을 알고 있어……?"

"어떻게라니? 일반상식 아냐?"

"그게 무슨 일반상식이야."

"아라타 너 설마……."

아라타의 말에 미유키와 가나타가 의문스러운 표정을 지었다. 그리고 나는 생각났다. 두 번째 과거의 세계에서 아라타와 생일에 대해 이야기한 기억이 없다는 것을.

"아사히, 저…… 몰라서……. 진짜 미안해!"

"어? 아라타, 잠깐만!"

고개를 숙이고 사과하는 아라타의 모습에 당황해하며, 도움을 요청하려고 미유키와 가나타 쪽을 봤지만 둘 다 난감해하는 얼굴로 눈길을 피한다.

"난 아무런 준비도 못 했는데, 아니 애초에 가나타도 알고 있는 걸 내가 모른다는 건 남자친구로서 실격이야. 아사히, 뭐라고 말해야 좋을지 모르겠지만 정말 미안!"

"미안해할 것 없어. 나도 아라타의 생일 모르는걸!"

지금의 나는 아라타의 생일을 아직 모른다. 그러니 너무 신경 쓰지 않았으면 좋겠다, 그렇게 마음을 전해보지만, 아라타는 면목 없다는 얼굴로 나를 바라보고 있다.

"아사히……."

"우린 아직 서로에 대해 모르는 게 많지만, 앞으로 알아가면 되잖아!"

"그런가……."

"그러니까 진짜로 너무 신경 쓰지 마."

"……응."

그럼에도 의기소침해 하는 아라타에게 미유키가 말했다.

"뭘 모르네, 그렇게 신경 쓰이면 방과 후에 둘이서 선물 사러 가면 되잖아. 그리고 어딘가에서 케이크라도 먹고."

"미유키, 그만!"

"왜?"

좋은 생각이지? 하고 뽐내듯 연달아 의견을 내놓으려는 미유키의 말을 가나타가 가로막았다.

"아라타가 '지금 열심히 생각하고 있는데 네가 다 말해버리면 어떡해' 하는 얼굴이잖아."

"……어머, 정말."

"미유키이이이!"

입을 삐끔거리며 성내는 아라타를 "넵" 하고 미유키는 가볍게 받아쳤다. 당시에는 몰랐지만 이 세 사람은 정말 사이가 좋았구나, 하고 새삼 생각한다. ……미유키에게 말하면 극구 부인할 것 같지만.
“뭐 그런 거니까, 방과 후에라도 둘이서 축하파티 해.”
“음, 난 정말 괜찮은데…….”
“내가 안 괜찮아! 그러니까…… 축하파티 하게 해줘!”
“알았어! 고마워, 아라타.”
“아직 아무것도 안 했는데.”
표정은 아직 어두웠지만, 아라타도 아주 살짝 웃었다.

방과 후, 아라타와 둘이서 옆 동네 쇼핑몰에 왔다.
“뭐 갖고 싶은 거 있으면……. 아, 아니, 그게 아니라! 내 말은, 수업 중에 아사히한테 뭐가 좋을지를 계속 생각해봤는데 도저히 모르겠어서…….”
“후후…….”
“왜 웃어……?”
아라타를 보며 자연스럽게 웃음이 났는데 그런 나를 보며 아라타가 토라진 듯한 표정을 지었다. 그런 행동마저도 귀여워서 또 웃음이 나려는 걸 꾹 참는다.
“아라타가 그렇게 나를 떠올리며 여러 가지 생각을 해준 게 기뻐서.”
“아사히…….”
“어떤 선물보다도 그렇게 나를 생각해주는 그 마음이 제일 기뻐.”
“……그러면서 아무것도 못 사게 하려는 속셈 아냐? 안 돼! 꼭 아사히의 마음에 드는 걸 사줄 거야.”

"알았어."

그렇게 말하고 웃으면서 우리는 몇 군데의 상점들을 돌아봤다.

'이 시간이 나에게 얼마나 행복하고, 얼마나 소중하고, 얼마나 사랑스러운지…… 아라타는 모르겠지.'

옆에서 웃는 아라타를 볼 때마다 내 심장은 기쁨과 약간의 애틋함으로 울컥했다.

"이걸로 정했어!"

몇 군데째 들어간 상점에서 아라타가 내민 것은 작은 장식이 달린 팔찌였다.

"예쁘다! 이거…… 나뭇잎인가?"

"응……. 나뭇잎을 모티프로 한 장식 같은데……."

"아라타……?"

말끝을 흐리면서 쑥스럽다는 듯 아라타는 말했다.

"그게…… 내 이름 아라타의 한자(新)는 신록(新綠)에서 따온 거거든. 자연이 싹튼다는 뜻으로. 그러니까 그…… 만나지 못할 때라도 이게 있으면 내가 옆에 있는 거라고……. 아악! 미안! 말하고 나니까 왠지 부끄러워졌어! 역시 다른 걸로 하는 게 좋겠어!"

"싫어."

"어……?"

허둥지둥 내게서 팔찌를 도로 가져가려고 하는 아라타의 손을 피해, 나는 그것을 꼭 쥐었다.

"이게 좋겠네."
"아사히……."
"안 돼……?"
"……안 될 거 없지."
머쓱한 듯 나를 보더니, 아라타는…… 울 것 같은 얼굴로 웃었다.

쇼핑몰 안의 작은 카페에서 우리는 잠시 쉬기로 했다.
"은근히 힘드네."
"그래? 난 아라타와 함께라서 하나도 안 피곤한데!"
"그렇게 말해도 줄 건 아무것도 없거든!"
아라타는 장난꾸러기 같은 얼굴로 나를 보았다. 그리고…….
"아사히, 생일 축하해!"
아라타가 그렇게 말하자 카페의 조명이 꺼졌다.
"에…… 에엣?!"
실내에 낯익은 음악이 흘러나오는가 싶더니, 카페 점원이 초를 꽂은 쇼트케이크 두 조각을 우리 자리로 가져온다.
"축하합니다!"
"고, 고맙습니다……?"
"아사히! 어서!"
설레는 눈빛으로 나를 바라보더니 아라타가 촛불을 끄라고 재촉했다.
"으, 응……. 후!"
"축하해!"

"축하합니다!"

"고마워요……."

실내에서 박수 소리가 들려왔고 나는 어떻게 해야 좋을지 몰라 멋쩍은 웃음을 짓고 말았다.

"……어? 이, 이런 거 싫어해……?"

점원이 사라진 것을 확인한 뒤, 아라타가 작은 소리로 물었다.

"어? 아니, 그냥 좀 깜짝 놀라서!"

"아까 점원한테 초 있냐고 물었더니 생일이냐고 묻더라고. 카페에서 생일 케이크를 주문하면 서비스를 해준다고 하길래 그만……."

눈치를 살피는 듯한 표정의 아라타에게 나는 황급히 웃었다.

"이런 게 처음이라서 놀란 것뿐이야. ……고마워!"

"아사히……. 네가 좋아해줘서 다행이야!"

그렇게 말하고 웃는 아라타를 보며 어쩐지 가슴 속이 따스해진다.

"자 이제 케이크 먹을까?"

포크를 든 아라타의 모습에 나는 또 한 번 미소 지었다.

시시콜콜한 이야기를 나누며 케이크를 먹는 중에 몇 번인가 휴대폰의 진동음이 들렸다.

"……안 받아?"

"어?"

"전화, 아까부터 울렸잖아……?"

"아……, 응, 아직…… 괜찮아."

그러더니 아라타는 억지로 화제를 바꾼다.

"다음 휴일에 어디 갈까? 지난번처럼 영화 봐도 좋고. 5월이 되면 피크닉도 좋겠어!"

"……그러게."

'아라타, 뭔가 숨기는 게 있는 거야……?'

평소와는 다른 아라타의 태도에 불안감이 스친다. 하지만…….

'일기장에는 아무것도 쓰여 있지 않았었는데, 괜한 걱정인가?'

무슨 일이지? 오늘 이 이벤트는 예정에 없던 사건인데? 혹시…….

"아라타, 아니라면 미안한데……, 오늘 혹시 무슨 일정 있었어……?"

"어? 왜, 왜?"

"있었구나……."

'그것도 분명 나에게는 말할 수 없는 내용의…….'

"그래서 아까부터 전화가 왔던 거 아냐……?"

"……."

"아라타……?"

"들켰네."

겸연쩍은 얼굴로 아라타가 말한다.

"아까부터 걸려온 건 엄마의 전화야."

"엄마……?"

"응. 같이 쇼핑하러 가기로 약속했었는데, 못 지켜서."

그렇게 말하고 아라타는 웃었다.

"엄마와의 약속도 중요하지만, 오늘은 아사히의 생일이야! 어떻게 생각해도 당연히 생일이 더 중요하지!"

"아사히……."

"엄마한테는 사과할 거니까. 그런 얼굴 하지 마."

"꼭이야……?"

"응. 잠깐 전화 좀 하고 올게. 안 그러면 또 걸려올 것 같으니까."

아라타는 나에게 휴대폰을 보여주고 자리에서 일어났다.

"알았어. 엄마한테 제대로 사과해……?"

"알았어."

그렇게 말하고 전화할 장소를 찾아 아라타는 카페 밖으로 나간다. 분명히 나가는 참이었다.

……카페에서 나가려는 아라타의 모습이 갑자기 내 시야에서 사라졌다. 쿵 하고 무언가가 넘어진 듯한 소리와 함께.

눈앞의 광경이 믿어지지 않아, 몸을 움직일 수가 없다.

"어……?"

이 상황이 금방 이해가 되지 않았다. 왜냐면, 방금 여기서 아라타는 웃고 있었으니까.

"하악……. 읍……, 핫……."

"아라타……?"

자리에서 일어난 내 눈에 비친 것은…… 가슴을 움켜쥐고 웅크리고 있는 아라타의 모습이었다.

"아라타?! 아라타?!"
"손님?! 괜찮으세요?"
"괘, 괜찮……."
"구, 구급차 부를게요?!"
"자, 잠깐요……!"
손을 뻗은 아라타는 내 어깨를 잡고 괴로운 듯 얼굴을 찡그렸다.
"아라타……?!"
"약……, 가방……."
"앗……!"
'그때 그 약……!'
부랴부랴 아라타의 가방 속을 뒤져보자 작은 봉지에 든 알약이 있었다.
"이거……?"
"고, 마…… 워……."
아라타는 받아든 약을 힘겹게 입안에 털어 넣었다.

……시간이 얼마나 지났을까. 겨우 몇 분일지도 모르고, 몇십 분은 지난 것 같은 기분도 든다. 어떻게 해야 할지 몰라 약이 든 봉지를 쥐고 있는 내 손에 아라타가 닿았다.
"미, 미안……. 이제, 괜찮아."
"아라타……!"
"폐 끼쳐서 죄송합니다……."

"손님, 정말 괜찮으세요? 정말로 구급차 안 불러도 되겠어요?"

"괜찮……아요. ……늘 있는 일이라서."

대답하는 아라타의 얼굴은 핏기가 가신 듯 창백했지만, 입에서 나오는 말만큼은 담담하게 침착했다.

내 손을 꼭 잡고, 아라타는 카페를 나온다. 그리고 조금 걸어간 곳에 있는 벤치에 앉더니 이마의 땀방울을 닦았다.

"아라타……."

"……놀라게 해서 미안."

"난…… 네가…… 잘못되기라도 하는 줄 알고……."

"바보……. 괜찮아. 봐, 살아 있잖아?"

그렇게 말하고 아라타는 웃지만, 나는 도저히 웃을 수 없었다. 그러기는커녕, 온몸의 떨림이 멈추지 않는다. 눈앞에서 아라타가 죽을 뻔했다. 아라타의 생명이 사라질 뻔했다. 그런데 나는, 아무것도…… 아무것도 할 수 없었다.

"아사히."

"응……?"

"미안, 오늘은…… 이만 집에 가야겠어."

"아……, 그래, 그러는 게 좋겠어."

"미안해……. 이렇게 돼버려서……."

"나야말로…… 미안해."

무심코 그렇게 말한 나에게, 아라타는 자조 섞인 웃음을 지었다.

"왜 아사히가 미안해해? ……내가 문제가 있어서 그런 건데."

그러는 아라타의 얼굴이 너무나도 힘들어 보여서 나는 아무 말도 할 수가 없었다.

✿ ✿ ✿

"아라타……."

그 후 어떻게 집까지 왔는지 기억나지 않는다. 다만, 정신을 차리고 보니 나는 현재로 돌아와 있었다.

"아직…… 밤인가……?"

달빛이 비춰진 방에서 눈에 들어온 것은 책상 위에 놓아둔 일기장이었다.

"……그렇지! 일기……!"

나와 헤어진 뒤, 아라타가 어떻게 됐는지 알고 싶었다. 괜찮아졌을까, 건강해졌을까…….

4월 29일

오늘은 아사히의 생일이었다.

아침에 미유키와 가나타가 축하해주는 걸 보고서야 알았다.

……미유키는 그렇다 쳐도, 가나타 녀석은 알고 있었으면 좀 알려주지.

그래서 둘이서 학교 끝나고 파티를 했다.

선물도 줄 수 있었다.

행복했다.

……이런 행복이 계속될 수 없다는 건 내가 가장 잘 알고 있는데.

엄마의 연락을 무시하고 어제 말했던 병원에 가지 않았던 벌일까.
최악이다. 최악. 최악. 최악. 최악이다!

하지만 어떻게든 함께 축하하고 싶었다.
아사히가 기뻐하는 얼굴을 보고 싶었다.

만약을 위해 내일은 쉬라는 말을 들었다.
아사히에게 무슨 일이냐는 질문을 받지 않아도 돼서 차라리 다행일지도 모르겠다…….
뭐라고 답할지 조금만 더 생각하자…….

“내용이 전혀 다르게 되어 있잖아……? 아니. 그보다 병원이라니 어떻게 된 일이지……? 어제……?”
‘어젠 둘이서 영화 보러 갔던 게 아니었어? 아라타가 영화를 보고 울었고…… 그리고 내일도 또 놀자고…….’
두근…… 두근……. 심장 박동 소리가 평소보다 크게 들린다. 살며시 한 페이지를 넘기자, 내 눈에 들어온 것은 4월 28일의 일기였다.

4월 28일

아사히와 오늘도 데이트!

행복하다……. 그런 생각을 했더니 밤이 되어 발작이 일어났다.

최악이다.

약을 먹고 진정됐지만, 한 번 발작이 되면 빈발할 가능성이 높아 내일은 방과 후에 병원에 가기로 했다.

최근에 좀 안정됐다고 방심해서 그런 걸지도 모르겠다.

……모처럼 내일도 아사히와 어딘가 갈 수 있을 줄 알았는데, 어쩔 수 없지.

"이게 뭐지?"

'이런 일기는 모르는데.'

"그래서 엄마한테 전화가 왔던 거야……?"

병원에 안 갔기 때문에?

"나 때문에……."

나 때문에 아라타가…….

"돌아가야 해……."

한 번 돌아갔던 날짜로는 다시 돌아갈 수 없다는 건 알고 있다. 그렇다면…….

"4월 28일……. 이날이 되면……."

지금 처음 본 일기의 내용을 나는 손가락으로 그대로 덧쓴다.

"기다려……. 아라타……."

그리고 나는 또 한 번 과거로의 여행을 떠나기 위해 눈을 감았다.

✿ ✿ ✿

풍경이 눈앞을 스쳐 가는 이 감각을 나는 알고 있다.

'어떻게……!'

내 손이 닿지 않는 곳에서, 내가 4월 28일을 그 일기에 적혀 있던 내용을 반복하고 있다.

마치 녹화 방송을 재생하는 것처럼.

'그때는 한번 지나간 과거였으니까……. 하지만 이번엔 다르잖아!'

나는 4월 28일로 돌아오지 않았다. 그저 다음 날짜를 실수로 읽어버렸어. 그것뿐인데……! 그것도 안 되는 걸까……. 과거로 돌아갈 수는 있어도…… 한번 지나간 과거로 다시 돌아올 수는 없다.

그런 걸까…….

✿ ✿ ✿

"아……!"

잠에서 깬 나는 다시 한 번 일기장을 본다.

……그러나 거기에 적힌 글자에는 아무런 변화도 없었다.

"어째서! 어째서!"

뚝…… 뚝……, 떨어지는 물방울에 아라타의 글자가 번져간다.

"내가…… 바보야!"

어딘가에서 방심했었다. 마음을 놓고 있었다. 너무도 행복했으니까. 너무도 원만하게 흘러갔으니까.

"페이지가 겹쳐진 걸 몰랐다니……."

좀 더 세심하게 넘겼어야 했다. 이 한 장 한 장이 아라타와의 과거로 이어지는 유일한 매개라는 것을 좀 더 의식했어야 했다!

"그랬으면 이렇게 되지 않았을지도 모르는데!"

알았더라면 아라타의 권유를 거절했을 것인다. 알았더라면 축하파티 따위 하지 않았을 것이다. 알았더라면, 그랬다면……!

"아라타……, 미안……."

내가 한 행동으로 인해, 아라타가 좋은 방향으로 가기는커녕 자칫 잘못했다간……. 일기장을 든 손이 떨린다. 페이지를 넘기기가 무섭다……. 어떻게 해서든 아라타와의 미래를 만들겠다고 생각해왔다.

그런데 나 때문에 오히려 아라타의 미래를 빼앗을 수도 있다는 것을……. 나 때문에 그날이 더 빨리 올 수도 있다는 것을……. 그렇게 생각하니 일기장의 존재가 갑자기 두려워졌다.

"아사히……, 괜찮아?"

"미유키……."

교실에서 멍하니 창밖을 보고 있던 나에게 미유키가 걱정스러운 듯 말을 건다.

"무슨 일, 있었지?"

"……."

아라타를 죽일 뻔했어. 그렇게 말하면 미유키는 어떤 반응을 보일까.

"아무것도 아니야……."

"……."

그날로부터 일주일이 흘렀다. 하지만 아직 나는 다음 페이지를 넘기지 못했다. 아라타의 일기장을 건드릴 수 없었다.

"내가."

"응……?"

"내가 별로 의지가 안 될지 모르겠지만, 그런 얼굴을 하고 있을 정도라면 얘기해봐."

"미유키……."

미유키는 내 볼을 살짝 집더니 옆으로 쭉 잡아당겼다.

"아, 아파……."

"너는 어떨지 모르겠는데, 나는 아사히를 둘도 없는 친구라고 생각하니까."

"……."

"내가 해줄 수 있는 건 없지만, 걱정 정도는 하게 해줘."

"고마워……."

"아직 아무것도 안 했는데."

미유키의 농담과 웃음에 아주 조금은 기분이 가벼워졌다.

"그것 참…… 쉽지 않네."

"응……."

방과 후, 미유키와 둘이 카페에 와서 전날 있었던 일을 그대로 이야기했다.

"나 때문에…… 내가 너무 들떠 있어서……."

"아사히……."

"알고 있었는데. 아라타의 심장이 나쁘다는 걸, 알고 있었으면서! 아무것도 할 수 없는 거라면, 몰랐던 때와 다를 게 없잖아!"

"그렇지 않아!"

언성이 높아진 나를 미유키는 진지한 얼굴로 진정시킨다.

"그렇지 않아. 내가 아는 너희들은 아사히와 있을 때의 아라타는 언제나 즐거워 보였어."

"그건……!"

"지금의 내 안에서도 마찬가지야."

"응……?"

내가 지금 기억하는 과거는, 네가 바꾼 과거의 기억이잖아? 그렇게 말하는 미유키의 표정은 조금 쓸쓸해 보였다.

"그러니까……."

"미유키가 말한 대로야."

"어머, 늦었네."

"우리 학교에서 여기까지 멀단 말이야."

그렇게 말하며 우리 테이블로 다가온 사람은 가나타였다.

"하여튼 미유키는 너무 뜬금없다니까."

"아, 미안해. 아사히가 걱정돼서."

"정말이지."

미유키의 옆에 앉더니 가나타가 나를 봤다.

"안녕. 오늘 내가 불린 이유는…… 4월 29일 건인가?"

가나타의 걱정스러운 듯한 시선을 피해 나도 모르게 눈길을 돌렸다. 아무 말도 하지 않는 나 대신 미유키가 입을 열었다.

"네 일기장에는 어떻게 돼 있었어?"

"처음에는 평범한 내용이었어. 학교에서 이런 일이 있었다. 진짜 딱 그것만. 근데 지난 주말에 좀 궁금해서 펼쳐봤더니 아라타가 발작을 일으켜서 병원에 실려 갔다고 돼 있었어. 밤에도 큰 발작을 일으켜 한밤중에……."

"잠깐만?! 밤에…… 그런 얘긴 아라타의 일기장에는 한 마디도……."

일기의 내용을 떠올려보지만 그런 일은 적혀 있지 않았다. 내일은 만약을 위해 쉬겠다고 적혀 있어서 당연히 상태는 호전됐으리라고…….

"어쩌면, 일기를 쓴 후에 발작이 일어났는지도 모르지."

"아라타……."

괜찮지 않았다. 그 후에 나 때문에 아라타가……. 나 때문에…….

"아사히……."

"약속"

"어?"

"약속했었는데……! 아라타한테 더 많은 추억을 만들어주겠다고 했었는데……! 전부 다 내가 망쳤어……!"

내 행동 때문에 아라타의 미래를 만들기는커녕 아라타가 걸어온 과거까지도 없애버릴 뻔했다. 나 때문에.

"……그런 얼굴 하지 마."

감정을 억누를 수 없어 언성이 높아진 나에게 다정한 목소리로 가나타가 말했다.

"과거를 바꾼다는 건 좋은 일도 있고 나쁜 일도 있어. 그건 알고 있어. ……아사히, 너도 알고 있었잖아?"

"그건……."

"……앞으로도 이렇게 괴로워하는 일이 있을지 몰라. 그래도…… 그래도 너는 아라타를 포기할 수 없어. 그렇지?"

"가나타……."

고개를 들자, 그 시절보다 꽤 어른스러워진 가나타가 그때와 똑같이 미소 짓고 있었다.

"그렇다면, 아사히. 아라타를 포기하지 마. 절대, 무슨 일이 있다 해도…… 아사히, 너만은 아라타를 포기하면 안 돼."

"가나타……."

"다시 한 번 부탁할게. ……아라타를 부탁해."

"나……, 나…… 절대로 포기하지 않을 거야……. 아라타를 절대로 포기하지 않을 거야."

자신을 타이르듯 몇 번이고 몇 번이고 되뇌며, 나는 다시 한 번 결심했다.

'절대로 나만은 포기하지 않을 거야.'

"단."

슬슬 갈까 하고 카페를 나서려는 순간, 가나타가 불안한 표정으로 입을 열었다.

"네가 과거에 간섭함으로써 아사히와 관련된 사람의 감정도 변해. 그러니까……."

"가나타……?"

"……아니, 아무것도 아니야. ……너무 무리하지 않도록 해."

뭐라 말할 수 없는 표정을 보이더니 가나타는 더 이상 아무 말도 하지 않았고 우리는 카페를 나왔다.

'가나타……?'

궁금하지 않다면 거짓말이다. 하지만 지금은 아라타를! 한시라도 빨리 아라타를 보고 싶어! 책상 위에 놓인 일기장을 떠올리며 나는 집으로 가는 길을 전력으로 달렸다.

4

집에 도착하자마자 나는 그대로 방치되어 있던 일기장을 펼쳤다.

4월 30일

하룻밤 입원하고 저녁에 집으로 돌아왔다.

병원에서는 왜 좀 더 일찍 안 왔냐고 선생님께 혼났다.

자신의 몸을 좀 더 소중히 여기라며.

알고는 있다. 하지만…….

어차피 지금밖에 함께 있을 수 없는 거라면, 아사히와 있고 싶다고 생각했다.

내년 아사히의 생일을 축하해줄 수 있다는 보장은 어디에도 없으니까…….

저녁에 아사히가 병문안을 왔다.

하지만…… 뭐라고 설명해야 좋을지 몰라서 만나지 않고 집으로 왔다.

나 때문에 무섭고 놀랐지?

아사히, 정말…… 미안해.

"아라타……."

어떻게 하면 아라타 마음속의 체념하는 감정을 조금이라도 긍정적으로 만들 수 있을까. 내년도, 내후년도 함께 그날을 맞이하기 위해 내가 할 수 있는 것은 뭘까…….

"역시…… 어떻게든 아라타의 병을 **과거의 내**가 알게 해야 해……."

그러기 위해 할 수 있는 일은 뭘까.

아무리 생각해봐도 답은 나오지 않았다.

"그래도 만나러 가야 해."

보고 싶지 않다고 하더라도 만나야 해. 그렇게 생각하면서 나는 침대에 누워 눈을 감았다.

✱ ✱ ✱

잠에서 깨면 날짜를 확인한다.

— 4월 30일 —

그날의 다음 날이다.
"미안해, 아라타……."
걸어 둔 교복으로 갈아입고 학교에 갈 준비를 한다.
"다녀오겠습니다"
현관을 나서는 발걸음이 무겁다.
그래도 계속 걸었고 아라타와 만나기로 한 장소에 도착했다.

아무도 없다, 약속 장소에.

"아라타……."
"……아라타는 오늘 쉬어."
"헉……. 가나타……?"
"알고 있는 거야……?"
"응……."
아무것도 묻지 않는 게 괴롭다. 차라리 날 비난하면 좋을 텐데.

"뭐 했어!"
"무리하지 않도록 지켜주겠다고 하지 않았어?!"

그렇게 말하는 편이 오히려 마음이 편할 것 같다.
"괜찮아?"
"난…… 괜찮아."

"……아라타가……."

"어……?"

"아라타가 걱정했어."

그렇게 말하는 가나타의 얼굴을 올려다보자 가나타는 굳은 표정으로 나를 바라보고 있었다.

"이제야 봐주네."

"어……?"

작은 목소리로 뭐라고 중얼거린 것 같았지만 아무것도 아니야, 하고 가나타는 이야기를 이어갔다.

"아니, 아라타가, 아사히 앞에서 쓰러졌다며. 네가 걱정하고 있진 않을지 걱정하더라. 원래는 직접 쉬겠다고 연락해야 하는데, 뭐라고 말해야 좋을지 모르겠다며."

"그래서 가나타가 온 거야?"

"뭐, 그런 거지."

"하여간 좋은 사람이라니까."

그렇게 말하고 웃자, 한숨 돌린 듯 가나타의 표정이 누그러진다.

"아는지 모르겠지만, 아라타 녀석, 다른 사람에게 심장 얘기가 알려지는 걸 극단적으로 싫어하거든."

"응……."

"자기 때문에 부모님이 우는 모습을 많이 봐왔기 때문이겠지만……. 아사히에게도 분명 그런 얼굴을 하게 하고 싶지 않을 거라고 생각해. 그래서……."

“고마워.”

가나타의 말을 가로막고, 나는 말했다.

“그래도 나는 알아야 해. 아라타에 관한 것, 병에 관한 것을 더 많이 알아가야만 해.”

“아사히…….”

“그렇지 않으면…… 또 아무것도 하지 못한 채…….”

고통스러울 정도로 가슴이 아파온다. 이대로라면, 또 아라타와의 이별이 올 것이다. 그리고 후회하겠지. 아무것도 하지 못한 것을. 아무것도 바꾸지 못한 것을.

“그래서 괴롭고 고통스럽더라도, 그것이 아라타를 힘들게 하는 것이 되더라도 나는 알고 싶어. 아라타의 입으로 제대로 듣고 싶어.”

“알았어, 알았으니까. 그런 얼굴 하지 마.”

“어……?”

“뭐랄까, 내가 울린 것 같은 기분이 들어.”

내 얼굴이 그렇게 힘들어 보였나. 난처한 듯한 표정으로 나를 보는 가나타에게 나는 의식적으로 미소를 짓는다.

“걱정해줘서 고마워. 난 괜찮아!”

“그래. ……여기서 힘들어지면 언제든 얘기해. 이야기 정도는 들어줄 수 있으니까.”

“어……?”

“누구한테도 말할 수 없잖아? 미래를 알고 있기 때문에 하는 고민 같은 것을.”

“가나타……, 고마워.”

그렇게 말하는 나에게 가나타는 살짝 웃으며 말했다.

“뭐, 가능하면 나도 두 사람의 즐거운 얼굴을 보고 싶으니까.”

“가나타……, 좋은 사람이네.”

“이제야 알았어?! 나는 처음부터 좋은 사람이었는데?”

이해할 수 없다는 듯 말하는 가나타가 웃겨서 나도 모르게 웃었다. 그런 나를 보며 가나타도 또 한 번 웃었다.

“그럼, 좋은 사람 가나타 군이 주는 또 하나의 선물.”

“응……?”

“오늘, 아라타와 만날 수 있도록 협력해줄게.”

“방금도 그렇지만 관여하지 않는다고 하지 않았어?”

“뭐, 오늘은 특별히. 아사히도 그렇지만, 아라타도 힘들어 보였으니까.”

가나타는 무언가 생각났다는 듯, 괴로운 듯한 표정을 지었다.

“혼자서만 끌어안으려고 하는 바보 같은 친구 때문에 협력하는 것뿐이니까, 아사히를 위해서 하는 게 아니니까 괜찮아.”

“가나타…….”

“얼른 또 둘이서, 우리가 그만하라고 할 만큼 사이좋은 모습 보여줘.”

“고마워…….”

고마워하는 나에게 미소 짓는 가나타의 얼굴은 어쩐지 슬픈 표정을 짓고 있는 것처럼 보였다.

방과 후, 나와 가나타는 아라타의 집 앞에 서 있었다.

"메일 답장 왔어?"

"응……. 역시, 오늘은 못 만나겠다고."

"이유는?"

"밖에 나갔다가 돌아오는 게 늦어질 것 같대……."

"이 녀석……."

그렇게 말하고 가나타는 주머니에서 휴대폰을 꺼냈다.

"뭐 하려고……."

"쉿!"

가나타는 집게손가락을 입술에 대고 나에게 조용히 하라고 했다. 그리고…….

"아, 아라타? 고생했어. 이제 병원 끝났어? ……그렇구나. 다바타 선생님한테 프린트 받아놨는데 어떻게 할까? ……라고 하기엔, 이미 너희 집 앞이야."

전화 상대는 아라타인 모양이다. 전화기 너머에서 흘러나오는 아라타의 목소리는 나와 이야기할 때보다 가벼운 느낌이다.

"그럼 지금 갈게. ……어? 괜찮아, 괜찮아. 어머니 계시지? 열어달라고 할 테니까 너는 나오지 마. 계단 오르락내리락하다가 또 발작 일어나면 곤란하니까."

가나타의 낯익은 익살에, 아라타가 무슨 말을 하고 있는지 들렸다.

하지만 가나타는 신경 쓰지 않고 이야기를 끝낸다.

"그럼, 이따 봐."

휴대폰을 주머니에 넣고, 가나타는 나를 보며 씩 웃었다.

"그렇게 됐으니까, 이거 받아."

가방에서 프린트 한 장을 꺼낸다.

"이건……?"

"아까 말한, 다바타 선생님이 맡기신 것."

"그게 진짜였구나."

"그렇다니까."

가나타가 익숙한 모습으로 초인종을 누르자, 띵동하는 소리가 울려 퍼졌다.

"네?"

"아, 아주머니! 저 가나타예요."

"아, 그래그래. 잠깐만."

딸칵, 하는 소리와 함께 현관문이 열린다.

그곳에는 아라타의 어머니가 서 있었다.

"안녕하세요."

"안녕. ……그쪽은?"

"아, 얘요? 아라타의 여자친구."

"헉?! 가나타?!"

"……어머나! 그랬구나, 처음 보네."

"처, 처음 뵙겠습니다! 다케나카 아사히라고 해요."

그날 아라타의 장례식에서 만났을 때에 비해 훨씬 젊어 보인다.

'겨우 3년 전인데…….'

"저기……?"

"아, 아뇨……. 아무것도 아니에요."

순간 코끝이 찡해져, 나도 모르게 입을 다물어버린 나를 아라타의 어머니는 신기하다는 듯한 얼굴로 바라봤다.

"아라타한테 연락했는데, 프린트 가지고 왔어요."

"항상 미안하고 고마워. ……자, 둘 다 들어와."

"아, 네!"

아라타 어머니를 뒤따라가려고 한 순간, 가나타가 꾸민 듯 부자연스럽게 큰 소리로 말했다.

"네……**가 아니라! 저런, 난 엄마한테 심부름을 부탁받았었지!**"

"가나타……?"

"그런 이유로, 아주머니 저는 가볼게요! 프린트는 아사히한테 전달해뒀고, 아라타도 제가 가는 것보다는 여자친구가 가는 걸 좋아하겠죠."

그렇게 말하자마자 가나타는 아라타의 집에서 뛰어 나갔다. ……나한테 찡긋 윙크를 남기고.

"어, 어어어……?!"

"아사히 양, 이라고 했지?"

"네, 네!"

가나타의 행동이 익숙한지, 남겨진 나에게 미소를 지으며 아라타의 어머니가 말했다.

"괜찮으면 들어와. 아라타도 좋아할 것 같은데."

손짓하는 아라타 어머니의 말에, 나는 아라타의 집에 들어가기로 했다.

"실례합니다……."

"자, 들어와."

꺼내준 슬리퍼를 신자, 아라타의 어머니는 계단 쪽으로 시선을 향했다.

"아라타의 방은 2층 막다른 곳."

"네……."

"근데, 그게…… 어제 좀 컨디션이 안 좋아져서……."

"아……."

"지금 좀 예민해져 있는 것 같아서……."

아라타의 어머니는 모른다. 그 원인이 나에게 있다는 것을. 나 때문에 아라타가 죽을뻔한 것을.

"죄송합니다……."

"아사히 양이 왜 사과를 해?"

"그게…… 제가…… 좀 더 빨리 눈치챘더라면……."

고개 숙인 나에게 아라타의 어머니는 작게 한숨을 쉬었다.

"말을 안 들어. 저래 보여도 재가 고집이 세서."

"……."

"자기가 이렇게 하겠다고 결정해버리면 절대 양보를 안 해. ……누굴 닮았는지 원."

고집이 세다……. 듣고 보니 분명 그때도 첫 번째 이별 때도 그랬다. 아무리 내가 싫다고 해도, 이유를 가르쳐달라고 매달려도 아라타는 내 쪽을 보려 하지 않았다. 이미 마음 정했어, 그렇게 말한 아라타는 괴로운 표정을 짓고 있었다.

"그러니까 아사히 양이 미안해할 건 아무것도 없어."

"그래도……."

그래도, 왜 막지 못했을까, 내가 막았어야 했는데, 하고 후회를 하게 된다. 그런 내게 아라타의 어머니는 가만히 미소를 보낸다.

"그렇게까지 아라타를 생각해줘서 고마워."

"네……?"

"앞으로도 곤란하게 만드는 일이 있을지도 모르겠지만…… 아라타를 잘 부탁해."

"……네!"

그리고 아라타의 어머니는 내 등에 살며시 손을 대고 계단 쪽으로 유도했다.

"이따가 마실 것 가지고 갈 테니까…… 먼저 가 있어."

나 센스 있지? 하고 아라타의 어머니는 웃는다.

"근데 좀 얌전히 있으라고 말해줄래? 내가 하는 말은 안 들어도 여자친구가 하는 말이라면 들을지도 모르니까."

"알겠습니다."

"그럼, 이따 봐."

복도 반대편으로 걸어가는 아라타의 어머니의 뒷모습을 배웅하고, 나는 한 계단 또 한 계단, 계단을 오른다. 그리고…….

"휴우……."

숨을 한 번 내쉬고…… 아라타의 방문 손잡이를 돌렸다.

"……."

"가나타? 빨리 왔네. 미안, 매번 이렇게 가져다줘서."

방에 들어가자, 아라타는 책상에 앉아 무언가를 열심히 쓰고 있었다. 문이 열린 소리가 들렸겠지. 나를 가나타라고 생각해 아무 의심 없이 말을 걸어온다.

"……가나타?"

"……아라타."

"아사히……."

내가 말을 걸자 깜짝 놀란 모습으로 아라타는 뒤를 돌아보았다.

"어떻게……."

"이거, 다바타 선생님이 주신 프린트."

"……가나타 녀석."

"……."

"……미안."

"어?"

뭐라고 말해야 할지 모르는 나에게 아라타는 웃으며 말했다.

"어제 나 때문에 많이 놀랐지? 병원에 갔었는데 아무것도 아니래! 피곤해서 그랬나? 나도 깜짝 놀랐어!"

"아라타……."

"좀 전까지 병원에 있었어! 지금 막 집에 온 거야. 엇갈리지 않아서 다행이다…….”

“아라타.”

“왜, 왜…….”

무언가를 얼버무리려는 듯 빠르게 말하는 아라타의 말을 막자 아라타는 무뚝뚝하게 반응한다.

“정말 아무 일도 없었어?”

“그렇다니까…….”

미안해, 아라타……. 나 더는 안 속아줄 거야.

“……사실을 말해줬으면 좋겠어.”

“어……?”

“우리 사귀는 사이잖아……? 나, 여자친구 맞지? 그렇다면…….”

“…….”

아라타는 아무 말도 하지 않는다.

아무 말 없이 발밑을 가만히 바라보고 있다.

“아라타를…… 좀 더 제대로…….”

“여자친구라면…….”

“어……?”

“여자친구라면, 전부 말해야만 하는 거야?”

“아라, 타……?”

아라타의 목소리는 지금까지 들어본 적 없는 차가운 목소리였다. 안 돼, 그렇게 생각했다. 내 쪽을 향한 아라타의 얼굴은 그때와 똑같이 굳은 결심을 한 얼굴이었다.

"뭐든지 다 말해야 하는 거야? 아무리 싫은 일이라도? 그걸 내가 바라지 않더라도?"

"아라……."

"그럼, 필요 없어."

"뭐……?"

"그런 여자친구, 난 필요 없어."

"잠깐만……."

아라타를 잡으려 한 내 손을 뿌리치고 슬픈 얼굴로 아라타는 말했다.

"미안해. 역시 나는 아사히한테 상처를 줄 수밖에 없을 것 같아."

"아라타……?"

"소중히 여기겠다고 했는데 무리였어."

"잠깐!"

내 팔을 잡더니, 아라타는 내 몸을 문 쪽으로 밀어낸다. 그리고…….

"미안해, 아사히. ……정말 좋아했어."

그렇게 말하고 아라타는 문을 닫았다.

그 후, 문 앞에서 아라타를 계속 부르는 나를 이상하게 생각했는지, 아라타의 어머니가 걱정스러운 듯 2층으로 올라왔다.

괜찮냐고 묻는 어머니에게 사과하고 나는 아라타의 집에서 도망쳐 나왔다.

"아라타, 바보!"

나는 집으로 돌아갈 마음이 들지 않아서 아라타의 집 근처 공원 벤치에 앉았다.

"뭐가…… 뭐가 필요 없다는 거야! 내가 어떤 기분인지도 모르면서!"

슬펐다. 거절당하니 괴로웠다. 하지만, 하지만…… 그보다 더…….

"화가 나! 아라타에게! 화가 나!"

"……겨우 그 정도 화라면 괜찮은 것 같은데."

"앗, 가나타……?"

"괜찮아……?"

어느샌가 내 뒤에 서 있던 가나타는 걱정스러운 얼굴로 나를 보고 있었다. 어떻게 가나타가 여길, 그렇게 생각하는 것조차 우문이었다. 왜냐면, 내가 여기 있다는 걸 아는 사람은…….

"……아라타한테 듣고 왔어?"

"뭐……. 그런 셈이지."

"……."

"참 바보야, 그 녀석."

"정말로!"

"어떻게 할 거야……?"

가나타는 걱정스러운 듯 나를 바라본다. 하지만 내 감정은 굳혀져 있었다.

"화가 나서…… 포기 안 할 거야! 아라타에게 아무리 거절당하더라도, 나는 아라타와 보낼 미래를 포기하고 싶지 않아!"

"아사히……."

"나는 얼마든지 상처받아도 상관없어. 하지만 또다시 아무것도 하지 못한 채 전화를 기다리기만 하는 건 싫어!"

그렇게 하는 건 아무런 의미도 없다. 무엇을 위해 여기 있는 건지 모르는 거다. 모처럼 과거를 바꿀 수 있는 기회를 손에 넣었는데, 아무것도 하지 않고 포기한다는 건 정말 싫다!

"아사히는…… 강하구나."

"어……?"

"아무것도 아냐. ……그 녀석 말해도 안 들을걸?"

"알아."

"그럼……."

"하지만, 나한테 아라타가 필요하듯, 분명 아라타에게도 내가 꼭 필요할 거야!"

✿ ✿ ✿

아사히를 보낸 뒤 가나타가 다시 아라타의 집으로 갔더니, 아라타는 침대에 기대어 앉아 있었다.

"아사히, 집까지 바래다주고 왔어."

"역시 공원에 있었어……?"

"응. ……잘 아네."

애처로운 목소리로 아라타는 말한다.

"아사히……, 울고 있었어?"
"……화나 있었어."
"하하, 뭐야 그건."
웃는 아라타는 울 것 같은 얼굴을 하고 있었다. 그런 아라타에게 가나타는 말을 꺼낸다.
"정말 괜찮아? 아사히라면…… 네 몸이 아픈 것도……."
"받아들여 주겠지."
"……그럼……!"
"하지만 분명 내가 모르는 곳에서 울 거야. 나 때문에 상처받을 거야. 그런 감정을 갖게 하고 싶지 않아."
"일방적이네."
"나도 알아."
아라타의 옆에 앉더니, 가나타는 말했다.
"뭐 어때. 어차피 차여도 상처받을 건데."
"그거랑은 비교가 안 되지……! 죽는다고, 난……!"
"그래도, 상처받더라도 아사히는 네 옆에 있고 싶을지도 모르잖아……."
그렇게 말하는 가나타의 목소리는 아라타 못지않을 정도로 힘들어 보인다. 가만히 눈을 감고, 아라타는 소중한 친구의 이름을 불렀다.
"……가나타."
"왜."
"너……, 아사히, 좋아하지?"

"……아."

찰나의 정적이 지나고 가나타가 살짝 고개를 끄덕이자, 역시…… 하고 아라타는 말했다.

"그럼……."

"근데."

"어?"

"너 대신, 어쩌고 하는 건 하지 않을 거야."

"가나타……."

"알잖아? 아사히가 좋아하는 사람은 너야. ……내가 꼭 이런 걸 말로 해야 돼?"

"……미안."

가나타는 자리에서 일어나더니 아라타의 머리를 톡 쳤다.

"그리고 말이지, 나 꽤 좋아해. 너희가 함께 있는 모습을 보는 거."

"아……."

"결론은 네 옆에서 웃고 있는 아사히를 좋아하는 거라고. 나는."

쓸쓸해 보이는 얼굴로 가나타는 미소 짓는다.

"그러니까 제대로 아사히를 소중히 대해줘. 너라서 내가 아사히를 포기할 수 있는 거니까."

"가나타……."

"이래 봬도 너희를 응원한다고."

그리고…….

"얼른 각오해. 아사히는…… 절대 포기하지 않을 거니까."

그렇게 말하고 가나타는 아라타의 방을 나갔다. 가나타가 사라진 방에서는 아라타가 작게 중얼거리는 소리가 들렸다.

"……알고 있어."

그 목소리를 들은 가나타는 안심한 듯한 표정을 보이고는 계단을 내려갔다.

✿ ✿ ✿

잠에서 깨자, 스마트폰에 메시지가 도착했음을 알리는 램프가 깜빡이고 있었다.

괜찮아?

그것은 예나 지금이나 다정한 친구에게서 온 메시지였다.

"가나타……."

적당하게 할 말을 찾지 못해, 썼다 지우고…… 다시 썼다 지우고…… 결국 나는 짧은 문장을 가나타에게 보냈다.

상의하고 싶은 게 있어. 오늘 시간 있어?

……오늘은 히나랑 약속이 있어서 힘들 것 같아.
내일은 어때? 지난번 그 공원에서.

"내일……."

즉각 온 답장을 보고 혼자 중얼거렸다.

사실은 지금 당장이라도 이야기를 들어줬으면 좋겠다. 어떻게 하면 좋을지 같이 생각해줬으면 좋겠다. 하지만 가나타에게는 가나타의 현재가 있다. 그것을 내가 망쳐서는 안 된다.

고마워. 그럼 내일 공원에서 보자.

메시지를 보내고 휴대폰 화면을 껐다. 책상 위에는 아라타의 일기장이 있을 것이다. 그렇지만 가나타에게는 아무리 강한 척해 보여도 아까 있었던 사건을 한 번 더 글자로 받아들일 수 있을 만큼 나는 강하지 않았다.

결국, 토요일에는 아무것도 할 마음이 들지 않아 축 늘어져서 하루를 보냈다. 일기장을 펼치지도 않았다. 그리고…….

"아사히!"

"미유키……, 미안. 휴일에 불러내서."

"무슨 소리야! 안 부르면 더 화낼 거야."

"고마워……."

일요일, 가나타와 만나기로 한 공원으로 미유키와 함께 향했다.

"아, 벌써 가나타 와 있네. 오래 기다렸지?"

"아냐, 제시간에……. 어? 미유키도 왔네."

"당연하지! 네가 불리는데 왜 내가 안 불린다고 생각했어?"
"그런 건 아니지만……."
티격태격 주고받는 미유키와 가나타의 모습을 보니 마음이 놓인다. 그리고 아라타가 죽었다는 건 악몽이고, 지금이라도 "뭐 하는 거야……" 하고 웃으며 어디선가 나타날 것만 같은 기분이 든다. 그런 일이 있을 리 없겠지만.
"미안, 가나타. 쉬는 날에……. 오늘은 히나랑 약속 없었어?"
"응, 오늘은 괜찮아. 나야말로 어제 미안했어. 도저히……."
"아냐, 히나와의 약속을 우선시해야지, 그게 당연한 거야."
미안한 듯 말하는 가나타를 서둘러 만류하고, 나는 미유키 쪽을 향했다.
"있잖아, 미유키……. 미유키가 알고 있는 과거에서 나랑 아라타는 언제 헤어졌어……?"
"헤어진 건 중학교 3학년 3월. 그런데……."
"그런데?"
"분명히 한번…… 며칠인가 헤어졌던 것 같아. 언제였는지는 잘 모르겠지만, 아라타한테 물어보니 헤어졌다고 하길래. 그런데 금방 다시 원래대로 돌아왔으니까……."
"그게 언제였는지 알아?!"
미유키의 말에 나도 모르게 큰 소리를 내자, 미유키는 진정해, 라며 잠시 생각에 잠기듯 침묵했다. 그리고…….
"으음……. 미안, 기억이 안 나. 그저, 항상 함께 있던 너희가 따로따로 있던 게 인상적이라 기억한 것뿐이라……."

"그렇구나……. 고마워."

기억이 바뀌지 않은 우리에게는 없는, 바뀐 뒤의 새로운 과거의 기억.

"가나타가 메시지를 보낸 건…… 일기가 바뀌었기 때문인 거지?"

"정확하게는 바꿔 쓰여 있었다는 거지만. 병의 문제로 두 사람이 다퉜다고 쓰여 있길래 궁금해져서."

"……어떻게 해야 아라타는 병에 관한 이야기를 나한테 털어놓을까."

내가 중얼거리자 두 사람 다, 곤란한 얼굴을 하고 말이 없어졌다.

"아마도…… 어렵지 않을까."

"가나타……?"

가나타는 단어를 고르듯 말한다.

"그 시절의 아라타는 자기 때문에 주위 사람들이 우는 걸 굉장히 싫어했어. 부모님을 마음 아프게 한다는 걸, 앞으로도 그럴 거라는 걸……."

"아라타……."

"그러니 그 녀석 입으로는 아사히에게 말할 수 없을 거야. 마음 아프게 할 사람을 늘리고 싶지 않을 테니까……."

아라타를 떠올리는지 가나타는 괴로운 듯 얼굴을 일그러뜨렸다. 가나타의 마음은 이해한다. 이해하지만!

"그래도! 나는 알아야 해. 알아서, 아라타와 함께 나아가야 한다고!"

"아사히……."

"마음 아파도 괜찮아. 그보다도 더 싫은 건 아라타를 잃는 쪽이야."

"아사히……. 아사히는 강해."

그렇게 말한 가나타의 말투가 그날의 가나타와 겹쳐졌다. 그래서 나는 부인한다.

"강해서 그런 거 아냐."

"어……?"

"강해서 그런 거 아니야. 실은 나도 무서워. 아라타를 잃는 것도 아라타가 병으로 괴로워하는 모습을 보는 것도 전부 다 무서워."

지금도 너무나 무서워서 일기장을 펼칠 수 없을 만큼 겁쟁이다. 과거의 아라타에게 있어야 할 미래를 지워버릴 뻔했던 것이 온몸이 떨릴 만큼 무섭다.

"그럼……."

"하지만 현재의 나는 알고 있으니까. 가장 괴롭고 힘든 아라타의 죽음을 알고 있으니까…… 그래서 아라타와 싸우는 정도는 아무것도 아니야. 왜냐면…… 싸우고 아라타가 나를 싫어하게 되더라도, 나나 아라타가 죽는 건 아니잖아?"

"너는……."

"너……."

내 말에 두 사람은 슬퍼 보이면서도 어딘가 웃긴 것 같은 그런 표정을 짓고 있었다.

"어, 왜 그래? 내가 이상한 말 했어?"

"못 당하겠네……. 미유키, 어떻게 좀 해봐."

"이건…… 아라타밖에 못 해."

"그렇지……? 당장 책임져야겠네."

"뭐, 뭐야? 두 사람?"

얼굴을 마주 보며 어이없다는 듯 키득키득 웃는 둘에게 나는 어떻게 해야 할지 몰라 물었지만, 둘은 무슨 이야기인지 가르쳐주지 않았다.

"그렇게 이상한 말을 한 것 같진 않은데……."

두 사람의 태도가 이해되지 않아 작게 중얼거린 나에게, 둘은 어딘가 슬픈 표정으로 다정하게 미소 지었다.

4월 30일

하룻밤 입원했다가 저녁에 집에 돌아왔다.

퇴원 전에 의사 선생님에게 야단맞았다.

좀 더 자신의 몸을 소중히 하라고.

주위 사람들이 나를 얼마나 소중하게 여기는지 아느냐고.

……내 고집 때문에 또 마음을 아프게 해버렸다.

그런데 지금보다 더 마음 아프게 할 사람을 늘리라고?

아무것도 생각하지 않고 즐겁게 함께 있을 수 있으면 그걸로 좋았다.

내 병을 공유하고 싶은 생각 따위 없다.

그보다도 그저 함께 웃어주길 바랐다.

옆에 있어 주는 것만으로 좋았다.

집에 돌아와 아라타의 일기장을 펼치자, 바뀌기 전보다 더 힘들어 보이는 아라타의 글자가 눈에 들어왔다. 괴롭게 만든 것은 나다.

"내가 잘못 생각했던 건가……."

가나타와 미유키에게 전한 말은 진심이다. 아라타가 죽었을 때 받은 고통에 비하면, 싸우는 것 정도는 아무것도 아니다. 하지만 그런 내 감정이 아라타에게는 오히려 피해를 주는 거였을까. 아라타를 괴롭히기만 하는 걸까…….

"모르겠지만…… 아무튼 앞으로 나아가야 해."

멈춰 있기만 해서는 아무것도 바뀌지 않으니까. 그렇게 생각하면서 나는 다음 페이지를 펼쳤다.

5월 1일

학교에서 아사히와 만났지만 아무 말도 하지 않았다.

뭔가를 말하고 싶은 것처럼 나를 봤지만…… 아무 말도 할 수 없었다.

미유키가 "싸우기라도 한 거야?" 하고 묻길래 "헤어졌어"라고 했다가 가나타에게 한 대 맞았다.

……다들 친구를 소중히 여기는구나.

아사히와 제대로 이야기하라는 말을 들었지만…… 이미 끝났다.

며칠 간이었지만 아사히와 어울려서 즐거웠다.

내일만 지나면 연휴다.

분명 시간이 조금 지나면…….

탁, 하는 소리와 함께 일기장을 덮는다.

"어떻게 하면 아라타가 스스로 이야기해줄까……."

방의 불을 끄자 책상 위에 놓인 일기장이 달빛을 받아 빛나고 있었다.

"어쨌든 한번은 아라타를 만나서 이야기를 하는 거야……."

침대에 누워 눈을 감았다.

✿ ✿ ✿

잠에서 깬 다음, 평소처럼 준비해 학교로 향한다.

"없어……."

일기장에서 오늘은 아라타가 학교에 오는 것으로 되어 있었다. 하지만 약속 장소에는 아무도 없었다.

"그렇지……. 헤어졌다고 했었으니까."

가슴에 찌르르한 통증이 느껴진다.

"생각했던 것보다…… 힘드네……."

눈물이 날 것 같은 걸 꾹 참는다. 정신을 놓으면 눈물이 멈추지 않을 것 같으니까. 번진 눈물을 소매로 닦고 나는 혼자서 학교 가는 길을 걸었다.

교실에 도착하자 반 친구들의 목소리가 여기저기 난무하는 속에, 혼자 조용히 앉아 있는 아라타의 모습이 눈에 들어왔다.

"……안녕!"

아라타 쪽을 향해 말을 걸자 순간 깜짝 놀란 얼굴을 하고 아라타는 내게서 얼굴을 돌렸다.

"……."

"오늘은 학교에 올 수 있어서 다행이다!"

"……."

"어제 준 프린트 다 했어? 그거 오늘 제출이야!"

"……."

계속 말을 거는 나에게 한 마디도 대꾸하지 않는 아라타. 그럼에도 굴하지 않고 계속 말을 건다. 그런데 아무리 말을 걸어도 아라타가 대답하는 일은 없었다.

"저기, 너희들 싸우기라도 했어?"

"어……?"

"오늘은 아라타랑 전혀 같이 있지 않길래."

"……뭐, 그냥 좀……."

쉬는 시간마다 아라타에게 가려고 하는데, 나를 피하듯 교실을 나가 버린다. 그런 탓에 점심시간이 다 된 지금까지 한 번도 아라타와 이야기하지 못했다.

"어차피 아라타가 뭔가 잘못 한 거 아냐?"

"……아니, 그런 건 아닌데……. 괜찮아. 걱정해줘서 고마워."

걱정스러운 듯 나를 보는 히나와는 대조적으로 미유키는 화가 난 듯한 표정으로 아라타 쪽으로 걸어갔다.

"아라타!"
"……왜."
"뭐 때문에 싸웠는지 모르겠지만, 아사히 울리면 가만 안 있을 거야?!"
"……싸운 거 아닌데."
아라타를 몰아세우는 미유키를 부랴부랴 뒤쫓아가자, 아라타는 나를 힐끗 보더니 미유키에게 말했다.
"우리 헤어졌어."
"뭐……?"
"그래서 같이 안 있는 것뿐이야. 그럼."
그렇게 말하고 아라타는 자리에서 일어났다.
"잠깐만! 어디 가……."
"……집에 가. 볼일이 있어서."
내 쪽을 보지 않고, 아라타는 가방을 들고 교실에서 나가버렸다. 남겨진 나를 미유키가 걱정스러운 표정으로 바라본다.
"……어제, 저기……좀 싸워서……. 그래서……."
"그래서라고……? 너 괜찮아?!"
"안 괜찮아!"
"아사히……."
얼떨결에 큰 소리를 내버린 나에게 반 친구들의 시선이 몰린다.
"……미안."
자리로 돌아가자, 사정을 모르는 히나가 무슨 일이 있었느냐고 물어왔지만 나는 아무것도 대답할 수 없었다.

그 후, 몇 번인가 문자 메시지를 보내봤지만 답장은 오지 않았다. 가나타의 전화도 받지 않는 모양이다.

"……오늘 병원 가는 건가?"

"아니, 그런 말 못 들었는데……. 하긴, 나한테 전부 다 말한다고는 할 수 없지만."

방과 후, 동아리 활동에 가는 미유키와 히나를 보내고 나와 가나타는 아무도 없는 교실에 남았다.

"어떻게 할래? 오늘도 집에 가볼래?"

"……문을 안 열어줄 것 같은데."

농담으로 말한 내 말에 가나타는 미간을 찡그린다. 그리고 말하기 곤란한 듯, 말했다.

"난 있지. 어려울 거라고 생각해."

"어?"

"아사히는 아라타가 직접 말하게 하고 싶겠지만…… 분명, 그 녀석은 말 안 할 것 같아."

아, 역시 가나타는 가나타다.

"그래서 말인데…… 나한테 생각이 있어."

지금도 과거에도, 변함없이 나를 생각해준다.

"아라타 앞에서 너에게 병에 관한 이야기를 할게."

"엇……."

순간, 말문이 막힌 나에게 가나타는 생각해보라는 말을 남기고 돌아갔다. 나는 아직 어떻게 할지 정하지 못했다.

✽ ✽ ✽

"그렇게까지 가나타에게 의지해도 괜찮은 걸까……."

잠에서 깨고, 일기장을 확인하면서 나는 혼잣말을 했다. 일기장의 내용은 거의 바뀌지 않고 그대로였다.

"어떻게 하면 좋을까……."

가나타의 제안을 승낙하면, 아라타의 병에 관한 이야기를 내가 알게 되는 계기가 될 수 있다. 그런데 그렇게 하면 가나타가 미움을 사는 역을 떠맡게 된다.

"12시구나……."

시간을 확인하니 아직 한밤중이었다. 아직 어떻게 할지 완전히 정하지 못했지만 나는 다음 페이지를 넘겼다.

5월 2일

이제 일기 쓰는 것을 그만둘까 싶다.

이 일기장에는 아사히에 대한 마음이 너무 가득하다.

그것이 아프다.

펼칠 때마다 얼마나 아사히를 좋아하고, 얼마나 생각하고 있는지 그 사실을 눈앞에서 맞닥뜨리게 된다.

아사히, 미안해.

아무런 방해 요소 없이 아사히와 함께 있고 싶었어.

불안감 따위는 떠안지 않고 즐겁게 보내고 싶었어.

그저 순수하게 아사히를 좋아한다고 말하고 싶었어.

이것이 마지막으로 너에 대한 내 마음을 담은 일기가 될 거야.

정말 많이 좋아했어.

안녕.

일기장에 적힌 내용에 나는 충격을 받았다. 과거가 달라져 있었다.

"어째서…… 왜, 이런……."

내 행동으로 과거가 크게 달라지고 말았다. 이대로라면 아라타와의 과거를 바꾸기는커녕 우리가 사귀었던 3월까지의 일들도 없었던 것이 되어버린다!

"그런 거, 싫어!"

일기장을 덮고 다시 한 번 침대에 누워 나는 눈을 질끈 감았다.

"가나타, 미안……."

다정한 친구에게 사과의 말을 보내고 나는 과거를 바꾸기 위해 꿈속으로 돌아갔다.

✽ ✽ ✽

이날도 변함없이 학교에서 아라타는 내 쪽을 쳐다보지 않았다.

"……어디가 좋을까?"

"역시 집이 좋지 않아?"

"근데, 들어가게 해줄까……?"

쉬는 시간을 이용해 가나타와 상의한다.

아라타가 아닌 가나타와 함께 있는 나를, 미유키와 히나는 의아하다는 듯 봤지만 나는 그런 걸 신경 쓸 때가 아니었다.

"근데 아라타가 그렇게 골똘히 생각하고 있을 줄은……."

"누구 맘대로 끝이래, 그렇게 못 하게 할 거야……!"

걱정스러운 듯 아라타를 보는 가나타에게 나는 말했다.

"지금부터 즐길 일들이 아직 한참 남아 있다고! 둘이서 보내온 많은 추억을 없었던 일로 만들지 않을 거야!"

"……응, 그렇지."

그렇게 말하면서 가나타는 아라타에게서 내 쪽으로 시선을 돌린다.

"방과 후에 말이야."

"어?"

"집에 가는 길에 잡아두자. 그래서 이야기하는 거야."

"응……. 미안해, 너까지 끌어들여서……."

"괜찮아. 너희 두 사람이 다시 웃었으면 좋겠어."

웃는 가나타의 얼굴이 어딘가 슬퍼 보여서 나는 아무 말도 할 수 없었다.

"일단은 우리 둘이서 먼저 이야기를 하게 해줬으면 좋겠어."
그렇게 전하자, 예상했다는 듯 가나타는 고개를 끄덕인다.
"그렇게 말할 줄 알았어."
"미안해. ……그리고 고마워."
가봐, 하는 가나타의 목소리를 뒤로 하고, 나는 공원 근처를 걷는 아라타를 향해 달렸다.
"아라타!"
"……얘기 좀 하고 싶어."
"……난 더 이상 할 얘기가……."
"아라타에게는 없어도! 나한테는 있어!"
나의 서슬에 기가 눌렸는지 아라타는 고개를 숙이고 작은 소리로 말했다.
"잠깐이라면……."
"고마워."
둘이 나란히 공원 벤치에 앉는다.
"……몸은 좀 괜찮아?"
"어?"
"어제 중간에 집에 가서, 몸이 안 좋은가 싶어서."
"……괜찮아. 고마워."
"다행이다……."
"……."
"……."

대화가 도중에 끊어진다.

“할 얘기 없으면…….”

“아라타.”

마음이 영 불편해 보이는 얼굴을 한 아라타가 무언가를 말하려는 걸 가로막고, 나는 아라타에게 물었다.

“다시 한 번 묻고 싶어. ……아라타는 나한테 뭔가 숨기는 거 없어?”

“갑자기 왜…….”

“아라타가 줄곧 혼자서 괴로워 보이는 얼굴을 하고 있다는 걸 알았어. 그러니 알려줬으면 좋겠어. 아라타를 좋아하니까.”

“엇…….”

가만히 아라타의 손을 잡는다.

“나는 아라타가 생각하는 것만큼 약하지 않아. 아라타와 함께 걸어가고 싶어. ……이렇게 손을 잡고.”

“아사히…….”

“그러니까…… 알려줬으면 좋겠어.”

아라타의 눈동자가 흔들리는 것이 보였다. 그러나…….

“미안.”

눈을 꼭 감더니 내 손을 뿌리치고, 아라타는 말했다.

“아사히를 좋아하기 때문에 더더욱 말할 수 없어. 말하고 싶지 않아. ……내 고집이야. 내가 싫어진다고 해도 상관없어.”

“아라…….”

"나는 아사히의 옆에 있어 줄 수가 없어! 그러니까 이제 나는 잊어……."

"그런 녀석은 이제 그냥 포기해."

"……가나타?"

"앗……?!"

갑자기 나타난 가나타는 내 손을 잡더니 몸 전체를 끌어당겼다.

"그렇게까지 말하니 싫어해주면 되겠네. 어차피 이 녀석은 아무것도 할 수 없으니까."

"무슨 말을……."

"그렇지, 아라타? 아사히한테 미움받고 싶은 거지? 그럼 내가 말해 줄게."

"그만……!"

"아사히, 이 녀석 말이지."

창백한 얼굴을 한 아라타가 가나타에게 덤벼들려고 하지만 그것을 피해 진지한 얼굴로 가나타는 말했다.

"이제 곧 죽어. 심장병으로 말이지. 그래서 함께 있어 봤자 별 볼 일 없다는 거야."

"너……!"

"……저기, 아사히. 아라타 말고 나랑 사귈래?"

"……어?"

예상치도 못한 말을 가나타가 하기 시작했다.

"나는 아사히를 마음 아프게 하지 않을 거야. 슬픈 얼굴도 하게 하지 않을 거야. 그리고 아라타도 그렇게 해도 된다고 말했어."

"아라타……?"

가나타의 말에 아라타를 쳐다보자 아라타는 내 시선을 피했다.

"저기, 있지. ……이제부터는 내가 쭉 아사히의 옆에 있을게."

그렇게 말하고 가나타는 나를 끌어당겨 안고 키스를, 했다.

키스라고 생각했다. 하지만 입술이 닿기 바로 직전에 내 입술은 가나타의 오른손으로 가려졌다. ……아라타에게는 보이지 않을 각도에서.

"읍……!"

"쉿……"

허둥대는 나에게 윙크를 하더니 가나타는 아라타 쪽을 향했다.

"이게 네가 바라는 거지? 내가 그 소원 이뤄줄게. 그 대신……."

그렇게 말하고 한 번 더 얼굴을 가까이 댄다. 엉겁결에 눈을 꽉 감아버린 나에게 가나타가 슬쩍 웃는 것 같았다.

그 순간, 뭔가가 부딪친 듯한 둔탁한 소리가 바로 옆에서 들렸다.

"엇……?!"

"윽……!"

"아사히한테서 떨어져!"

눈을 뜨자 뺨을 매만지며 주저앉은 가나타와, 본 적 없는 표정으로 분노한 아라타의 모습이 보였다.

"뭐야……. 네가 바란 게 이런 거 아냐?"

"아니야! 나는…… 나는……."

"뭐가 아니야! 네가 아사히한테서 도망쳤다는 건! 누군가에게 아사히를 빼앗기고, 아사히가 누군가를 향해 웃어도 괜찮다는, 그런 거라고!"

"나…… 나는……."

"그런 거……! 너도! 아사히도 바라지 않잖아……!"

가나타는 일어서서, 멍하니 서 있는 아라타를 쳐다봤다.

"그리고, 그런 각오를 할 정도라면 아사히와 진정한 의미에서 마주할 각오를 하라고."

"진정한 의미……."

"너는 아직 안 됐을지 모르겠지만, 아사히는 이미 한참 전에 그 각오를 했단 말이야!"

가나타는 토해내듯 말하고, 공원 출구 쪽을 향해 걷기 시작했다.

"가나타……!"

그런 가나타를 엉겁결에 불러 세웠다. 뒤를 돌아 나를 보더니, 가나타는 얻어맞은 뺨을 만지며 일그러진 웃는 얼굴로 말했다.

"이제 괜찮을 것 같으니까 나는 돌아갈게."

"고마워……."

"저 녀석, 말이야. 바보 같고 패기도 없고 뭐든 혼자 다 끌어안으려고 해서 골치 아픈 녀석이지만…… 좋은 놈이야. 내 둘도 없는 친구, 잘 부탁해."

공원에 남겨진 것은 우리 두 사람뿐이다.

"……."

"아사히, 나……."

무언가를 말하려는 아라타의 손을, 나는 다시 한 번 꼭 잡았다.

"아라타……, 나는 너를 좋아해."

"아사히……."

"그것만으로, 안 돼? 좋아하니까 옆에 있고 싶어. 그럼 안 되는 거야?"

"……아까 한 얘기, 들었지?"

힘겹게, 아라타는 말한다.

"가나타가 말한 대로, 난 병이 있어. 그것도…… 앞으로 몇 년이나 버틸지 알 수 없는. 그런 놈이랑 같이 있어 봤자……."

"그래도! 나는 아라타와 함께 있고 싶어!"

"아사히……."

"힘들고 괴로운 날이 있을지도 몰라. 슬퍼할 때가 올지도 모르지. 그래도! 그래도! ……나는 아라타와 함께 있고 싶어."

울고 싶진 않은데, 눈물이 흘러나온다. 분명하게 말하고 싶은데, 목소리가 점점 잠긴다.

"아라타가 힘들어하는 것도 모르고, 아라타가 없는 생활을 하며 웃는 거…… 그런 건 전혀 행복하지 않아!"

"……."

"옆에 있게 해 줘! 아라타 옆에서 즐거운 추억, 행복한 추억을 만들고 싶어! 사소한 일로 싸웠다가 화해도 하고 다시 또 웃고 싶어! ……몇 번이고 몇 번이라도, 아라타에게 좋아한다고 전하고 싶어……."

"아사히……, 미안해."
"흑……!"
미안하다는 아라타의 말에 이래도 내 마음이 닿지 않는구나, 이렇게까지 고집스럽게 거절하는구나 싶어 슬픔인지 후회인지 알 수 없는 감정이 복받쳐 온다.
'이렇게 해도 안 된다면…… 어떻게 하면 좋지…….'
그렇게 생각한 순간, 어떤 부드러운 온기가 내 몸을 감쌌다.
"아라……타?"
"미안, 정말 미안해! 나…… 나……!"
"아라타……."
가늘게 떨리는 아라타의 몸……. 나는 그 등에 손을 뻗어 아라타를 살며시 안았다.
"아사히……."
"괜찮아. 나는 무슨 일이 있어도 아라타의 곁에 있을 거야. 아라타 옆에서 웃을 거니까…… 그러니까 함께 있게 해줘……?"
응, 하고 끄덕이는 아라타의 뺨으로 흐르는 눈물이 내 어깨를 적셨다.

얼마의 시간을 그렇게 있었을까. 몸을 가만히 떼는 아라타의 눈은 조금 빨개져 있었다.
"미안해……."
"괜찮아?"
"……난, 도망쳤던 거야."

“…….”

“아사히를 위한다는 핑계로…… 사실은 내가 아사히에게 병을 털어놓기가 무서웠던 것 같아.”

한 마디 한 마디, 아라타는 짜내듯이 말하기 시작했다.

“내 병을 알고 난 뒤로 엄마가 줄곧 운다는 걸 알고 있었어. 그래서 아사히도 울리고 싶지 않았어. 그것도 진심이야. ……하지만.”

“하지만……?”

“사실은 아주 알량한 자존심이었던 거야. ……웃기지?”

“안 웃겨.”

“……아사히한테 아픈 사람 취급받고 싶지 않았어. 불쌍한 놈으로 여겨지기 싫었어. 동정 어린 시선으로 보이고 싶지 않았어.”

“아라타…….”

아라타가 아플 정도로 세게 자신의 손을 잡길래, 그 손에 가만히 내 손을 포갰다. 그런 내 온기에 아라타는 힘없이 웃었다.

“대하기 까다로운 사람처럼 취급받고 싶지 않아. 아사히와는 서로 웃고 병에 관한 건 아무것도 신경 쓰지 않고 그냥 나 자신으로서 곁에 있고 싶었어.”

“불쌍하다고 생각하지 않아.”

“아사히……?”

“그래도 걱정은 하게 해줬으면 좋겠어.”

아라타의 마음에 닿았으면 좋겠다. 내가 아라타를 얼마만큼 생각하고 있는지. 얼마나 아라타가 필요한지…….

"예를 들어, 아라타도 내가 감기에 걸려 끙끙 앓으면 걱정할 거잖아? 다리가 골절되면 뛰지 말라고 말할 거잖아? 그거랑 똑같아."

"……."

"아라타의 옆에서 웃고 다투기도 하고, 심장에 관한 것만이 아니라 감기에 걸리면 걱정해주고 넘어지면 손 내밀어주고……. 그렇게 아라타의 가장 가까운 곳에서 아라타와 함께 있고 싶어."

"아사히……."

아라타의 꽉 잡은 손을 풀고 나는 내 손을 잡게 했다.

"이렇게 손을 잡고 함께 걸어가고 싶어."

"……죽을지도 몰라."

"미래는 누구도 알 수 없는 거야."

"……."

"예를 들어, 내일 교통사고를 당할지도 모르고, 갑작스러운 병으로 죽을지도 몰라. 어쩌면…… 버스 납치에 휘말릴지도 모르지."

"훗……, 버스 납치라니……."

얼토당토않은 비유에, 생각지도 못했다는 듯 아라타가 웃는다.

"하지만 그런 말을 해봤자 아무것도 되는 건 없어! 나는…… 내가 가장 함께이고 싶은 사람과 있고 싶어! 아라타와 함께 있고 싶어!"

"아사히……."

"아라타가 함께 있고 싶은 사람은 누구야?"

"……아사히"

"곁에 있어 주길 바라는 사람은……?"

"전부…… 다, 아사히야!"

그렇게 말하고…… 아라타는 다시 한 번 나를 힘껏 껴안았다.

꼭 안은 팔이 풀어지자, 우리는 얼굴을 마주 보며 서로 웃었다.

"말해줘서 고마워."

"어……?"

"병에 관해서…… 알려줘서, 고마워."

"……늦게 말해서…… 미안해."

그 시절에는 몰랐던 병을 지금의 나는 알 수 있었다. 이것은 커다란 변화다. 아라타가 먼저 병에 관한 걸 이야기해준 것이 아니라는 점이 조금 마음에 걸리지만, 분명 관계를 구축하지 못했더라면 아무리 가나타가 도와줬더라도, 말해주지 않았을 거라고 생각하니까. 아라타. 지금이라면…… 아무 말도 없이 그대로 사라지지는 않겠지?

"그래도 정말 미안해!"

"응?"

갑자기 눈앞에 있는 아라타가 머리를 숙였다.

"내가 좀 더 일찍 아사히에게 말했더라면…… 가나타한테 키스, 당하는 일도 없었을 텐데……."

"어……?"

"나 때문에…… 네가……."

손톱이 꾹 들어갈 정도로 주먹을 꽉 쥐면서 아라타가 몇 번이나 사과하길래, 나는 당황해서 부랴부랴 그 말을 바로 잡았다.

"키스 안 했어!"

"응?! 아니, 아까……."

"그건…… 가나타가 우리한테 연극한 거야."

조금 전 사건의 진상을 알려주자, 아라타는 안심했다는 듯 숨을 내쉬었다.

"뭐, 뭐야……. 그랬구나. 난 진짜로 가나타가 아사히한테, 그…… 키스, 한 줄 알고……."

"아무리 아라타를 위해서라지만, 가나타도 좋아하지도 않는 사람한테 키스를 하진 않아……."

쓴웃음을 짓는 나를 보며 아라타는 미간을 찌푸린다.

"아라타……?"

"……아니, 아무것도 아냐."

그렇게 말하고 아라타는 고개를 숙였다. 그런 그에게 누가 뭐래도 전하고 싶었다. 지금 나의, 아라타를 향한 이 감정을.

"나는 너밖에 안 보여. 너만 좋아해."

"응……."

"그래서 이렇게 지금 여기에 있는 거야."

"아사히……."

고개를 든 아라타의 뺨에 손을 대고, 나는 미소 지었다.

"이렇게 아라타를 좋아하는 내 감정을, 의심하지 마."

"……미안해."

"사랑해."

"나도…… 사랑해."

빰에 댄 내 손에 아라타의 손이 포개진다. 꼭 쥐어진 손에서 아라타의 체온이 느껴진다.

"아라타……?"

내 손을 꼭 붙들더니, 약간 발그레해진 아라타의 얼굴이 다가오고, 우리는 석양이 지는 공원에서 달콤하고 쌉싸름한, 그러면서도 어딘가 슬픈 키스를 했다.

❀ ❀ ❀

눈을 떴다. 현재로 돌아왔음을 확인하고, 스스로를 끌어안았다.

"아, 마침내 여기까지 왔어……!"

마침내, 드디어다. 여기서부터가 진정한 의미에서의 시작이라고 생각한다.

"이걸로, 아라타가 아무 말도 없이 3월에 사라져버리는 일은 없겠지……."

어쩌면 벌써 바뀌어 있는지도 모르겠다.

"미유키한테 확인해야겠다……."

스스로는 알 수 없다는 것이 답답하다.

"아, 근데…… 아직 6시밖에 안 됐구나……."

아무래도 연락하기엔 너무 이른 시간이라 스마트폰으로 뻗으려던 손을 거두고, 나는 책상 위에 놓아둔 일기장으로 향했다.

5월 2일

결국 아사히가 내 병에 대해서 알아버렸다.

……하지만 오히려 잘 된 일일지도 모른다.

그렇게 고집스럽게 숨겼었는데…… 지금은 마치 거짓말처럼 개운해졌다.

게다가 아사히가 고맙다고 말해줬다.

이렇게 무거운 짐을 함께 지게 만들었는데…….

……어쩌면 나는 말하고 싶었던 걸지도 모른다.

다 말하고, 그래도 내 옆에 있어 주겠다는 아사히의 말을 듣고 싶었던 걸지도…….

아사히, 사랑해.

지금까지도, 그리고 앞으로도 영원히 아사히를 사랑해.

그리고 가나타 때문에 고민했는데, 저녁 무렵, 아무렇지 않은 얼굴로 가나타가 집에 왔다.

잘 됐다며, 가나타는 웃고 있었다.

녀석에게는 미안하게 생각한다. 그래도…….

정말, 정말로 고마워.

"다행이다……."

일기에 적힌 문장을 읽으면서 조금 전까지 있었던 일을 떠올린다. 아라타, 그리고 타인의 일에 최선을 다해 배려한 친구의 모습을.

"나도 가나타에게 고맙다고 말해야지……."

가나타가 없었다면 그런 식으로 아라타가 마음을 전하는 일이 없었을지도 모른다. 그런 생각을 하면서 일기장을 덮고, 조금 이르지만 학교에 갈 준비를 시작했다.

"안녕, 미유키!"

"안녕? 엄청 기운이 넘치네."

교실에 들어온 미유키를 붙잡고, 나는 어젯밤 꿈 이야기를 했다.

"그렇구나……. 드디어 거기까지 갔네."

"응! 그래서 미유키한테 물어보고 싶었어."

"내가 알고 있는 과거가 어떻게 됐는지 말이지?"

그렇게 말하고 미유키는 눈썹을 살짝 찡그렸다.

"미유키……?"

"흥분하지 말고 들어. ……내 기억 속의 두 사람은 역시 3월에 헤어졌어."

"그럴 리가……!"

나도 모르게 큰 소리를 내는 바람에 미유키가 저지한다.

"흥분하지 말라고 했잖아. ……내 생각에 그 부분은 아사히 자신이 바꾸지 않는 한 달라지지 않는 게 아닐까 싶어."

"무슨 말이야……?"

"이만큼 노력해왔지만, 헤어진 사실만큼은 변함이 없어. 그렇지?"

"응……."

"그 말은, 아사히 자신의 말로 3월 그날의 아라타의 결심을 바꾸지 않는 한 그 이후의 일은 바뀌지 않는게 아닐까 싶어."

"나 자신의 말로……."

미유키가 한 말을 되풀이한다.

그 의미를 이해하기 위해.

"그리고, 네 기억은 업데이트되지 않는 게 확실하지?"

"어? 응, 맞아……."

"그렇다면 혹시 지금의 상태로 바뀌었다고 한다면, 설령 나한테 그 얘길 들어도 아사히 안에는 아무런 추억도 없는, 단순한 기록일 뿐인 거잖아?"

"단순한…… 기록……."

내 안에는 아라타와 헤어지고 난 뒤의 3년간의 기억, 그리고 바뀐 새로운 과거의 기억이 있다. 그 기억밖에 없는 것이다.

따라서 만약 지금 나의 행동이 계기가 되어 아라타와의 과거의 관계가 바뀐다고 해도 바뀌고 난 그 후의 기억은 나에게 존재하지 않는다.

"그러니까, 달라진 게 없는 건 그것대로 결과적으로 좋은 거라고, 생각하면 되지 않을까?"

"미유키……."

"자신의 과거를 자기 자신이 모른다는 건…… 슬프기만 할 뿐이야."

"그렇지……."

그럼, 과거의 기억이 다시 채색된 미유키는. 순간, 뇌리를 스친 말을…… 나는 입 밖으로 꺼낼 수 없었다. 그것은 분명 미유키 자신도 느끼고 있을 테니까…….

"……."

미유키는 말문이 막힌 내게 미소를 짓고 말했다.

"어쩔 수 없네……. 가나타한테는 알렸어?"

"어?"

"아라타와의 일. 가나타 쪽에서도 알 수는 있을 것 같지만…… 일단 알려두는 편이 좋지 않아?"

"그렇……겠지. 나중에 메시지 보낼게."

그렇게 말하는 나에게 미유키는 다시 한 번 미소를 짓고 자기 자리를 향해 걸어갔다. 나는 그런 미유키의 뒷모습을 바라볼 수밖에 없었다.

무사히 아라타의 병에 관한 이야기를 들었어.
결국, 과거의 가나타에게 도움을 받았어. 고마워, 그리고 미안해.

1교시가 시작하기 전에 가나타에게 메시지를 보낸다. 곧바로 읽었다는 표시가 떴다.

그리고 단 한 마디.

축하해.

그렇게 적힌 메시지가 도착했다.

방과 후, 나는 어쩐지 곧장 집으로 갈 기분이 안 들어서 조금 배회하기로 했다.

"아……."

정신을 차리고 보니 나는 그 공원에 있었다. 과거에 아라타와 마음을 서로 확인했던, 그 공원.

"여기서……."

벤치에 앉으니 아라타와 나눴던 키스가 머릿속을 스친다.

"흑……!"

나도 모르게 얼굴을 가린 손 안에 눈물이 흘러넘친다.

"끅……. 아라타……!"

어제 이곳에서 아라타와 키스를 했다. 하지만 오늘 아라타는 이곳에 없다.

"흑…… 흑……, 아…… 라……."

아라타와 마음이 통하면 통할수록 아라타가 점점 좋아진다. 아라타를 좋아하면 할수록 현실이 괴롭고 슬프다…….

"차라리…… 잠에서 깨지 않으면 좋을 텐데……."

몇 번이고 몇 번이고 했던 생각을 무심코 입 밖으로 꺼냈다. 차라리 그대로 잠에서 깨지 않으면…… 영원히 과거에 있을 수 있다면……. 만화나 영화에 자주 나오는 타임슬립 이야기는 과거나 미래에 계속 있을 수 있던데…… 어째서 나는 '현실'로 돌아오게 되는 걸까.

왜 이렇게 마음 아파해야 할까……. 아무리 생각해도 답은 나오지 않는다. 나올 리가 없다.

"……돌아가자."

집으로 돌아가자. 아라타가 있는 그 세계로 돌아가자. 터벅터벅 공원 출구 쪽으로 걸어간다. 뒤를 돌아보자 아무도 없는 공원 저편에 석양이 물들기 시작했다.

가족이 모두 잠들어 고요해진 밤, 나는 아라타의 일기장을 펼쳤다. 거기에는 즐거워 보이는 **과거의 우리**가 있었다.

5월 3일

황금연휴 첫날.

아사히가 우리집에 놀러 왔다.

병에 관한 것을 설명했다. 내가 할 수 있는 것과 할 수 없는 것.

또 아사히의 표정을 어둡게 했다.

내가 미안하다고 하자 아사히는 사과하지 말라고 말해주었다.

고마워…….

그리고 지금까지 마음 아프게 해서 미안.

이제 더 이상 숨기는 일은 없을 거야…….

그러니 언젠가는 오게 될 이별의 날까지 내 곁에 있어 줘.

"아라타……."

일기장에서 아라타의 마음이 흘러들어 온다. 이걸로, 분명…….

불을 끄고 사랑하는 사람의 이름을 나지막이 속삭이고 나는 눈을 감았다.

✽ ✽ ✽

"으으, 못 정하겠어……."

잠에서 깨 과거로 돌아온 뒤로 줄곧 옷장 속 옷들을 꺼내고 있었다.

"이건…… 너무 힘을 준 티가 나고……. 이건 필요 이상으로 귀엽잖아. 어, 근데 나한테 이런 옷이 있었나?!"

거울 앞에서 이것도 아니다, 저것도 아니다, 수선을 피우고 있기를 한 시간 째…….

"아! 슬슬 안 나가면 약속 시간에 늦겠어……."

결국…… 조금 귀여운 스타일의 원피스로 갈아입고, 나는 허둥지둥 아라타와의 약속 장소로 향했다.

"미안! 좀 늦었지!"

"괜찮아, 나도 방금 왔어."

"하아하아……, 미안해……."

"그렇게 안 뛰어도 돼……."

"기다리게, 하고 싶지 않아서……."

그리고…….

"조금이라도 빨리 아라타를 보고 싶어서……."

"앗……, 그, 그렇구나."

쑥스러운 듯 머리를 긁적이는 아라타 옆에서 숨을 고른다.

"휴우, 이제 괜찮아."

"정말? 그럼, 갈까?"

"응!"

"음."

"어?"

막 걸음을 내디디려고 하는 내게 아라타는 오른손을 내밀었다.

"손……!"

"앗……."

아라타가 내민 손을 잡고, 우리는 마주 보며 웃었다.

"아, 근데 긴장된다!"

"왜?"

"왜냐니! 아라타네 집에 놀러 가는 거니까?!"

"으, 응……. 그게 왜?"

전혀 모르겠다는 얼굴의 아라타를 보니 힘이 빠진다. 왜냐면…….

"아라타는 긴장 안 돼……? 그, 여자친구……를 데리고 자기 집에 가는 건데?"

"어……앗!"

"반응이 왜 이리 늦어……."
"그렇구나……. 아, 부모님한테 소개……를 해야 하는구나."
"그야…… 그렇지."
"그러네……."
아라타의 반응에 불안해진다.
'하지만 남자들은 역시 부모님한테 소개하고 그런 거 귀찮다고 생각하려나……. 그것도 이 나이 또래에는 더더욱?'
머릿속으로 이런저런 생각을 하는 사이, 아라타의 집에 도착했다.
"……다녀왔습니다."
"시, 실례하겠습니다……."
"그래, 어서 와."
"저, 저기……."
"……."
아라타의 어머니가 미소로 맞아준다. 그런데 아라타는 아무 말도 하지 않는다.
"저……."
어떻게 해야 할지 몰라, 아라타 쪽을 보자 아라타는 잡은 손을 더 꼭 고쳐 잡았다. 그리고…….
"……엄마! 이쪽은 다케나카 아사히. 제…… 여자친구예요!"
"아라타……!"
무심코 이름을 부르자, 아라타도 나를 보고 살짝 미소 지었다.
"……알고 있어."

"네?"

"지난번에 왔을 때 인사했잖아. 그리고."

"그리고?"

"가나타가 아라타의 여자친구라고 말해줬거든."

맞다, 그날…….

"미안, 아라타. ……나, 인사드렸었어."

"뭐……, 뭐야아아! 나 엄청 긴장했는데! 그래도 소개는 제대로 해야겠다 싶어서!"

"그 후에 여러 가지 일이 있어서 그만……. 잊고 있었어."

"윽……, 그렇게 말하면……."

"뭔진 잘 모르겠지만, 얼른 들어오렴."

"아, 네……! 실례합니다!"

아라타 어머니의 말에 우두커니 서 있던 우리는 서둘러 신발을 벗었다. 그런 우리를 보고 그녀는 웃었다.

"사이 좋은 건 알겠는데, 손을 떼야 신발 벗기 편하겠지?"

"앗……!"

"앗……!"

둘이서 동시에 손을 뿌리치자 아라타의 어머니는 나를 보고 재밌다는 듯 한 번 더 웃었다.

"아라타, 거실에 있는 과자 들고 가렴?"

신발을 벗고 계단을 올라가려는 우리를 아라타의 어머니가 붙잡았다.

"아……, 맞다, 아사히 잠깐만 기다려줘."

"알았어!"

순간 망설이는 모습을 보였지만 미안해하는 얼굴로 아라타는 복도 끝으로 사라졌다. 남겨진 것은…….

"……."

"……."

'어, 어색해.'

아라타의 어머니와 나뿐이다…….

"……아사히 양."

"네, 넵!"

긴장한 나머지 나도 모르게 목소리가 굳어지자 아라타의 어머니는 다정한 미소를 보낸다.

"그렇게 긴장하지 마. 후후, 아라타와 친하게 지내줘서 고마워."

"아, 아니에요. 저야말로 아라타랑 친해져서 기뻐요!"

"……아사히 양은, 그……."

아라타의 어머니가 무언가를 말하고 싶은 듯, 하지만 말하기 어려운 듯 말끝을 흐린다.

'아…….'

"아니야, 아무것도……."

"……저, 알고 있어요."

"응……?"

아라타의 어머니는 놀란 표정으로 내 얼굴을 바라본다.

"아라타가 아픈 것…… 알고 있어요."
"……!"
아라타의 어머니는 입을 막고는 그래, 하고 나지막이 내뱉었다.
"……."
"……."
"그런데도, 정말로……."
"네……?"
"……아니, 아무것도 아냐."
힘겨운 표정으로 웃는 아라타의 어머니를 보고 있으니 그날이 생각나 가슴이 저려온다. 그런 기분을 떨치기라도 하듯, 나는 또렷한 목소리로 아라타의 어머니에게 말했다.
"……저!"
"……응?"
"저, 아라타를 많이 좋아해요!"
"아사히 양……?"
"그…… 병에 관한 것도, 아라타가 고민하는 것도, 여러 문제가 있는 것도 알아요. 그래도 아라타와 함께 있고 싶어요!"
"……고마워."
아라타의 어머니는 울 것 같은 얼굴로 나를 보았다.
"올해 들어서……."
"네……?"
"저 아이한테 웃음이 늘었어. 학교에 가는 것도 왠지 즐거워 보이고."

잠깐 복도를 돌아보더니 아라타 어머니는 미소 지으며 말했다.
"분명 너를 만났기 때문이야."

"아까 말이야."
"응?"
과자와 주스를 들고 둘이 2층으로 올라갔다. 그리고 방문을 닫고 아라타가 입을 열었다.
"엄마랑 무슨 얘기했어?"
"궁금해?"
"그야 뭐……."
"비밀."
"뭐야, 그게!"
웃는 나를 향해 아라타는 불만스럽다는 듯 입을 삐죽거린다.
"아라타는 어머니의 사랑을 듬뿍 받고 있구나."
"마마보이는 아니거든?"
"알아."
"그럼, 다행이고."
이런저런 시시콜콜한 이야기를 하면서 아라타의 어머니가 준비해주신 과자를 먹는다.
"어제 말했듯이 나는 심장병이 있어."
"응……."
오늘의 본론이 시작됐다.

"음……. 이렇게 평범하게 있을 때는 아무렇지 않지만, 발작이 일어나면 약이 필요하거나 병원에 가지 않으면 안 될 때도 있어. 심한 운동은 못 하고 놀이공원 같은 데서 롤러코스터도 무리야……."

"그렇구나……."

그러니까 놀이공원 데이트는 좀 어렵겠지, 하며 아라타는 웃는다. 나는 어떤 표정을 지어야 좋을지 몰라 애매한 미소를 띨 수밖에 없었다. 그런 나를 보고 아라타는 또 한 번 웃었다.

"하지만 그것 말고는 다 똑같아. 학교도 가고 이렇게 아사히와 함께 시간을 보낼 수도 있고."

"응……."

"정기적으로 병원에 다녀서 가끔 방과 후라든가 토요일에 병원에 가는 경우가 있어. 컨디션이 나빠져서 쉬거나 조퇴할 때 학교에는 감기라고 둘러대서 양해를 구하고 있어. 그리고 지금 말한 내용은 부모님이랑 선생님, 그리고 가나타밖에 몰라."

"그렇구나……."

"하지만 다음부터는…… 아사히한테도 말할게."

그렇게 말한 아라타는 온화한 표정을 짓고 있었다.

"약속한 거다?"

"응, 약속."

그렇게 말하고 우리는 아이처럼 새끼손가락을 걸었다.

조금 슬픈 약속.

하지만 우리는 굉장히 소중한 약속을 했다. 자, 여기서부터 새로운 우리를 시작해야지.

✽ ✽ ✽

나는 일기장을 팔랑팔랑 넘겼다. 이 일기장을 받고 나서 많은 일이 있었다. 웃었던 날도 있고 울었던 날도 있다. 네가 없다는 사실에 우느라 잠을 이루지 못한 밤도 있었다. 그래도 다시 한 번 너를 보고 싶어서 그날을 다시 시작하고 싶어서, 몇 번이고 몇 번이고 너를 만나러 갔다. 이날을 위해.

나는 일기장을 넘기던 손을 멈췄다. 글씨가 눈물에 번지고 종이는 젖었다가 말랐는지, 그 페이지는 구깃구깃해져 있었다.

3월 15일

잠시 후 졸업식이다.

나는 오늘 아사히에게 작별을 고하려고 한다.

미안해, 아사히.

하지만 앞으로의 내 모습을 보이고 싶지 않다.

……죽어가는 내 모습을.

네 안의 나는 언제까지나

네 옆에서 웃던 사람으로 기억됐으면 좋겠어.

내가 사랑하는 웃는 얼굴의 아사히 옆에서 웃고 있는 아라타로.

안녕, 아사히.

지금도 앞으로도, 영원히 아사히를 사랑해.

"아라타……."

이 글을 쓴 아라타의 마음을 생각하니 가슴이 미어진다. 왜 헤어져야만 하는지, 이유도 모르고 수없이 울었다. 왜 옆에 있지 못하게 했는지, 이유를 알고 원망한 날도 있었다. 하지만 지금은 더이상 그런 건 아무래도 상관없다.

"아라타, 미안해."

이제 나는 결심했으니까. 그날부터, 다시 시작하자.

나는 일기장을 덮고 침대에 눕는다. 그리고 몇 번이고 돌아갔던 과거로의 길을, 오늘도 나아가기 시작했다.

❀ ❀ ❀

두 번째 졸업식은 3년 전보다 차분한 분위기였고 3년 전보다 더 설레었다. 그 시절의 나는 졸업하는 것이 아쉬워 울었었다. 그 시절의 나는 이후에 다가올 이별을 알지 못했다. 하지만…….

'괜찮아……. 이날을 위해 지금까지 해온 거니까…….'

분명 그런 일은 일어나지 않을 거야. 분명 아라타는 나에게 마음을 전해줄 거야. 그렇게 약속했으니까…….

"반 대표, 스즈키 아라타"

"네!"

반 아이들의 이름이 불리고 아라타가 대표로 졸업장을 받으러 단상에 올라간다. 긴장한 얼굴의 아라타가 교장 선생님에게서 졸업장을 받는 모습이 보였다.

'아라타…….'

"아, 잠깐……, 학생!"

"응……?"

당황한 듯한 선생님의 목소리가 들리는가 싶더니 삐익 하고 마이크가 하울링을 일으키는 소리가 들렸다. 그리고…….

"죄송합니다! 그런데 제가 꼭 하고 싶은 말이 있어서……."

"아라타……?"

단상에서는 아라타가 교장 선생님의 마이크를 뺏어 우리를 바라보고 있었다.

"갑작스러운 행동을 해서 죄송합니다! 그런데 제가 꼭 전하고 싶은 말이 있어서……. 3분이면 되니까 저에게 시간을 주십시오!"

체육관 안은 웅성거리는 소리로 소란스러워졌다. 연출인가? 그런 소리도 들렸지만…… 아니야, 이건…….

"저는…… 저는 심장병이 있습니다. 의사 선생님한테 직접 듣진 않았지만 그렇게 오래 살 수 없다는 건 제가 제일 잘 압니다. 그래서 모든 걸 포기했었습니다. 달리는 것도 진지해지는 것도 누군가를 진심으로 좋아하게 되는 것도."

거기서 아라타가 순간 나를 본 것 같았다.

"하지만 저는 중학교 3학년 이 1년 동안 실컷 울고 웃고, 친구들과 엉뚱한 짓도 하고 사랑하는 친구와도 행복한 시간을 보낼 수 있었습니다. 이런 저이지만 가슴을 펴고 당당하게 즐거웠다, 행복한 중학교 생활이었다, 라고 말할 수 있을 정도로 많은 추억을 만들 수 있었습니다."

"흑……, 아라타……."

반짝반짝 빛나는 표정으로 말하는 아라타에게 나도 가나타도 미유키도 히나도…… 반 친구들도 모두 눈물을 흘리고 있었다.

"저는 이 학교에서 지낼 수 있어 행복했습니다! 감사합니다!"

말을 마친 아라타는 교장 선생님에게 마이크를 돌려주었다.

"아……."

자리로 돌아오는 아라타에게 한 사람 또 한 사람, 박수를 보낸다. 어느새 체육관에 있던 사람 모두가 박수 치는 가운데, 아라타는 쑥스러운 듯한 얼굴로 걷고 있었다.

"아사히!"

졸업식은 무사히 끝나고, 다바타 선생님에게 잔소리를 들은 아라타가 운동장에서 사진 찍고 있던 내 쪽으로 다가왔다.

"아라타……."

"졸업, 축하해!"

"아라타도 축하해!"

서로 미소 짓고, 아라타는 내 얼굴을 지그시 바라봤다. 그리고…….

"아사히, 할 얘기가 있어."

3년 전과 똑같은 말을 꺼냈다.

"……."

"……."

우리는 뒤뜰로 향하는 길을 말 없이 걷는다. 심장이 아플 정도로 맥박이 뛰는 것을 느낀다. 또 그때와 똑같은 말을 듣게 될까. 아니, 조금 전의 아라타는 앞을 보고 있었다. 그러니 분명…….

"아사히."

"……."

그때와 같은 장소까지 오자 아라타가 내 쪽을 돌아보았다.

"미안, 아사히. 역시 우리 이대로 계속 사귀는 건 힘들 것 같아."

"아라타……."

아라타는 그때와 조금도 다르지 않은 말을 전한다. 몇 번이나 꾸었던 그 꿈에서와 똑같은 표정으로.

"그게 무슨 말……."

"그렇게 말할 생각이었어."
"어……?"
내 말을 가로막고, 아라타는 울 것 같은 얼굴로 웃고 있었다.
"사실은 계속 오늘 아사히와 헤어지려고 생각했었어. 즐거웠던 추억만을, 웃는 내 모습만을 아사히가 기억해줬으면 해서."
"그런!"
"하지만, 안 되겠더라."
아라타는 나에게 한 걸음 다가와 손을 잡았다. 그 손을 꼭 쥐고 다시 한 번 아라타는 살며시 미소 지었다.
"나 있잖아, 고등학교는 못 가고 병원에 입원하게 됐어. 아사히한테 얘기했을 때보다도 많이 나빠졌대. 그래서 앞으로도 같이 있으면 아사히에게는 마음만 아프게 할 것 같아."
"힘들어도 괜찮아! 나는 아라타와 함께 있고 싶어!"
"……응. 나도 아사히와 함께 있고 싶어. 앞으로는 점점 더 약해져 갈지도 몰라. 죽을……지도 모르고. 그래도 내 옆에 있어 줄 거야?"
"응……. 있을게, 같이 있을게!"
화사하게 웃는 얼굴로 말하고 싶은데, 쉬지 않고 흐르는 눈물이, 터져 나오는 오열이 그것을 방해한다. 그럼에도 불구하고 필사적으로 소리를 짜내는 나를 아라타는 가만히 안아주었다.
"보내주지 못해서 미안해."
"아라타……."
"보기 흉하더라도, 멋있지 않더라도…… 아사히가 옆에 있어 줬으면 좋겠다고 생각했어."

꼭 안아주는 아라타의 손에 힘이 들어간다. 그래서 나도 그에 대한 대답으로 아라타의 몸을 꼭 안았다. 계속, 계속 옆에 있을게, 라고 전하기 위해.

"언젠가"

아라타가 하늘에서 춤추는 벚꽃 잎을 올려다본다.

"언젠가 아사히랑 만개한 벚꽃을 보러 갈 수 있으면 좋겠다."

결코 그런 미래는 없다는 듯이 나지막이 말하는 아라타의 손을, 가만히 잡아주었다.

"갈 수 있어!"

"아사히……."

"꼭 갈 수 있어!"

그래, 하고 미소 짓는 아라타는 다시 한 번 하늘을 올려다보았다. 흩날리는 벚꽃을 눈에 새기듯.

에필로그

그것은 철 늦은 벚꽃이 피는, 어느 봄날이었다.

"아사히……."

아라타는 힘겹게, 하지만 미소를 지으며 내 이름을 불렀다.

"웃어줘……, 아사히. 내, 가…… 좋아하는 아사히의 미소."

"아라타! 아라타!"

"……아사……히……."

필사적으로 눈물을 닦고 내가 미소 짓자, 안심했다는 듯 아라타는 의식을 놓았다.

가족이 아닌 사람은 밖에서 기다리라는 의사의 말에 복도로 나온 내 눈앞에는 아라타의 어머니가 연락했는지 가나타와 미유키가 와 있었다.

"아사히……!"

"나…… 나……!"

"괜찮아! 괜찮아!"

저쪽 의자로 가자고 한 미유키에게 이끌려 나는 병실에서 조금 떨어진 곳에 있는 벤치에 앉았다.

"나…… 나……."

"아사히……."

"나, 예쁘게 못 웃었어! 아라타가 웃으라고 했는데! 제대로…… 예쁘게……!"

"괜찮아! 아사히는 예쁘게 웃었어! 그러니까……."

"으아아아아앙!"

큰소리로 울부짖는 나를 미유키가 있는 힘껏 안아준다. 다정하게 등을 토닥여주는 미유키에게 딱 달라붙어서 나는 또 울었다. 그런 우리 옆에서 아쉬움 가득한 얼굴을 한 가나타가 병실 쪽을 바라보고 있었다.

시간이 얼마쯤 지났을까.

"아사히 양."

아라타의 어머니가 부르는 소리에 우리는 병실로 돌아갔다.

그곳에 누워 있는 아라타는 방금까지와는 완전히 딴사람인 것처럼, 무수한 코드에 연결돼 숨을 쉬고 있었다.

"아라, 타……."

"……."

아라타는 아무 말도 하지 않는다. 아무 말도, 할 수가 없다. 그런 아라타에게 나는 필사적으로 마음을 전했다.

“아라타……, 나…… 행복했어. 아라타와 이렇게 함께 보낼 수 있어서 행복했어. 소중한 시간을 선물해줘서 고마워.”

“아…… 사…….”

“사랑해, 지금까지도 그랬고……. 그리고 앞으로도, 영원히.”

나는 아라타에게 웃어 보였다. 억지 미소가 아니다. 눈물 섞인 슬픈 미소도 아니다. 아라타가 좋아한다고 말했던, 아라타를 좋아하는 내 마음이 가득 담긴 미소다.

“…….”

그 순간, 아라타의 눈에 눈물이 흐르는 것이 보였다. 그리고…….

삐――――――――

차가운 기계음이 병실에 울렸다.

✿ ✿ ✿

탁, 하는 소리를 내며 나는 몇 번이고 펼쳤던 일기장을 덮었다.

“끝났어…….”

눈물은 더 이상 나오지 않았다. 슬프지 않아서가 아니다. 괴롭지 않아서가 아니다. 그렇지만 지금 이렇게 나는 혼자 이곳에 있다.

“아라타…….”

바뀐 과거의 그 끝에서, 우리는 많은 시간을 보냈다. 그 모든 것이 내 안에 결핍되었던 필요한 부분이었다.

"고마워……."

과거를 움직일 수 있는 이 일기를, 어째서 아라타가 나에게 맡긴 건지 줄곧 불가사의했다. 아라타는 이 일기장으로 과거를 반복할 수는 있어도, 결과가 바뀌는 일은 없다는 걸 알고 있었다.

그래서 언젠가는 반드시 찾아올 이별 뒤에, 내가 아라타를 떠올리며 눈물 지을 때, 그가 얼마나 나를 생각했고 얼만큼 사랑했는지를 알게 하고 싶었던 것이다. 그리고 그것을 충분히 알게 됨으로써 내가 앞으로 나아갈 수 있으리라고 생각해 나에게 이 일기장을 맡겼는지도 모르겠다. 남겨진 나를 위해.

이제 이 세상에 아라타는 없다. 그래서 정말로 그 답이 정답인지는 모르겠지만…….

"아라타……."

일기장을 꼭 끌어안고, 나는 그것을 책상 서랍 속에 넣었다.

오늘은 그날로부터 1년 뒤……. 아라타의 1주기다.

"가나타……."

"여어!"

집에서 나오자, 검은색 정장을 입은 가나타가 서 있었다.

"벌써 1년이네."

"응……."

"왠지…… 그런 느낌 안 드는데."

"시간 가는 거, 참 빠르다……."

불과 얼마 전까지도 일기장으로 과거에 돌아가 몇 번이고 아라타와 만났었는데 현실에서는 벌써 1년이 지났다니…….

"그러고 보니, 그거…… 정말 괜찮겠어?"

"그거라니?"

"일기장."

"아……, 응."

나는 가져온 일기장을, 넣어둔 가방 위로 살며시 만졌다.

그 일기장을 아라타의 품으로 돌려주기로 결심했다.

"거기에는 아사히와 아라타의 추억이……."

"괜찮아. 이걸 아라타에게 돌려줘야 나도 앞을 향해 나아갈 수 있을 것 같아."

"아사히……."

"그리고…… 내가 줄곧 과거에 얽매여 있는 것을 아라타도 바라지는 않을 거라고 생각하니까."

그날 아라타의 마지막을 일기 속에서 맞이한 뒤로…… 몇 번이나 일기장을 다시 읽었다.

이제는 돌아갈 수 없음에 눈물 흘린 날도 있다. 아라타와의 추억에 가슴이 아파올 때도 있었다. 하지만…… 일기장 속의 아라타는 언제나 앞을 향하고 있었다. 언제나 전력을 다해 나를 사랑하고 있었다.

"그러니까 나도…… 일기장이 그리는 과거 속에 살아가는 건 이제 그만 해야겠다 싶어서."

"아사히."
"아라타가 나를 사랑해준 그 추억이 있으니까 나는 혼자서도 앞으로 나아갈 수 있어."
"……역시, 아사히는 씩씩하네."
"당연히 씩씩하게 살아야지, 안 그러면 아라타 얼굴을 어떻게 봐."
그렇게 필사적으로 앞을 향해 살아가려 했던 아라타를…….
"그러네……."
가나타는 눈가를 비비는 척하며 얼굴을 돌렸다.

아라타…….
나는 하늘을 올려다보았다. 구름 한 점 없이 맑게 갠 하늘을.

아라타……, 나, 씩씩하게 살아갈게. 네가 없는 이 세계를.

머리카락을 가볍게 쓸어 올리는 팔에는 그날 선물 받은 작은 장식의 팔찌가 채워져 있다. 그런 나를, 부드럽게 신록(新綠)의 향긋한 바람이 감싸주었다.